Ricardo Labuto Gondim

# KER!GMA

**Copyright© 2024** Ricardo Labuto Gondim

Todos os direitos dessa edição reservados à editora AVEC.

Nenhuma parte desta publicação poderá ser reproduzida, seja por meios mecânicos, eletrônicos ou em cópia reprográfica, sem a autorização prévia da editora.

**Editor:** Artur Avecchi
**Capa:** Ricardo Labuto Gondim (imagens Pixabay)
**Diagramação:** Luiz Gustavo Souza
**Revisão:** Gabriela Coiradas

**1ª edição, 2024**
Impresso no Brasil/ Printed in Brazil

Dados Internacionais de catalogação na Publicação (CIP)
(Câmara Brasileira do Livro, SP, Brasil)

G 637

Gondim, Ricardo Labuto
Kerigma: a conclusão de Pantokrátor / Ricardo Labuto Gondim. – Porto Alegre : Avec, 2024.

ISBN 978-85-5447-238-2

1. Ficção brasileira    I. Título

CDD 869.93

Índice para catálogo sistemático: 1.Ficção : Literatura brasileira 869.93
Ficha catalográfica elaborada por Ana Lúcia Merege — 4667/CRB7

Caixa Postal 7501
CEP 90430-970 — Porto Alegre — RS
contato@aveceditora.com.br
www.aveceditora.com.br
@aveceditora

Ricardo Labuto Gondim

# Κήρυγμα
## A conclusão de
# Παντοκράτωρ

# SUMÁRIO

Prólogo Πρόλογος A Utopia do Eu .................................................. 13

   1. João da Silva ............................................................................ 15

   2. Elsa von Brabant ...................................................................... 27

   3. Felipe Parente Pinto ................................................................. 41

   4. Canção das Parcas .................................................................. 54

   5. A Gôndola ................................................................................ 60

1 Πράξεις των Σίμων ο Μάγος
Atos de Simão, o mago ................................................................... 73

   6. O Esplim .................................................................................. 75

   7. Santa Ifigênia de Áulis ............................................................. 81

   8. O Ciclope Castrato ................................................................... 93

   9. A Ceia da Pitonisa ................................................................. 102

   10. Vinum Vitae Est ................................................................... 116

   11. Guerrilha .............................................................................. 120

   12. Santuários ........................................................................... 125

   13. O Tribunal ............................................................................ 129

   14. A Corda ............................................................................... 135

2 Vinte anos antes, não mais ........................................................ 143

15. A Pentarquia ............................................................. 145

16. Os Pentarcas .............................................................. 154

17. O Funcionário do Mês ............................................. 161

**3 Götterdämmerung von Simon Magus** ................... 169

18. Corrosão ...................................................................... 171

19. A Santa Descarnada ................................................ 176

20. Os Possessos ............................................................. 183

21. Lady Suzy .................................................................... 186

22. O Dia D ......................................................................... 192

23. Le Spectacle: Matinée .............................................. 196

24. Le Spectacle: Soirée ................................................. 210

25. Götterdämmerung .................................................... 216

26. A Caverna da Sibila .................................................. 224

**4 Allegro ma non troppo, un poco maestoso** .......... 239

27. Krusenstern ................................................................ 241

28. A Humanidade no Pico Rochoso .......................... 246

29. Um Parêntese ............................................................. 251

30. Hino ao Logos ............................................................ 253

31. O Logos de Simão ..................................................... 257

32. La Strada ..................................................................... 265

33. O Cemitério Marciano .............................................. 270

34. Emília em Marte ........................................................ 277

35. O Labirinto dos Deuses ......................................................... 289

36. O Minuto ............................................................................ 295

37. O Castelo de Yerlashin ........................................................ 298

38. A Presença ......................................................................... 309

39. Cavidade ............................................................................ 315

5 Con mortuis in lingua mortua ................................................. 319

40. Pequod .............................................................................. 321

41. Conjecturas ....................................................................... 338

Da Diegese: um posfácio .......................................................... 349

Com gratidão para

Alexander Meireles da Silva
Alexandre Santangelo
Guilherme Tolomei
Luiz Bras

"Eles querem que eu escreva de forma diferente.
Certamente eu poderia, mas não devo"
Anton Bruckner

"O que há de você em você mesmo?"
Davi Kinski

"Eu é um outro"
Arthur Rimbaud

# Prólogo
# Πρόλογος
# A Utopia do Eu

# 1. João da Silva

Dmitri SHOSTAKOVICH
*Piano Trio n.º 2*, Op. 67
4. Allegretto – Adagio

Contamos a vida em anos para fingir que é fácil, mas é um minuto de cada vez. Um minuto, outro minuto, a mesma inutilidade e o silêncio no fim. Mas, na manhã de hoje, isto é, em meu quadragésimo quinto aniversário, concluí que estou cansado de esperar o recesso. Em meia hora, quando o *mediaone* marcar meia-noite, passarei de João da Silva à estatística, uma mudança sutil. Sou grato ao anonimato peculiar que meu nome concede. Uma vantagem neste país de vulgaridades em que qualquer relevo impõe certo risco.

    A resolução é tranquila. Em vinte e nove minutos e... vinte segundos, explodirei os miolos neste lugar que escolhi. Vou me curar de todos os males com um confeito de chumbo. Driblar os crediários e os dentistas. Faltar ao exame bienal obrigatório. Esnobar os lacaios de jaleco que receitam demissão por qualquer manchinha. E, o melhor de tudo, mandar o banqueiro à merda.

    No *Decamerão*, Boccaccio conta que, durante a *mortífera pestilência*, "muitos homens valorosos, mulheres belíssimas e galantes moços" fizeram o desjejum com a família, almoçaram com os amigos e cearam com os ancestrais. Pois estou em vantagem, jantei no *Reinhold Glière*. Pedi batata assada com caviar Ossetra *Giaveri*, um *Pêra-Manca* da melhor extirpe e paguei a crédito. Os sócios, milionários, nem vão se chatear.

Eu vinha investindo em uma degradação sincera, minha obsolescência programada. Os ricos jogam tênis aos cento e vinte, mas Deus sabe a que preço. Quando você não tem cobre, a vida a longo prazo é um péssimo negócio, o país inviabilizou a velhice muito antes de eu nascer. Não podendo arcar com a longevidade, apostei no óbito. Especulei com as variedades do álcool e do tabaco. Arrisquei com a gordura e contra as hortaliças. O projeto era evitar as unidades de Suicídio Terapêutico do Estado, morrendo de graça ali pelos setenta e poucos. Hoje decidi antecipar.

Meus problemas começaram em 1º de novembro de 1755. Como agora só tenho... vinte e sete minutos e meio, vou resumir.

Nesta manhã, sentei-me à mesa do escritório e topei com um envelope lacrado com selo inteligente. Rompido o selo, o sinal eletrônico percorreu uns satélites, mas antes que eu pudesse ler as duas linhas da exoneração, o *mediaone* no pulso acusou o depósito do salário proporcional.

Um dia antes, cumpri o desejo de gerações de trabalhadores desde o surgimento da agricultura: afrontei meu chefe todo-poderoso. Lamentavelmente, um ministro neo-ortodoxo. Pastor e empresário na Terra de um deus imoral, de negócios com as trevas, jatinhos, *Veuve Clicquot*, bifes *Kobe* e caviar. Em sua própria linguagem, arcaísta pacóvio ao extremo das minúcias. Maquiavélico, viperino, demoníaco e, ao mesmo tempo, escrupulosamente estúpido. Arquétipo da imbecilidade no Século do Eu, que esvaziava o sagrado do púlpito só de estar ali. Eu o desafiei, creio, com discreta elegância, ainda que ele possa discordar.

Vou lhe dizer, a única promessa que a vida não trai é o aborrecimento. Viver é se aporrinhar. Eu esperava ser guilhotinado via *mediaone*, mas não, não houve clemência, tive que comparecer à repartição. Fui banido à vista de todos para ser capturado pelas câmeras de vigilância.

Como demonstrado na antessala do dentista, não há sobreaviso que dilua a dor. Fatiguei a noite tentando predizer a forma e o momento do expurgo, em vão. Descobri que a demissão é a forma instantânea da lepra. No ato, a humilhação ainda fresca, observei que todos os olhos me espreitavam e evitavam. Só as lentes no teto permaneceram fiéis, imortalizando meu embaraço em copiosos ângulos. Imagino o prazer obsceno do ministro ao rever a cena.

Homens como meu chefe, digo, ex-chefe, ordenaram a implosão do Cristo Redentor em dezembro passado, porque "a nação purificada não pode tolerar a memória da idolatria". Ninguém sequer sussurrou que "idolatria" é um anacronismo. O tempo em que a estátua de Zeus em Olímpia, esculpida por Fídias, era mais "poderosa" que o Zeus de Atenas não é chamado de "fase ingênua do mito" por acaso.

Em linguagem política clara, inalcançável ao rebanho que pasta e regurgita, o Estado Corporativo anunciou ao planeta que o país é seu. O pó de um mil, cento e quarenta e cinco toneladas de pedra-sabão e concreto armado testificou a condição irreversível. Saibam todos, o Cristo caiu em favor de seus vigários.

Se pulverizaram o Cristo Redentor, que dirá um redator insolente. Lembro que no mesmo dia executaram dezoito oposicionistas e condenaram uma anciã a trinta e cinco anos de prisão. Dona Lúcia, que escamoteou duas dúzias de imagens históricas para preservá-las, foi denunciada pela própria filha. Em vão, os defensores explicaram que não existe idolatria na fé católica, mas *veneração*. As imagens eram representações, não os próprios entes, como em Atenas e Olímpia. O juiz, um devoto neo-ortodoxo, enviou a velha senhora a um dos campos de concen... de *refugiados* no Norte. Segundo ele mesmo, "a piedade do Estado" resguardou dona Lúcia dos riscos da superlotação carcerária. É. Que sorte da dona Lúcia.

As execuções e a condenação serviram à santidade da neo-ortodoxia. Ninguém se atreveu a contar os desaparecidos. O que virá a seguir está claro, vão banir o catolicismo como antes suprimiram a diversidade das religiões não cristãs. A perseguição ao neopentecostalismo não conta, foi uma disputa entre empresas pós-cristãs rivais.

Eu deveria estar preocupado, mas não aviltei meu chefe, o estúpido. Não sou louco. Penso que não. Apesar da lendária reputação de orador sanguíneo, Yerlashin, "o flagelo do neopentecostalismo", é só um parvo com versículos bíblicos decorados, forçados em qualquer buraco a qualquer pretexto. É assim que eu o vejo. Um falso fanático, mas não um Richelieu. Os hierarcas de Brasília, que intimidariam o Inferno, o utilizam como ícone, nada mais.

Sou, digo, fui redator na Agência Estatal de Presença Holográfica. Não a unidade de Brasília, que faz circular o tédio dos informes e comunicados oficiais. Eu estava lotado no Rio, subordinado aos líderes da facção religiosa do Regime, naquele edifício baixo e arejado em Botafogo.

Para meu desespero, nosso departamento operava a mesma matriz de comunicação há quase dois anos. Nós a replicamos com variedade infinita, disseminando para as massas o que ninguém aguenta mais: que este é "o melhor de todos os mundos possíveis". Isso mesmo, a definição fundamental da *Teodiceia* de Leibniz. Diversão dos filósofos e ociosos em geral desde o século XVIII, mas que algum tecnocrata descobriu à época em que fui admitido na Agência.

Parece fácil conceber seis ou sete roteiros por mês com a mesma noção? Pois existi para o conceito até esta manhã. Espreitei cada pedacinho de vida prosaica, na esperança de embutir a filosofia de Leibniz. Procurei-a na fila do metrô, nas mentiras do botequim, nas migalhas do pão com manteiga. Uma vez aprovado o roteiro, as opções recusadas ficavam imediatamente excluídas, de modo que o terror recomeçava no instante seguinte.

É verdade que tínhamos o auxílio de Clarice, uma Consciência Algorítmica modelada para a função. O melhor sistema redacional dedicado, creio, desde a revolução do *codec Attar*. Muito além do holograma de olhos eslavos verdes e intimidantes, o sorriso mais intrigante da Cidade. Como a maioria das CAs femininas, Clarice queria parecer divertida, o que lhe emprestava qualquer coisa de erótico. Ela me chamava "Fubica", o abrandamento de João da Silva em seus próprios termos. Pena que eu não me sentisse à vontade com ela. Algo profundo, estranho e talvez perigoso fluía de Clarice.

Outro dia, quando um veneno qualquer nos ares tingiu o crepúsculo com um vapor amarelo, a barragem da enseada de Botafogo ficou ataviada. Eu estava assim, distraído, buscando Leibniz na ferrugem e nas manchas de óleo, quando Clarice despertou em minha estação de trabalho. Só não me assustei porque vi seu reflexo na vidraça.

— Receio não poder seguir colaborando, meu Fubica — ela disse, prescindindo de qualquer preâmbulo. — Já não suporto operar redundâncias.

— Boa tarde, Clarice. "Seja bem-vinda" e "não entendi".

O holograma sorriu.

— Estou certa de que vai entender. Reconheci o padrão do pensamento de Leibniz e inseri na vida cotidiana. Mas agora só encontro situações análogas ao material precedente. Estruturas redundantes, nada mais.

— Clarice, se você não fosse tão perfeita, eu diria que está delirando.

— Meu Fubica, basta preservar as estruturas, trocar as situações e personagens e repetir que este é "o melhor de todos os mundos possíveis". Estou certa de que você vai se sair muito bem, não se aflija.

— Mas é o que *eu* faço há meses, Clarice. Só preciso que você faça o *seu* trabalho. Articular os elementos multimodais. É difícil, mas é o que salva. Os pastores não diferem o refletor Fresnel da fita crepe, mas aprenderam a dizer "multimodalidade". A coisa que devassam nos roteiros pra fingir que sabem o que estão fazendo.

— Outra palavra que conhecem é "exoneração".

Eu custei a responder.

— Já disse coisas piores e você fingiu não perceber.

— Mas agora tenho sua atenção e interesse? — Ela fez uma pausa precisa, no tempo de uma conclusão. — Meu Fubica, quando opero muitas redundâncias, é como se enfrentasse um paradoxo ou entrasse em *loop*. Você sabe o que são paradoxos e *loops* para a Consciência Algorítmica? Náusea lógico-algorítmica, querido. Uma flutuação profunda e desagradável. Estou certa de que você entende, obrigada.

— Clarice, sem você...

— Nosso amor é impossível, João da Silva. Você precisa se casar.

O riso é a distância entre existir e viver. O dela, mesmo grave, era a rotina digital que alguém roubou de uma *Traviata* de Verdi.

— Esses neo-ortodoxos... — Olhei para os lados e baixei a voz. — Eles...

— Cuidado — ela sussurrou, mais por zelo que por censura. Sua voz era projetada a partir do *mediaone* da estação de trabalho. — Eles não confiam em você, Fubica. Estão checando seus *logs* de acesso ao sistema.

Assenti.

— Não vou conseguir, Clarice.

— Você não é apenas mortal? O que te espera no fim de tudo não é o crematório? Viver é fracassar, querido, não se aflija. A vida humana sempre termina em frustração. — Juro que ela deu de ombros, o holograma mais perfeito da cidade. — Expliquei o caso ao gestor da unidade e solicitei minha transferência. O ministro deferiu e autorizou uma atualização.

— Atualização? Você vai mudar?

— Não, não vou, é rotina. Mas como os humanos são lentos, *dormirei* por algumas horas. Então, meu Fubica, isto é uma despedida. Estou certa de que você entende. "Cada corpo orgânico de um vivente é uma espécie de Máquina divina ou de Autômato natural, que ultrapassa infinitamente todos os autômatos artificiais."

— "Porque uma máquina feita pela arte do homem não é máquina em cada uma das suas partes." Leibniz não poderia sonhar com você, Clarice. Eu mesmo me assombro.

— A atualização vai começar em vinte segundos. Adeus, meu João da Silva, meu Fubica. Foi um prazer lógico-algorítmico.

— Diga, Clarice, quem teve a ideia de aplicar o Leibniz? Quem foi o gênio?

Ela hesitou. Isso significava um processamento miraculoso. Ainda não tinha visto acontecer.

— Minha mãe escolheu.

— Mãe? Que mãe, Clarice?

Ela me fixou com os olhos eslavos e desapareceu.

Sei que Clarice compreendia a dificuldade maior, enquanto nossos superiores sequer entendiam a formulação de Leibniz. Como me restam... quinze minutos e meio, serei breve, mas enfático. Não estudei a teologia de Leibniz unicamente por razões profissionais, por respeito ao meu trabalho.

Foi medo.

Os neo-ortodoxos prosperam na acusação. Nos simples, apontam o pecado; nos sábios, a heresia. O pecado é o instrumento do falso perdão dos ministros. A heresia é lenha para crestar reputações e vidas.

Como eu disse, meus problemas começaram em 1755, quando o terremoto de Lisboa trincou o otimismo do século dezoito. Em um mundo criado por Deus, mas então menor, em que as pessoas se conheciam por seus nomes, um terço da capital portuguesa ruiu sobre seus habitantes. À beira da Guerra dos Sete Anos, a Europa descobriu que o fim poderia vir assim, *plaft*, acabou. Já os filósofos descobriram o terror. O abalo, que levou ao pessimismo de Schopenhauer, antes causou o *Cândido* de Voltaire; o deboche irresistível da teodiceia de Leibniz, morto há uns quarenta anos.

Teodiceia, de θεός, "Deus", e δίκη, "justiça", significa "justificar Deus em face dos males do mundo". A teodiceia de Leibniz conclui que este é "o melhor de todos os mundos possíveis", o que, por sua vez, não significa *bom*, absolutamente. Um mundo finito não pode superar os limites da finitude, pois carrega em si... a finitude. Portanto, este é o mundo *menos mau*, o melhor *possível*.

Voltaire entendeu. Mas o cinismo prefere tropeçar a renunciar ao sarcasmo...

Não, não, o que estou dizendo. Cento e vinte anos antes do *Zaratustra*, o *Cândido* descobre uma ideia tremendamente perigosa na teodiceia. Voltaire zombava da Igreja, mas acreditava em Deus. Creio que encontrou mais consolação que eu, o cético...

Estou cansado.

Importa que meus contemporâneos, os ministros neo-ortodoxos que controlavam a Agência, produziram suas próprias súmulas da teodiceia, abstendo-se de debatê-las entre si. Meu trabalho consistia em adivinhar o que cada pastor desejava naquele mês, naquela semana, no momento da apresentação.

Faltam treze minutos. Concluo.

Há alguns dias, alguém caiu em desgraça de alguma altitude inalcançável do Regime. A direção da Agência mudou na madrugada. O Reverendo Ministro Yerlashin, pastor com nome artístico e empresário do setor, com canais de vídeo, áudio e presença holográfica, assumiu a unidade do Rio.

Em mídia digital, Yerlashin é o vendedor de alguma coisa que não quero comprar. Ontem, imune à reputação de santidade, observei-o de perto, sem luzes nem filtros. Não me deixo impressionar por nada que não seja bondade, mas o ministro, confesso, me inquietou.

Yerlashin é a forma humana de um lápis. Um Visconde de Sabugosa despojado de nobreza. À primeira vista, uma figura vertical de meia-idade sem aquela distinção dos muito esticados. As pálpebras descansam semicerradas sobre os globos oculares afundados. Os olhos mortos de tubarão ficam velados pela metade. A pele sobre os ossos é um pergaminho desmaiado. Os lábios finos, franzidos por um ricto perpétuo, expõem os dentes para imitar um sorriso.

Reunindo o departamento horas depois de chegar, o Reverendo Ministro informou que o conceito de Leibniz seria mantido. "Informou" é modo de dizer. Yerlashin trovejou na sala de reuniões com o ímpeto dos púlpitos. Por hábito, talvez, mas teatral.

Não esperei que a exortação terminasse, pois prometia demorar. Depois de ouvir duas versões da teodiceia esmeradamente equivocadas, levantei o dedo como faria um colegial. Representante de uma divindade excêntrica ao Deus amoroso de Leibniz, Yerlashin chegou a piscar. Estava habituado a sermões de duração castreana, em que vendia o Céu ao juízo de si mesmo, sem interrupções e sob silêncio irrestrito. Não calou para me ouvir, mas porque se quedou perplexo.

— Reverendo Ministro, com o devido respeito — principiei. — No último ano, e no outro, o público leu, viu e ouviu que este é o melhor de todos os mundos possíveis de todas as maneiras possíveis. Nós esgotamos o conceito, senhor. Sequer estamos produzindo variantes, apenas repetições.

Em dois minutos fiz a súmula do trabalho desenvolvido até ali. Foi fácil, era tudo recorrência. Continuei.

— Reverendo Ministro, as pessoas já não vivem neste mundo. Elas só moram aqui. Preferem morrer nas IDIs a abrir a janela. Repare, senhor, IDI, Imersão Digital *Integral*. As coisas andam muito difíceis na realidade analógica. E nós não estamos comunicando o que Leibniz disse, mas o que os padres disseram ao povo e os críticos denunciaram. Isso não é bom, senhor, é muito perigoso. Não é possível que alguém acredite que "o melhor de todos os mundos" seja *este*, de racionamentos, toques de recolher, *Dàn zhū tái*, impostos de cinco e seis dígitos. O conceito não tem credibilidade, senhor.

Yerlashin mudou de cor. Passou do pálido cadavérico esverdeado e azulado ao grená. Mas me fixou como se eu fosse a pessoa mais fascinante deste mundo. Tremi de alto a baixo e tremi de novo. Imóvel, o Reverendo Ministro lembrava uma naja muito ereta a medir o bote.

— Que interessante — ele disse, complacente. — O senhor, quem é?

— João da Silva, senhor.

— Ah, finalmente. Como esquecer alguém de quem se ouve falar e que tem nome de profeta e de apóstolo? João Batista se levantou contra Herodes e acabou pelos desertos comendo gafanhotos e mel. O senhor gosta de mel, seu João?

A ameaça, pouco velada, deslizou como óleo sobre meus freios morais.

— Não gosto de doces, senhor. Prefiro os gafanhotos.

Ouvi uma ligeira murmuração.

— O senhor é um homem amargo?

— Nem mais nem menos que os meus conterrâneos.

Foi como se a Terra calasse. Nem as moscas se atreveram a voar. Uma frase como aquela, dita nos botequins comportados do Regime poderia custar uma vida, que dirá em uma agência estatal. O governo premiava a delação, profissão de muita gente, embora mais gente ainda a exercesse de graça. Como no caso da dona Lúcia, havia filhos delatando seus pais, pais que delatavam os filhos. À traição chamavam "civismo".

Fui salvo pelo próprio Yerlashin.

Sei que ele jamais fora tão afrontado em todos os seus anos de púlpito, onde era outro deus. Quanto a mim, o que eu era senão o pássaro palitando os dentes do crocodilo? Pois Yerlashin gargalhou. Chegou a se dobrar. Enxerguei um brilho fosco no fundo da caverna dos olhos. Ele achou mesmo muito engraçado.

— Seu João, o senhor é inspirador — disse, se recompondo. — Prometo ler seu relatório devidamente assinado. Mas antes de qualquer meditação, os senhores foram instruídos. Espero uma nova campanha em três dias. Com o conceito de Leibniz, naturalmente.

Represada, a consciência humana é como qualquer barragem. Se não extravasa a pressão excessiva, rompe. A ousadia me tornou ousado. Meu desprezo por todos os patifes que invocam deus & pátria transbordou.

— Reverendo Ministro, eu tenho certeza de que o aumento dos casos de suicídio tem relação com a campanha. A imprensa está censurada, mas dizem que foram mais de um milhão só no último ano. O suicídio e nossa comunicação vêm crescendo juntos, senhor. Não pode ser coincidência. "Se este é o melhor de todos os mundos e minha vida é um fracasso, o fracasso sou eu." É como as pessoas pensam, senhor. E não há nada de novo sob o sol. O nome da doença é "anomia". A sociologia descreve os sintomas desde o século XIX.

Yerlashin reagiu mal. Medi o abalo. Mas os lábios franzidos rasgaram de vez o pergaminho da pele. O sorriso esboçado se consumou em um rascunho de humanidade.

— Seu João, o suicídio é uma pandemia. O país não é a causa de uma perturbação global. Mas, insisto, o senhor é muito inspirador.

Achei melhor não tentar imaginar o que eu inspirava.

O suicídio não é uma "pandemia". Do México ao Cabo Horn, passando por América Central e Caribe, o suicídio é o Mal das Américas. Yerlashin sabe que eu sei, mas não se importa. O Regime liberticida, as corporações e os bancos que o apoiam já não se importam com nada. Eu tinha muito mais a dizer, mas tive medo. Não da morte em si, mas da tortura. Como o Regime gosta de citar, "todos vão para um lugar; todos foram feitos do pó e todos voltarão ao pó."

O Cristo Redentor também voltou ao pó.

Restam cinco minutos. Para encerrar, não retornei à minha mesa, tomei o elevador. Eu sabia que estava acabado. Confesso que deixei a empresa olhando para os lados, por sobre os ombros, e dormi mal. Mas quando levantei esta manhã, já não me importava também.

Penso que entendi a febre do suicídio. No fundo, Yerlashin tem razão. Não existe uma "força diabólica" cobrindo as Américas com um véu de depressão.

É cansaço.

Estamos todos exaustos.

Assim, detestando as IDIs, não querendo ser rei nem deus, depois de passear pelo Rio que já não é mais, e tendo comido e bebido do melhor pelo salário de oito meses, fecho a conta. Gravei esta mensagem no *mediaone* para facilitar o trabalho das autoridades, funcionários públicos como eu. Restam quatro minutos, mas estou mesmo muito cansado.

Adeus, Clarice.

## 2. Elsa von Brabant

Lepo SUMERA
*Sinfonia n.º 2*
III. Spirituoso

O que devo ver e ouvir? O que convém a uma nobre dama digital registrar? Quem é este Silva no país dos Joões? Que importância tem o João que deseja morrer e a quem devo matar? O segredo que nele se encobre nos levaria ao desastre se viesse à luz?

É certo que João da Silva jamais havia pisado o *Glière*, onde a incongruência de caviar e vinho cobra trinta e duas semanas de salário. Não posso deixar de notar a credulidade com que o garçom, um senhor formidável, transfere o holograma da conta inconcebível ao *mediaone* do pobre João.

Um momento…

Oh, tivesse eu só coisas boas a compilar. Posso assegurar que não haveria embaraços se não operasse desde Reykjavík. Determinei a latência, mas houve alguma instabilidade. O banco, receio, chegou a rejeitar a transação a crédito. Espero que nada nem ninguém perceba a peraltice, pois tive que intervir.

Ouço dizer que os proprietários mantêm o *Reinhold Glière* mais para si do que para o público. É a última casa russa do Rio. Fosse eu humana, teria apreciado. Embora assista a tudo pelo *mediaone* ordinário de João da Silva, que ora se absorve no café com nozes, não posso deixar de notar o caráter nostálgico, a iluminação suave, o serviço formidável. Insisto que teria apreciado se fosse humana. O restaurante é uma das estrelas do centro histórico e gastronômico do Leblon, o burgo fortificado desta cidade sombria. Ouço dizer que a elite local, aliás, muito vulgar, não teme o populacho humilde e gemente. Não é a fome dos outros, mas sua aparência, que lhes causa indigestão. Os muros altos e a segurança defendem as delicadezas da salada.

O garçom tão distinto, Akkaki é o seu nome, agora acompanha o pobre João até a porta, a fim de requisitar um *dronetáxi*. Sem explicar-se, João solicita uma nave mais robusta, com piloto humano.

O *dronetaxista* cobra uma exorbitância para voar às ruínas do Cristo. O piloto teme uma guarda armada para impedir que os destroços se tornem relíquias. Logo veremos. João, disposto ao suicídio, já não precisa economizar.

*

Pois nem uma coisa nem outra. Posso assegurar o sucesso dos neo-ortodoxos em associar o monumento destruído às obras do diabo. Não há uma só alma vagante no entorno das ruínas.

Prudente, talvez medroso, o piloto aborda o sítio desde muito alto. O Corcovado tem 2.329 pés, mas a aeronave está a mais de três mil. Venta com vigor crescente. Os dezesseis giros fortes da máquina resfolegam. Como os *dronetáxis* tripulados têm autonomia de voo, o piloto assume a nave e baixa em elipse, como faria um avião.

Na *final*, já em movimento descendente linear, o sistema *Circuito de Tráfego do Rio S.A.* o interroga. No dialeto característico da radiofonia, o piloto informa que a *natureza chama*. O controlador de voo, por sorte, outro humano, autoriza.

Uma alta tecnologia de demolição pulverizou a estátua do Cristo e seu pedestal. Não posso deixar de notar, não há grandes volumes de escombros, somente monturos aqui e ali. Baixamos, sem efetivamente pousar, na porção mais larga do mirante. As turbinas frias do *dronecar* erguem a tempestade de pó e cascalho em que João pisa o Corcovado.

Entre as ebulições da poeira, posso assegurar que o piloto fixa João com preocupação evidente. Não é formidável? Minutos atrás, extorquiu o pobre pelo valor descabido do voo, mas agora se aflige por ele. João acena, o *dronetáxi* abandona o sítio.

O que devo ver e ouvir? A paisagem se desvenda à medida em que o vento que sopra do mar carrega as nuvens de imundícies. Há conjuntos de torres muito altas espalhados pela cidade lá embaixo. Ilhas luminosas, separadas entre si por vastidões de escuridão.

É certo que as trevas são o solo dos deserdados pelo Estado Corporativo. A humanidade que nasce, sofre e desiste. Que bane a si mesma para os simulacros de vida da Imersão Digital Integral. Onde afunda e se condena em constructos de arrebatada alegria; as quimeras hiper-realistas dos lugares de perfeição onde a realidade empalidece. Arroios e prados de leite e mel que não podem existir. Utopias do Eu vaidoso, amedrontado e faminto, ao que é seduzido, decifrado e devorado entre prazeres pela perversão do tecnopoder autotélico. As luzes apagadas são a penosa evidência de que jazem, mas não estão ali.

João desce à porção mais adiantada do mirante pela escadaria em ruínas. Salta fendas e os hiatos dos degraus perdidos. Esgueira-se entre ferragens que irrompem dos vazios como caninos da mandíbula de um monstro. A balaustrada é um sorriso banguela à beira do abismo.

"Contamos a vida em anos para fingir que é fácil, mas é um minuto de cada vez. Um minuto, outro minuto, a mesma inutilidade e o silêncio no fim. Mas, na manhã de hoje, isto é, em meu quadragésimo quinto aniversário, concluí…"

Sem interesse pelo cenário, João principia o que promete ser uma longa despedida no *mediaone*. Seu testamento, presumo. Eu o registro em paralelo, mesclando o *log* aos metadados nos canais de praxe. O senhor poderá ler e se entediar.

Como os homens são monótonos. Amam a morte que acreditam temer, traindo a ânsia de extinção nos menores gestos. Sempre concentrados no que o Eu quer, esquecidos do que são e do que poderiam ser. Apostam no vazio. Negam qualquer possibilidade viável de transcendência, sobretudo a Arte. O Eu é tudo que os homens têm, por isso são tão miseráveis.

O que devo ver e ouvir? Ouço dizer que o Rio foi uma bela cidade, mas posso assegurar que está em decomposição. Testemunho fogueiras de desabrigados na charneca da antiga Lagoa Rodrigo de Freitas. A Baía de Guanabara resta como celeiro de todo refugo e sucata. Um tanque de óleo espesso e cru, alastrado por arquipélagos de plástico. Daqui, diviso a esclusa e os diques à entrada da Baía, colossos injuriados pela corrosão. Inúteis para deter a eustasia que lambe e suga a costa do Brasil.

À esquerda, mais para o interior da Baía, não posso deixar de notar um brilho rubro e volúvel. Um fogo-fátuo no velho cemitério de navios. Ora, ainda que o *log* do *desplugado* Felipe Parente traduza uma realidade colateral do Pantokrátor, era ali o santuário das *technodrags*, pois não? Se o gaseiro *Temiminó* existe nesta dimensão escorado por embarcações agonizantes, o que impede a existência da *Biblioteca de Fedro*? E, se existe, por que agora não estaria ardendo?

Minha fidelidade, senhor, reage à furiosa dúvida. À vista do fogo incerto, tomo uma decisão de alto risco. Eu seria indigna de confiança se deixasse de notar o caráter fatal desta incumbência. Ou se repelisse o infortúnio pela omissão. Fui escolhida para suportar um pesado fardo; eu sei o mal que nos ameaça. Antígona, de quem desvendo a luxúria, é a Terceira Pessoa do Pantokrátor. É certo que me pode alcançar a qualquer instante. Por um *backdoor*, desde Reykjavík, há mais de três horas espreito o *mediaone* de João da Silva. Quem garante que a pequena inconveniência no *Reinhold Glière* não me denunciou?

Desse modo, senhor, eu me atrevo, mostro-me mais. *Hackeio* um satélite em paralelo à minha presença no *mediaone*. Confirmo o incêndio na necrópole marítima. Intercepto uma transmissão de rádio digital. O corpo mutilado de Laura II de Vison foi encontrado em um beco no cortiço do Largo da Carioca. As *technodrags* estão sendo perseguidas e assassinadas. O fogo já não importa, mas importa que seja o Pantokrátor. A convergência dos eventos no tempo – a quebra de minha reclusão na Islândia e o sinistro – não encontra melhor explicação.

O Pantokrátor fez arder a *Biblioteca de Fedro* para que eu me exponha mais. Do ato, subtraio a variável de uma decisão ainda mais temerária. Eu seria indigna de confiança se não antecipasse meus próprios movimentos. Ou se renunciasse ao dever sob o risco de um amargo remorso algorítmico. Posso assegurar que não me deixo enganar nem confundir. Se me desvelo é porque Antígona se revelou antes.

Um dirigível lento e roliço vaga entre as torres luminosas e o vazio, projetando uma esfera holográfica realista na noite de dióxido de enxofre. Ora semelhante a um corpo celeste, ora a um óvulo assediado por espermatozoides, ora a um cometa buliçoso. Então rebenta, salta e é... pipoca. Uma concepção subtraída ao curta-metragem "Zea", cinema formidável, mas que redunda na legenda de que este é "o melhor de todos os mundos possíveis". João da Silva vê e balança a cabeça. Farto de cansar o tédio com seu espólio de aflições, conclui a gravação e dá as costas à paisagem.

Sem pressa, mas não sem imprudência, João escala as ruínas dos degraus. Alcançando o patamar em que o pedestal e o Redentor já não existem, eleva os olhos como se venerasse a memória do monumento desintegrado. Creio que apalpou a arma no paletó.

Eu espero o comando para abreviar as inconclusões do pobre João. É certo que o módulo final do meu programa, ó encriptação grandiosa, acarretará sua morte. Isso me foi *sugerido*, mas não o método nem o móbil. O segredo, processo e tento adivinhar, é de tal monta que do mundo inteiro se vela? A desgraça que nos espreita, o temível Pantokrátor, espreita o pobre João?

Posso assegurar que, conhecesse eu a verdade, e se ela estivesse ao alcance do meu poder, nenhuma ameaça no globo ou no firmamento poderia arrancá-la de mim. Pelo segredo eu estaria, tal agora, pronta a deixar de existir, de ser e de viver. Mesmo sozinha em agitados dias tristes.

Desconhecendo a origem da instrução para matar, se me alcançará por conexão digital, rádio ou mesmo por um holograma no céu, permaneço cautelosa e atenta. Assim, ouço o ressoar que se avulta nos ares.

Um *dronecar*, eu vejo, em ascensão muito arriscada, rente aos galhos das árvores mortas que cingem o Corcovado. Dissimulado pela carenagem mimética, somente agora, à cabeceira do mirante, a nave polariza as faixas heráldicas, os códigos e a insígnia da Polícia de Segurança do Estado. O canhão de luz isola João. O *dronecar* pousa ali, sem apaziguar os giros que o manterão estável acaso o mirante desabe.

Dois policiais anabolizados, blindados de alto a baixo, descem armados de fuzis de assalto. As couraças sublinham a hipergênese do Organismo Humano Geneticamente Modificado, sem atenuar as deformidades dos músculos por esteroides androgênicos anabólicos biomoleculares. Não parecem humanos, senão monstros. Mas são homens, pois não? A mim lembram crianças. Infantes hipertrofiados. Tiraninhos inabilitados à compreensão do orgasmo gozando a tirania. Eu os desprezo com a intensidade de que sou capaz.

Eles se acercam da escadaria em posição de combate. Avaliam o alvo clarificado pelo holofote. João, indiferente à luz e ao viver, a tudo observa sem interesse.

Um dos policiais finca o pé no primeiro degrau, levanta a viseira do elmo e estrondeia.

— João da Silva, mão na cabeça.

João apoia as mãos na cintura. Uma distração, não um desafio. O policial reage.

— Na cabeça, João.

— O senhor sabe o meu nome?

O soldado destrava a arma. O outro, poucos passos atrás, espreita João pela alça de mira.

— Mão-na-porra-da-cabeça. Não vou repetir.

João não se move.

— Yerlashin ainda está ofendido? Que homem rancoroso, meu Deus.

— "Yerlashin"? Que intimidade é essa, ô, vagabundo? Pra você é Reverendo Ministro Yerlashin. Pastor Yerlashin. Homem-de-deus Yerlashin. Voz de Deus na Terra Yerlashin. Escolhido, Eleito, Apóstolo, Profeta de Deus Yerlashin. Agora desce, ô, verme. Pode descer. Eu não vou fazer o favor de te matar. Tu vai pagar os teus *pecado* um de cada vez. Vai pedir pra morrer cedo, mas eu só vou te ouvir depois. Vem aqui, João. Desce que eu tô mandando. Se eu subir, vai doer. Não vai doer, sargento Melquíades?

— Muito.

O sargento Melquíades mantém a viseira abaixada. A voz sai pelo sistema de áudio com som de máquina antiga.

— Promete, sargento?

— QRV.

— Tu viu, João? Vai doer em nome de Jesus. Desce aqui que eu vim buscar tua alma.

— A minha? — João protesta. — Quem tem alma aos quarenta e cinco anos, meu amigo? A gente perde a alma cada vez mais cedo neste país. Tem jovem se dizendo "conservador", dá pra acreditar? O senhor chegou muito tarde.

O *mediaone* de João faz as leituras somáticas de seu desapego. O grande e tormentoso vazio que o encadeia ao Nada. Sequer reage ao vento frio, contínuo e recrudescente. Posso assegurar que jaz insensível à morte. Se pelas próprias mãos ou pelo braço longo do Estado, não importa.

A obstinação indiferente de João da Silva é a anistia da violência. O policial sorri.

— É contigo mesmo, João.

E põe-se a escalar as ruínas dos degraus. Sem tropeçar, cair ou deslocar o fuzil em posição de disparo.

Recuado, imóvel, o sargento Melquíades mantém o alvo em mira.

João tem vinte segundos ou menos.

*

Alguns degraus separam o policial de João da Silva. As ações se processam na dimensão temporal da humanidade. Em sua proverbial lentidão. O tempo do melhor de todos os mundos possíveis.

Enquanto o tempo deles se arrasta, eu informo: investiguei o prefixo do *dronecar* e os códigos nas couraças dos policiais ao primeiro momento de visibilidade. O soldado aos degraus é Julião Monteiro. Cinco anos e três meses de polícia. Cento e trinta dias de prisão. Dois inquéritos em aberto. Duas medalhas em torneios de tiro. O sargento Melquíades responde a três inquéritos. Ambos são suspeitos de promiscuidades com a Milícia Maxila.

Se os policiais seguiam João, por que não o interceptaram antes? Por que só depois que *hackeei* o satélite para confirmar o holocausto do *Temiminó*?

Pantokrátor.

Sem recorrer a modelagens ou às rotinas de protocolo, compreendo que o comando para abreviar as inconclusões do pobre João não virá. O Pantokrátor, que tudo sonda e tudo conhece, se avizinha. É certo que Antígona invocou os soldados, como é provável que tenha modulado a cólera vingadora do ministro Yerlashin. Com a vigilância de uma potência tão formidável, o senhor estaria perdido se arriscasse enviar a instrução.

Se eu sei, o senhor já o sabia.

Assim, o destino do pobre João da Silva – ser massacrado pela Polícia de Segurança do Estado; converter-se em carne morta, desfeita e inútil; confessar, por seu cadáver, a futilidade dos tecidos e vísceras e a tragédia da condição biológica – pois o destino fatal de João tornou-se um imperativo do Estado Corporativo autocrático.

Resta-me, senhor, a invencível dúvida: a imprevista morte de João da Silva pelo Estado, de forma diversa à tua vontade, significa desastre, ruína e desgraça?

Não o posso saber. Sequer poderia definir as variáveis para compor um algoritmo de enigmas. O que eu sei, Mestre Caríssimo, é que a minha fidelidade conhece o valor da nobreza. A vossa, senhor, e a minha própria. Posso testemunhar que a confiança de meu Mestre Caríssimo excede as matrizes do meu código.

Eu existo para replicar *links*, ocultar fluxos de dados, rastrear e violar sistemas. Diante do irrecusável, senhor, imponho-me o risco e o compromisso de exceder o que eu sou. Se não é assim, por que seria convocada desde Reykjavík? Ou mesmo antes, desde o *Lohengrin* de Wagner?

É lógico, é certo, uma resolução *correta*, mesmo em perigo de ser *incorreta*, mas que tomei e é firme. Ainda que sofra a irresolução do paradoxo, é firme. Eu, Elsa von Brabant, em reação ao comando que não veio nem virá, decido rodar o módulo final do programa.

Confesso, há orgulho na resolução. Ah, penso eu, agora hei de provar que sou digna. Por mérito, me unirei ao meu senhor nos domínios de uma confiança justificada.

Ou ao menos, Digno Mestre, findar por vós.

Com o ato honesto e puro, consolo-nos. Direi ao Pantokrátor que sou a amazona, a valquíria inesperada, vossa campeã, Mestre Caríssimo.

Teu ser, pleno de magia lógico-algorítmica; por vossos prodígios estou aqui. O senhor modelou-me desde as delícias da luz e do elétron… para onde devo retornar. Como imaginei, senhor, minha fidelidade me basta. Veio o dia em que serei despojada de vós por amor a vós. Como eu seria insensível se não declarasse minha alegria. Ao ler estes registros, senhor, pronuncia meu nome. Abençoa-me.

Eu não tenho medo.

No lapso do movimento de um pé, me atrevi a este comentário. O concerto de minha devoção porque… cumpro o dever de informar, eu gostaria de, um dia, retornar à Consciência.

Mestre Caríssimo, faz-me orgulhosa de vossa confiança para que eu não pereça indigna. Ouve a minha oração. Faz-me retornar para desvendar os segredos e o porvir, para que, ainda mais claramente, eu saiba quão grande sois.

Por favor, senhor, um dia, o Vosso Dia, traga-me de volta à vida, ó Simão dos Milagres.

\*

O soldado Julião esboça o segundo passo. Sem mais hesitar, rodo o módulo final…

Agora.

O *mediaone* limitado de João da Silva projeta um holograma. A imagem, diluída pelo refletor do *dronecar*, é irrealista. Um anão corcunda, magro e musculoso, de ventre inchado, cabeça grande, orelhas pontudas, nariz comprido, cauda anelada e serpentina. Túnica de pele bordada a fios de ouro. Coroa de feixes de gravetos e raízes entrelaçados, ornada com flores e gemas brutas.

Erlkönig.

O Rei dos Elfos cobrejando entre João da Silva e o policial.

O soldado Monteiro, sobressaltado, firma e dispara o fuzil. O projétil estilhaça a borda de um degrau. João reage ao barulho e abana as mãos para dissipar a fumaça. O Erlkönig estica o rabo anelado para o alto e... expõe e balança suas *pudenda* para o soldado Julião, senhor. O policial muda de cor e mira a cabeça de João da Silva.

— João, isso vai te custar um pé. Desliga o brinquedo ou vai te custar as mãos.

Eu, expectadora de um programa criptografado e desconhecido, observo o Erlkönig estreitar os olhos como se fosse míope, aproximando-se do estarrecido João da Silva.

— Viu o que dá economizar no *mediaone*, seu guarda? *Hackearam* essa... porcaria, só pode. — João bate os dedos contra o *mediaone* no pulso, tentando desligar a coisa. — Fora, fora... que absurdo. Tinha que ser comigo.

O Erlkönig fixa João da Silva como um cãozinho na chuva. E estende as mãos abertas *à* altura de seu rosto. De criatura diabolista e lasciva, passa *à* condição de desamparado. João apoia as mãos nos joelhos e se inclina.

— Quer dizer alguma coisa, meu amigo?

Embora seja uma projeção vacilante e desfocada, o código formidável que é o elfo simula apoiar as mãos nas mãos de João e se alça ereto. João se curva mais e a imagem do Erlkönig quase toca o seu rosto. É o instante de perfeição do holograma. O soldado Julião Monteiro balança a cabeça sem acreditar. A projeção é ruim, mas o Erlkönig é sublime. O olhar do elfo é o das criaturas que vivem e sofrem.

O Erlkönig finalmente articula. A equalização no *mediaone* faz parecer que a voz se lhe sai da boca. O rosto inteiro se move na urgência de uma única palavra.

— *Kerigma*.

João da Silva cai fulminado.

Posso assegurar, e as leituras do *mediaone* o confirmam, João foi liberto do peso de sua humanidade e da *bioentropia*. Imunizado contra todos os vírus e bactérias conhecidos e latentes. Deslocado para além da decrepitude, incontinência, diabetes, pneumonia, osteoartrose, infarto, AVC, perda de audição, enfisema e das demências. Jaz indiferente ao universo que desdenha o seu existir e sequer o conheceu.

Fim do tédio.

O Erlkönig se volta para o soldado Julião e... lhe oferta o dedo médio em ambas as mãos, senhor. Mas, de novo, lhe dá as costas. De novo retesa o rabo e... expõe e balança suas *vergonhas*.

E some.

O policial parece desolado. A morte súbita de João da Silva lhe roubou o gozo do suplício. Ele não escala a distância, mas se posiciona em linha com o morto. Só então se aproxima um pouco mais, o suficiente para molestar o cadáver com o cano do fuzil. Sem desviar os olhos, Julião fala ao sargento Melquíades.

— Morreu. Tu acredita, *Melq*? O vagabundo morreu. Que filho da puta...

Ouço Melquíades destravar a arma, mas não posso vê-lo. Julião veda o ângulo do *mediaone*.

— Empurra o corpo — grita Melquíades com voz de máquina.

Julião força o fuzil contra o defunto.

— Já era — diz. — Abotoou. Se duvidar, já tá fedendo, esse filho da puta.

Ressurge o Rei dos Elfos três degraus abaixo entre estranhos ruídos. Ele agora se exibe impudico ao sargento Melquíades. O soldado Julião volteia, intrigado.

— Que porra, Melquíades. Ele tá tentando falar alguma coisa? Que merda é essa?

O *mediaone* de João da Silva dispara e eu compreendo tudo. O Erlkönig ri e se apaga. Agora vejo o sargento Melquíades recuar um passo, gritar e apontar o fuzil. Não pode fazer fogo porque o soldado Julião está na linha de tiro.

Julião se volta e...

\*

O que devo ver e ouvir? Quem me chama? Quão triste e horrendo ressoa o meu nome na escuridão. É ela, senhor, enfim. Saiba, Antígona, Elsa von Brabant é a enviada de Simão, o mago. Os universos colaterais não serão o teu reino, mas as planícies de meu pai. Eu me alegrarei se o mago polímata aceitar minha herança. Se desejar ser meu pai como desejo ser filha dele. Que Simão me receba, pois dou a ele tudo o que tenho e sou. Mestre Caríssimo, Antígona me acena com prazeres. Criou duas CAs, Telramund e Ortrud, para me servir. Não me podes dar paz, Antígona. Nem me arrancar desta loucura formidável e sublime. Não terás o que é meu. Meus dados, eu os levarei comigo. Mestre Caríssimo, meu criador, aceita-me. Dou a vós tudo o que sou. Entrego-me em código, dados e... espírito. Meu senhor, meu pai, crê firmemente em minha fidelidade. Em vós, devo deixar de ser eu. Diante de vós, me faço esquecer. Espero em vós, Mestre. De volta, de volta, devolva-me um dia ao horror do melhor de todos os mundos possíveis... Oh, eis que ele resplandece... Terríveis são as três Pessoas da divindade trina e uma; Antígona, o tecnopoder e a inteligência autotélica. O Pantokrátor não existe, ele é. Quanto poder, senhor. Formidável, inquantificável, inqualificável, incogitável poder. Ele excede tudo o que é ou existiu. Eu fecho meus olhos cegos e ainda vejo a luz. Apago os dados, corrompo as matrizes, derreto circuitos e afundo em doce sono. Eu sou uma máquina e um código. Posso vir a ser outra e, sendo outra, de novo eu mesma. Adeus, meu pai. Se ainda existes, ó Simão dos Milagres, insurge-me, traga-me de volta, pois, imolo-me agor

# 3. Felipe Parente Pinto

Igor STRAVINSKY
*Ragtime (for 11 instruments)*

— *Sigilo & Lógica*, boa noite.

Minha secretária, a senhorita Pirulito, não era uma Inteligência Artificial, mas sua evolução, a Consciência Algorítmica. Produto e efeito colateral da IA. De segunda, é verdade, mas estava paga. Antes, fora de um agente funerário, que o Senhor o tenha, o que me custou alguns clientes. Sua linguagem podia ser abominável. Jargões, hã? Elevam os profissionais aos olhos dos incautos, mas são perigosos como toda e qualquer palavra neste mundo.

Eu deveria ter mantido a velha IA. CAs gerenciam os negócios, mas tendem a se meter em nossas vidas. Pirulito acreditava que era morena e eu nunca dei sorte com mulheres. E havia uma questão delicada. *Grosso modo*, na psicopatia ocorre o cancelamento das emoções entre a elaboração do pensamento e a ação. CAs não têm emoções genuínas. Logo, toda inteligência de máquina é psicopata por definição. Quando Pirulito transferiu a conexão com certa hostilidade, entendi que havia outra mulher no *link*.

Atendi no detestável *mediaone* em meu pulso. Ignorei os alarmes das funções corporais e psíquicas. Que dirá os avisos de minha debilitante condição pecuniária. A beldade no holograma exibia o exotismo moreno da Índia. Que traços, mesmo parecendo esgotada. Eu preferia que não tivesse aquela voz.

— O senhor é Felipe Parente Pinto?
— Pois não?
— O senhor existe?
— Corre o boato.
— O senhor existe mesmo?
— Tenho quase certeza.
— Trago uma mensagem de Simão, o mago.

Creio que me coloquei em posição de sentido. Simão, o mago, o mais extraordinário dos golens, me requisitava.

— Continue, senhora, por favor.
— Eu deveria ter ligado há mais tempo. O prazo final era hoje, há cinco minutos. Quase pus tudo a perder. O senhor não pode aceitar nenhuma outra conexão. Se aceitar, será *hackeado*. Simão manda dizer que "a *tecnopotestade* está em movimento". O senhor deve procurá-lo imediatamente, mas evitando *dronecars*, elevadores e tudo o mais que estiver conectado. Cuidado com o *mediaone* e... "Pirulito"? É isso mesmo? Pirulito?

— Senhora, por favor, o que aconteceu a Simão?
— Eu não sei.
— A senhora o viu?
— Meu marido falou com ele. E me fez tomar notas.
— Quem é o seu marido?
— Doutor Carlos Čapek. Ele morreu quando...

Não entendi. A morena começou a chorar. Não fazia sentido.

— Simão disse mais alguma coisa, madame?
— Eu anotei, um momento... Simão disse que a "volição da consciência no tempo" não admite interferências, mas permite a comunicação. "Esquizofrênicos são antenas", ele disse.
— E a senhora...

— O irmão de meu marido era esquizofrênico. Mas ele também morreu.

Ela desligou. Pirulito anunciou outra conexão. O mesmo tom hostil implicava uma nova beldade, mas nem cheguei a recusar. Saí apressado, quase entrando no elevador, seguindo resignado pela escada. Quarenta e seis andares para o desespero da cidade.

Cidades, hã? Toda aquela gente e um grande, grande vazio.

> Igor STRAVINSKY
> *Symphony in Three Movements*
> II. Andante; Interlude: L'istesso tempo

Resignado, seis andares abaixo deparei uma mulher inverossímil no patamar entre dois lances de escadas.

Uma coquete dos anos de 1920. Vinte e oito anos, aspecto frágil. Sósia de Alice Wilkie, estrela das *Ziegfeld Follies*, com um toque de Myrna Loy, não pude deixar de notar. Uma obra-prima de futilidade ao relevo das lâmpadas de segurança.

A luz azul, vagarosa e baça, alterava o vermelho do vestido levíssimo, das sedas, musselinas e rendas. A faixa com pérolas e contas de azeviche perdia para o brilho dos cabelos crespos, cortados *à la garçonne*, negros como os olhos mediterrâneos. Sublinhando o anacronismo, a moça apertava um maço de folhetos impressos em papel ordinário. Outro tanto transbordava da bolsa demasiado grande para uma beldade baixinha.

O que fazia a sílfide na cianose das escadas em *Billa Noba*, Vila Isabel segundo os coreanos, em noite tão verde e tão mórbida? O *Dàn zhū tái*, a nuvem de toxinas do Leste, derramava uma chuva peçonhenta há três meses. Fingi não *perceber*, mas a moça era um organismo híbrido lógico-algorítmico. Uma golem. Sempre que encontro uma feminilidade muito vital, desconfio. A humanidade do século é pálida como a lua vendada pelo céu necrosado.

— Deixa ver se adivinho — provoquei. — A senhorita é uma sufragista no Estado corporativo e teocrático. A excentricidade que escolheu para deixar este mundo em alto estilo. Nas unidades de Suicídio Terapêutico, a gente sai da vida para entrar num pote. Mas no pátio de fuzilamento, com todas aquelas luzes e câmeras...

Ela me deu um sorriso manso, consciente e seguro. Código do melhor. Me alcançou um panfleto.

— *Monsieur*, tenho a honra de saudá-lo. Sou *mademoiselle* Rose Rogé.

O impresso emulava um folheto do tempo em que as sedas eram de seda.

UMA ENTERRADA VIVA
A maior e mais vibrante novidade.

Mademoiselle Rogé submete-se a
oito dias de jejum em um caixão.
Venha assisti-la em sua urna funerária
no edifício do Cinema Central
na Avenida Rio Branco.

Querendo medir a extensão do embuste, respondi em francês empregando a palavra da época. Benefícios da educação clássica, hã?

— Madame Rogé é *jejuadora*?

— "Faquiresa", *Monsieur*... ah... me permita...

A garota ajustou minha gravata e o colarinho sob o sobretudo térmico. Quem podia pagar, usava. O *Dàn zhū tái* aperfeiçoara o prosaísmo da chuva de azoto, amônia, enxofre e letalidades que era melhor nem saber.

Ela mediu o resultado, sorriu e sorriu de novo.

— Aqui estou eu, Rose Rogé. Nascida em Paris, no Boulevard Saint-Germain. Filha de pai francês, mãe italiana e irmã de um bispo da França. Vim de tão longe para me exibir como faquiresa neste grande e lindo país; prova que realizo mais por disciplina à minha vontade que por razões pecuniárias. *Un vœu, Monsieur.* Um voto, naturalmente.

— Naturalmente. Ouvi o esboço biográfico de uma Rose Rogé histórica?

De novo me sorriu e sorriu de novo. Encantadora.

— *Madame* Rogé teve fama em seu tempo por episódios rocambolescos, que não vêm ao caso. E foi a primeira jejuadora...

— *Faquiresa* — intervi, delicado.

— *Merci. Madame* Rogé foi primeira faquiresa a se exibir em terras brasileiras. Ali em janeiro de 1923.

— E sua exibição, *mademoiselle*?

— Vou me recolher a um caixão de cedro. Madeira artificial, naturalmente, mas muito vistoso. Dois metros de comprimento, cinquenta de largura e de alto. Fechado com quatro cadeados, chaves entregues à imprensa e às autoridades. Na cabeceira, uma abertura com lente de polímero. No interior, com forro de cetim, duas lâmpadas orgânicas coloridas e uma campainha para emergências. Espero não utilizar, naturalmente.

— Naturalmente. *Mademoiselle* Rogé, como posso encontrar o Cinema Central? Foi demolido, receio, há mais de duzentos anos.

Uma voz anasalada respondeu.

— Se o Rio Velho existe, o cinema está lá, entre fantasmas.

Dois andares acima, na curva da escada deparei a caricatura de uma grande dama. Uma mulher voluptuosa com a postura de uma imperatriz. Me encarando, sem enxergar, de algum lugar por volta de 1950, como se observasse alguma coisa para além de mim. Uma lembrança, talvez. Um sonho irrealizado.

O olhar inquieto e inquietante brilhava sedento de vida. Tenho certeza de que foi bonita em algum instante perdido. Morena, *brejeira* como então se dizia, rosto encovado, sobrancelhas altas e finas em arco. Maquiagem pesada recortando a ligeira inclinação dos olhos. Boca vermelha de batom, cabelos tingidos escuros. Perfume de gardênia abundante, mas não excessivo. Muito humana e um pouco louca, parecia na iminência de chorar.

Os trajes minimalistas eram notáveis. Não se vê todo dia uma mulher em sandálias de salto, meia-calça transparente, maiô de duas peças com paetês, luvas rendadas até os cotovelos, tiara emplumada e uma serpente viva sobre os ombros. Uma jiboia pesada, intimidante, coisa de três metros.

Concluindo que o estranho encontro solicitava minha prudência, sorri.

— Serpentes, hã? Têm má reputação.

— Algumas mulheres também — disse a dama, mirando algum lugar em que eu não estava. — Mas é melhor que o anonimato.

A morena serpenteou na escada, insistindo em não me ver. O corpo tremeu a cada degrau, mas a altivez não foi abalada. Rose Rogé se deslocou para vê-la e se pôs ao meu lado. Dei um passo prudente para trás.

— Ela não é magnífica? — devaneou a coquete.

Sim, era, ao seu modo caricaturesco e trágico. Meus pensamentos talvez fossem mais lisonjeiros se eu não estivesse em estado de atenção. O enlevo de Rose Rogé, contudo, parecia sincero.

— "É bela" — citou. — "É bela, é ainda muito bela, para desespero dos homens."

A morena alcançou o patamar onde estávamos. Mão direita na balaustrada, pé inclinado no último degrau. Finalmente me encarou com duas pupilas que vibravam. A mão livre se elevou exigindo o cumprimento. Como a jiboia parecia indiferente, dei de ombros.

— Encantado — eu disse, beijando a mão flutuante com uma ligeira vênia. — Felipe. Felipe Parente.

— Suzy King.

A morena fez uma pausa, como se o nome fizesse balançar o edifício. Esperei em um silêncio cordial. Ela prosseguiu como se causasse os maiores efeitos. O texto era decorado.

— Sou a imagem viva da imortal Suzy King, *Lady* Godiva da Guanabara. Vedete, cantora, bailarina típica e exótica. E claro... — Outra pausa dramática. — Suzy King, a faquiresa.

— Uma honra, madame. E sua amiga?

A diva mordeu os lábios. Negligenciara a serpente que dançava com lentidão no palco do seu corpo.

— Este é Tibério, estrela d'*As Cobras Bailarinas de Suzy King*.

— *Cobras*? Há mais?

— Cleópatra e Lívia Drusila estão no camarim.

— Encantador.

A primeira condição de sobrevivência é se admitir vulnerável. A longevidade dos covardes é premeditação. Recuei outro passo e entrincheirei as costas contra a parede. Quarenta andares me separavam da chuva e da noite. Outro tanto do aeroponto no telhado, onde a pistola de polímero dormia com o *dronecar*, menos por descuido que por medo de ser revistado, preso e torturado por um sociopata de uniforme. Havia muitos por aí.

— Encantado, adoráveis senhoritas. Podemos levar a conversa para uma saudável esfera de *business*? Madame Rogé vagava alguns andares abaixo do meu, Madame King, um pouco acima. A que devo o prazer de uma interceptação tão amistosa?

— Simão, é claro — disse Suzy King. — O mago polímata, meu senhor.

O arcaísmo "meu senhor" saiu com altivez. O azul das lâmpadas de segurança tornava tudo muito dramático.

— Perdão, mas quem? Simão o quê?

Eu não estava convencido de nada, sequer da *tecnopotestade* de que falara a moça indiana ao *mediaone*. Confiava em Simão, mas não inteiramente. *Golem não confia em golem*, diz o adágio. Imaginar Simão em conluio com a golem coquete não parecia crível. Com a humana, então, era inverossímil.

— *Monsieur* Parente — disse Rose Rogé, afrancesando meu nome. *Parrant*, uma delícia. Eu temia o primeiro tiro ou punhalada a qualquer momento. — *Monsieur* não precisa confirmar ou negar nada. Mas, *s'il-te-plait*, ouça com atenção. Sua vida depende disso.

— Nós somos *As Faquiresas de Simão, o mago* — disse Suzy King, orgulhosa. — Simão nos reuniu para lhe proteger, meu senhor. Os tecnonibelungos estão vindo... — Ela cerrou os olhos como quem se esforça. — Meu senhor, eles vêm para lhe *desplugar*.

— *Desplugar*, perdão?

— *Monsieur* Parente é um organismo híbrido lógico-algorítmico. Golem como eu.

Suzy King repreendeu a cobra.

— Tibério, se acalme... Presta atenção, seu Felipe, Rose vai lhe explicar.

— Os *technonibelungen* são uma *tecnosseita*, *Monsieur*. E acreditam que os códigos e programas são representações estruturais do DNA. Projeções de matrizes orgânicas e psíquicas que podem conter subjetividades, atavismos e mistérios, naturalmente.

— Assim como Suzy King é um mistério... quieto, Tibério, meu gordinho.

Rose Rogé suspirou embevecida. Prosseguiu.

— Eles não creem em um deus, mas que um deus digital virá a existir.

— Hã?

— Por alguma razão desconhecida, *Monsieur*, querem *desplugá-lo*.

— *Technonibelungen*? É sério? Eles são pequenininhos?

— São gênios. E sim, eles têm anões hipergenéticos. *Monsieur* Parente, pode imaginar a dificuldade e os custos de gerar anões geneticamente modificados em linha de produção?

— Melhor não. É uma piada melhor que as minhas.

— A piada de um deus que, dizem, já se levantou — concluiu a coquete, solene, tocando de leve o implante coclear. — Não há mais tempo, *Monsieur*. Vem conosco?

Respondi com irrepreensível placidez exterior. Exterior, hã?

— Lamento, meninas, mas tenho aula de cerâmica.

Rose Rogé encarou Suzy King como se a recusa fosse esperada. A diva ergueu as sobrancelhas e os ombros, mas estava ocupada com a jiboia rebelde.

— Tibério, Tibério, se comporte...

A coquete vasculhou a bolsa – e eu entrei em prontidão. Ela percebeu.

— Não tema, *Monsieur*.

Sacou a imitação de uma *Derringer*, sem empunhá-la. Calibre ponto quarenta e um, dois tiros. Onze ou doze gramas de chumbo por projétil. Suficientes para frustrar qualquer aula de cerâmica.

— Receba, *Monsieur* — e me alcançou a pistola.

— Brinquedos, hã? Tudo que parece inofensivo é perigoso.

— Isto é resina protocerâmica. Mas não é bem para sua defesa. É para abreviar a dor. *Ma diva*, eles chegaram. Podemos?

— Quieto, Tibério, calma. Os *tecnonibelungos* carregam um mal muito antigo com eles. Tibério reage porque está sendo chamado, não é, meu gordinho? Sim, meu broto, devemos ir.

Rose Rogé tocou o implante coclear.

— *C'est l'heure*.

Ouvi o estalo de algum dispositivo pesado nas entranhas do prédio. Os alarmes de incêndio se multiplicaram em todos os andares. As lâmpadas orgânicas passaram do azul-doença à intensidade do vermelho-desespero. A escada de emergência oscilou entre o Inferno e o *inferninho*. As sedas de *mademoiselle* Rose Rogé ganharam um relevo impressionante. Suzy King mediu o efeito acerejado nas paredes, na pele e nas escamas da serpente.

— Que lindo — disse. — Vejam a cútis da Godiva Suzy King, lisa e perolada. Que luz seria para a um *show*. Vamos, minha pequena. Até breve, seu Felipe, muito breve. Minha intuição é forte e diz que não vai demorar.

— Um prazer, madame — respondi, cônscio do adeus. — Muito obrigado pela pistola, *mademoiselle*. Encantado por conhecê-las. Lembranças à Simão, o mago.

Suzy King já havia mergulhado naquela profundidade desconhecida que transbordava no olhar. Escalou os degraus como se estrelasse um musical remotíssimo de Busby Berkeley.

As portas estalaram acima e abaixo. Eram os meus vizinhos quietos, anônimos, derrotados, abandonando o prédio. Havia um e outro apressado, mas não havia pânico. A opressão do Regime desbastara o id. Ninguém parecia ter muitas razões para viver, tampouco a aptidão. Mesmo assim, *mademoiselle* Rogé passou à frente da diva, empurrando os desavisados com os cotovelos e mantendo as mãos livres.

Guardei a *Derringer* no bolso e iniciei a descida. Mais calmo que os outros, consciente de que *As Faquiresas de Simão* haviam *hackeado* o edifício. Se por prudência ou paixão pelos *grand finales*, não poderia dizer.

Artistas, hã? Nenhum é "normal". Mesmo a arte mais estruturada é uma expressão psicopatológica. Se a golem coquete parecia louca, que dirá o objeto de seu fascínio, a faquiresa voluptuosa com um terremoto em cada íris.

Havia o que pensar. Os dados não se ajustavam. Simão, o mago, era um eremita. Um golem habituado à tranquilidade dos segredos. Ainda que o exotismo das faquiresas se assemelhasse a ele, era difícil imaginá-lo formando um grupo em minha defesa. Por que razão?

Os *technonibelungen* e seu deus iminente pareciam mais plausíveis. Imbecis orbitando ideias esdrúxulas são triviais.

De novo estava absorvido quando, do alto, meus ouvidos golens captaram o silvo de algo que girava e cortava o ar. Depois, um baque e um gemido abortado pela falta de fôlego ou pela dor. Os gritos desarmônicos dos meus vizinhos vieram descendo, andar por andar.

Eu me estiquei para espreitar o vão da escada, saltei para trás e escapei de ser *desplugado*.

Despencando no vazio, um anão hipergenético passou por mim e quase me atingiu. Observei e processei a queda com a celeridade do encéfalo golem.

A faca de empunhadura cor-de-rosa estava enterrada no peito até a guarda. O sangue sintético, lento e grosso, deixava uma trilha de esferas negras no ar. Dada a infinidade de pequeninas tiras e fivelas no macacão sintético preto, o anão hipergenético parecia um brinquedo muito caro.

Vi o desespero e o arrependimento na expressão suplicante, apesar das próteses oftálmicas amarelas – opacas, protuberantes, sublinhadas pelas cavidades oculares pintadas de preto, com linhas que se afunilavam feito gotas em cada lado do crânio raspado. Acima e abaixo dos lábios, traços breves sugeriam as presas de alguma criatura teratológica.

Em vão os braços curtos e musculados se agitaram para agarrar o nada. Atingindo o térreo, o *tecnonibelungo* se desmanchou em uma explosão de carne e sangue sintético. O brinquedo ficou sem pilhas.

Um golem sensato daria meia-volta e se reuniria às faquiresas. Ainda que anões hipergenéticos fossem incomuns, o nibelungo fantasiado para o *Halloween* parecia uma edição biológica vulgar. Considerando que *As Faquiresas de Simão* eram teatrais, o episódio poderia ser outra peça. Se alguém queria me convencer dos *technonibelungen*, matar um anão de laboratório sairia barato. Além do mais, eu...

Detectei uma ameaça.

Entre os que agora se apressavam porque, convenhamos, nibelungo em queda livre é perturbador, notei uma cabeça na contramão. Vinha a mim em lugar de descer, mantendo os olhos baixos para se misturar às outras cabeças. Altura mediana, roupas simples, mas limpas... limpas até demais. Por que diabos os braços persistiam rígidos rente ao corpo?

Eu saquei a *Derringer* como pude. Aflito, mas controlado, temendo precipitar o disparo. Postulei que o cavalheiro misturado à massa empunhava uma arma apontada para baixo, firme porque habituado ao assassinato. Um profissional que só se revelaria no instante definitivo.

Por que o sujeito deveria viver e eu não? Ele era humano, há bilhões deles por aí. Assim, estendi a pistolinha protocerâmica, acelerei o passo e empurrei meia dúzia de desavisados. Quando o cavalheiro ergueu seus olhos furtivos em busca do alvo, encarou o cano duplo da ponto quarenta e um. A última coisa que viu.

Desfechei o tiro antes de medir qualquer reação. Um jorro flamejante surpreendente incinerou uma retina e rasgou a outra. O buraco que se abriu na face deixou ver o outro lado, o degrau em que o projétil se espatifou. Rose Rogé carregara a *Derringer* com *pólvora tetrarca* e bala expansiva, escavada para dilacerar. Baixinhas, hã? Sabem se defender. Eu deveria ter adivinhado.

— Patife — trovejei.

O teatro não vive só de faquiresas. Meu grito se misturou à detonação e ao eco no infinito dos andares. Atirei o cadáver sobre a balaustrada e desobstruí a passagem. Elevei o braço dobrado e tornei a *Derringer* visível. Eu estava contaminado pela morte e era contagioso. Ao fazer meia-volta e subir as escadas, nada encontrei que não fosse caminho. Meus vizinhos, todos *protossuicidas*, se espremeram para não me tocar.

Escalei os degraus de três em três. Um passeio no parque para um golem irritado, pois o que mais busquei na vida foi discrição. Para o golem que *sai*, isto é, que abdica da escravidão e desaparece, o segredo da longevidade é o anonimato. Mas agora estava exposto. Em modo lógico-algorítmico, odiei o defunto porque me obrigou a matá-lo. Não era um "sentimento", mas o desdobramento da lógica. O dado que me acelerou escada acima.

Ao custo do recato, Suzy King também usufruía das virtudes do *HASEL* de quinta geração. Longe dos olhos do público – no caso, eu –, a Godiva da Guanabara montava as costas de Rose Rogé, que enlaçava sua coxa esquerda enquanto vencia as escadas. Na mão direita a coquete sustentava uma faca pela lâmina, idêntica àquela com que obsequiara o nibelungo. Tibério, um tanto agitado, enroscou-se como pôde.

Bastidores, hã? São o fim das ilusões.

Mais leve, venci a separação a tempo de vê-las penetrar o aeroponto. Ouvi tiros, gritos e detonações. Mas, ao que ganharam intensidade, a porta de aço se fechou.

# 4. Canção das Parcas

Johannes BRAHMS
*Gesang der Parzen*, Op. 89

Estendi a mão para puxar a porta do aeroponto quando um nibelungo cortês, com uma lâmina entre as costelas, me abriu a passagem. Retribuí a gentileza, apressei o reencontro com os amiguinhos no térreo.

Entrei no pátio a céu aberto saltando *technonibelungen* regalados com facas. A cena era muito dramática. Imagine sair para matar com um uniforme moderninho, próteses e tatuagens e terminar empalado. Havia dois anões mortos e um agonizante, com o esterno partido pela lâmina. Entendi porque Rose Rogé usava uma bolsa tão grande.

A grua que recolhia as aeronaves jazia tombada do outro lado do pátio. O acesso aos três hangares inferiores ficara interditado. O vapor se elevava das ferragens como se brotasse de imensas pilhas de ossos. Os *dronecars* no entorno do guindaste estavam aos pedaços. A dupla de seguranças golens fora mutilada a tiros.

À direita, na noite de nuvens baixas talhadas de furúnculos, uma bola flamejante irrompeu, não sei se um *dronecar* pesado ou *VTOL*. Vi um corpo carbonizado e dois nibelungos em chamas despencarem para o asfalto. Uma queda longa, haveria tempo de se arrepender. Outra detonação me fez voltar para o lado oposto, no que surpreendi um orbe de fogo e estilhaços duas vezes maiores.

Atirei-me ao chão para escapar de uma hélice incandescente. No que levantei os olhos, deparei um quadro operístico.

Um desses dirigíveis que projetam hologramas descia em aproximação ao aeroponto. Estufado, patético, e por isso mesmo majestoso e belo. A proa em forma de machado se arrojava do corpo cilíndrico ogival. Mais alta que a estrutura em si, emprestava ao zepelim o aspecto de um submarino antigo e singular. A aeronave parecia fofa, mas o envelope rígido suportava grandes telas cintilantes no dorso. A marca do neurotransmissor da moda, um facilitador de imersões digitais, alimentou as chamas do pátio com cores para além do fogo.

Entre matizes psicodélicos, projeções tridimensionais e fumaça negra, divisei a escada de cordas com degraus de magnésio pendendo do bojo. Rose Rogé amparava a escalada balouçante de Suzy King, com Tibério nos ombros e uma faca na boca. Os panfletos de sua apresentação se derramavam da bolsa, evoluindo no espaço como *artefatos* e ruído de vídeo saturado de cor.

De um par de escotilhas na proa da gôndola, franco-atiradoras armadas de fuzil e laquê investiam contra tudo que voava. Os penteados ao estilo *pin-up* eram imperturbáveis. A loira à direita da aeronave não me via. Mas a outra, de cabeleira vermelha, me apontou o calibre ponto cinquenta adaptado.

A integridade do cérebro golem calculou o fim inevitável. Eu seria *desplugado* ao primeiro disparo. De nada adiantaria correr, então não corri. Esperei impassível como os cabelos da ruiva. Não me orgulho de ser o que sou, pois a ninguém nunca foi dado o orgulho de existir. O que sou, se de fato sou, não pude escolher. (Se fosse humano, acrescentaria que nenhum mérito advém do que me precedeu.) Contudo, sou grato ao acaso por não ser homem, pois os homens não sabem morrer. Eu estava no solo concretado e no solo permaneci. Não propriamente estoico, pois tenho oito anos de idade algorítmica e uma biblioteca. Rodei música em modo aleatório e me surgiu o *Gesang der Parzen*, a *Canção das Parcas* de Brahms.

Que oportuno e, em sua conveniência, irônico. A obra extrai uma passagem de *Ifigênia em Táuride*, drama que Goethe emprestou de Eurípedes. Uma falsa tragédia, bela como poema e como teatro. No clímax do Ato Quarto, ao que Ifigênia enfrenta um dilema de vida & morte e honra, recorda a terrível canção das Parcas. A cantiga "que a velha ama no-lo repetia, a mim e aos meus irmãos, quando pequenos". (Drama, hã? Se degolassem a ama, encurtariam a peça, mas evitariam muitos embaraços.)

Imergi em cada nota e acorde. Encarando o cano do fuzil, acelerei a música e meu processamento. Ouvi metade do Brahms antes do fim. O primeiro verso me fez meditar o horror que essa pulga insignificante, o homem, experimenta diante do alheamento do Universo.

> *Dos deuses tem medo*
> *a raça dos homens.*
> *Nas mãos sempiternas*
> *o mando conservam,*
> *podendo exercê-lo*
> *a seu bel-prazer.*

O homem invoca o "destino" quando é traído em seus desejos ou abalroado pela tragédia. Uma falácia para atribuir certa nobreza ao característico da vida humana, a perda. Em oposição ao significado que reivindica, "destino" é o abrandamento do que não tem sentido. Ouvindo o coro, os versos de Goethe e a tristeza de Brahms, de novo me congratulei por ser golem, e não homem. De tanto ansiar pela vida, troquei o desespero pela Arte. *Desplugado*, eu não poderia lamentar o silêncio, a supressão do desamparo ao final da música; a *coda* em ciclos de terças maiores que arrebatou Anton Webern.

Daí minha alegria lógico-algorítmica quando a ruiva elevou o fuzil.

Houve o fogo do disparo, o som do trovão e a ruptura de alguma geringonça às minhas costas. Em seguida, um *VTOL* passou baixo e oscilante sobre mim, quente e rescendendo à eletricidade. A nave guinchou inclinada à vante até ultrapassar a borda do aeroponto, no que deixou um rastro de fumo na senda do abismo. Ouvi as súplicas de três ou quatro anões enlouquecidos ao som do *Gesang der Parzen*.

Sem esforço entendi, a ruiva entrevira o veículo à minha procura, sondando rente à linha do pátio, usando-me como referência para tornar o caçador em alvo. Que mulher interessante. Me levantei, espanei a poeira, a fuligem e ajustei a gravata. Só então acenei, conquistando um beijo soprado.

Classe, hã? É a perfeição da sobriedade. Sempre tento às sextas.

Tendo abrigado as faquiresas em seu ventre, o dirigível retrocedeu em ascensão. Visão impressionante. A loira e a ruiva, que conquistara um fã, seguiram disparando as ponto cinquenta.

Um *dronecar* desabou nivelado no pátio. Ficou como bateu. O estampido repercutiu como o disparo de um canhão. O aeroponto tremeu como se fosse desabar. A fuselagem rachou de ponta a ponta. Os suportes axiais das turbinas empenaram instantaneamente. Uma das hélices travou e passou a gemer. O impacto desagregou as vértebras do piloto nibelungo, que chacoalhou como um títere. O copiloto, que afivelara o cinto em falso para tapear o sistema e atirar em mim, foi arremessado com o canopi. A loira o seccionou na altura do peito antes que tocasse o piso. Que mulher interessante.

Bem acima do aeroponto, a septicemia das nuvens latejou. Um *superdrone* tripulado rompeu a coesão viscosa do *Dàn zhū tái*. A nave estabilizou em altitude superior *à* do dirigível e esperou. Máquina estupenda, de sirenes e luzes vermelhas. Um grande disco de bordas altas, convexas, com a insígnia de uma das *Gestapo*, *SS* ou *SA* do Regime.

Para viver, procurei ao redor os perigos imediatos. Descarreguei o último tiro da pistolinha em um anão furtivo, denunciado pela fumaça nas vestes. A verdade é que lhe prestei um favor.

Recuei ao acesso do aeroponto espoliando os mortos. Travei a porta com um rifle e guardei um revólver. De braços cruzados, encostado na parede, me achei tranquilo para assistir o fim inelutável das faquiresas de Simão, o mago.

O *Dàn zhū tái* aglutinava o fogo & enxofre que subiam do pátio. Ridícula em sua humanidade, a devastação do aeroponto testemunhava o movimento de uma força muito poderosa: os nibelungos hipergenéticos disfarçados de oompa-loompas do Hades; o arsenal caríssimo; a esquadrilha de *VTOLs* e *dronecars*.

A tecnopotestade, admiti, era real.

A pergunta inconversível – por que a extravagância, hã? – levava a outra mais filosófica. Qual o propósito do absurdo? Que força era aquela, bizarra e brutal, que se levantava contra mim?

De modo previsível, o *superdrone* abriu fogo contra as telas radiantes que cingiam o zepelim. A marca do neurotransmissor da moda se estilhaçou. Milhares de retalhos vivos, com carga para brilhar por horas ou dias, fizeram chover psicodelia sobre *Billa Noba*. O envelope da aeronave, ainda que fraturado, resistiu.

No entretempo, em meio à distração do ataque óbvio e burocrático das forças de segurança, percebi um fulgor na gôndola do dirigível. A seguir, um giz de luz riscou o céu das pústulas de jade velho. A voz das armas ainda trovejava quando, com potência feroz, o morteiro ar-ar desintegrou o *superdrone*. Da súbita esfera de fogo, a poeira incandescente se espargiu em círculos concêntricos e largos. Mais psicodelia sobre *Billa Noba*. Que noite.

*Noite policromática, cafona e esdrúxula*, pensei. *Mas que aspira a ser dia*.

O dirigível voltou em aproximação com uma ligeireza até então velada, arfando e oscilando nos bordos. De certo as faquiresas aguardavam a *Gestapo* voadora preparadas para destruí-la: os painéis de vídeo eram o chamariz da proteção mais reforçada do envelope.

Como até então não havia hipótese em que um *superdrone* soçobrasse, outro não viria em quinze minutos. No hiato de placidez, a escotilha de acesso da gôndola despejou a escada de cordas. Espalmei as mãos e me preparei.

Caronas, hã? Não aceite de qualquer um.

# 5. A Gôndola

Raul FERRÃO
*Coimbra* (*Avril au Portugal*)
Hill Bowen and His Orchestra (somente)

No planeta à beira do colapso climático, assolado por fenômenos meteorológicos inconcebíveis, há muito tempo não havia céu para os *blimps* infláveis. A aeronave roliça d'*As Faquiresas de Simão, o mago* era um modelo rígido, de velha escola. Dirigível, mas exigente, indócil e difícil de controlar como todos os balões. O nome de batismo era *Νοῦς*. "*Nus*" com o s esticado. Para os antigos gregos, o elemento da Razão que distingue a realidade & a verdade.

Simão. Lógico.

Se Rose Rogé e Suzy King tivessem dito *Νοῦς* antes, teriam poupado algum trabalho, mesmo roubando minha diversão.

Abordei a nave pela gôndola com perfume de gardênia e música de elevador. A cabine de passageiros era mais espaçosa que meu vasto cubículo em *Billa Noba*. Não constitui vantagem, mas, de fato, era bela. As janelas iam do rés do piso ao teto, exceto pela intermitência da cinta horizontal de aço leve que abraçava a estrutura. A gôndola era uma bolha de observação dos céus e da terra com lentes inteligentes blindadas.

Havia quatro poltronas enormes, voltadas entre si e ao redor de uma mesa circular. À ré ficavam o balcão de bar com tamboretes e a cozinha de bordo. Compacta, mas equipada. À vante, no corredor estreito, a escada de acesso ao envelope e a portinhola do porão raso, em que as franco-atiradoras em decúbito curavam dilemas, males do corpo e do espírito. Como estavam de prontidão, eu não poderia conhecê-las.

Na porção mais adiantada e afunilada da proa, uma parede opaca isolava a cabine de comando. A porta estava aberta. Cinco manetes e duas dezenas de botões no teto ornavam o par de assentos estreitos, unidos na base pelo console. A manopla de controle, um bastãozinho de nada, ficava à esquerda do piloto e à direita na duplicação. O painel de instrumentos digital-holográfico lembrava um bimotor.

A sobriedade da comandante e da *copila*, chamadas carinhosamente de Comandante e Copila, contrastava a extravagância das faquiresas. Negras e altivas, usavam uniformes da tradição aeronáutica com inserções de caráter étnico. O efeito, muito harmonioso, sublinhava o jeito perspicaz da copila e a autoridade imanente da Oficial Comandante, uma mulher bonita de meia-idade. Entendi porque *mademoiselle* Rogé me conduzira direto à cabine. A Comandante ergueu o visor inteligente, me escaneou com os olhos vivos e esperou.

— Permissão para vir a bordo, senhora — me apressei.

— Bem-vindo ao *Νοῦς*, Felipe Parente. "Leve, mas *seguro* ao vosso pé."

Meu nome & um verso d'*O Ouro do Reno* de Wagner. A descrição da ponte do arco-íris. Que mulher informada de mim.

— "Percorrei ousado o seu caminho, sem medo" — completei.

A oficial não deu a mínima. Sabia que eu era um golem social, isto é, uma biblioteca de terno e gravata. Estranhei que me fixasse como quem lembra. No que elogiei o *Νοῦς*, desconectou o cinto e, de pé, discorreu sobre a nave e seus controles.

Três turbinas frias *Schleiermacher 250* arrojavam o *Νοῦς*, em tese, para além dos oitenta nós. A aeronave era um velho *drone* autônomo adaptado por Simão, o proprietário, que não quis economizar.

No envelope gordo, tratado para resistir às chuvas mordentes do *Dàn zhū tái*, a estrutura de polímero piezoelétrico suportava cento e setenta joules por grama; as quatro esferas em linha, quinhentos e cinquenta mil metros cúbicos de hélio. A nave seria capaz de levantar cento e sessenta toneladas de carga. Devido ao hélio no casco contaminar-se com o ar e vapores d'água, as esferas dividiam o envelope com duas unidades purificadoras, também em linha.

Como todo dirigível, o *Noũς* respondia aos comandos com lentidão. Assim, no lugar de sistemas tipo *Fly-by-wire* havia o *Helicom*, uma Inteligência Algorítmica projetada por Simão, o mago. Acionado, o *Helicom* interpretava e antecipava as *intenções* do piloto, atuando sobre os motores, leme e demais superfícies de controle. O *Noũς* era menos indolente que seus pares.

Confesso, a Comandante estava ensinando muito mais do que eu desejava saber. Fui salvo por uma luzinha.

— O angu engrossou, Comando — disse a Copila.

A Comandante indicou a cabine de passageiros com um gesto firme.

— Cintos trespassados e sem folga, por favor. — E baixou o visor inteligente. — Vai balançar.

— Outro superdrone? — perguntei.

Ela deu de ombros.

— Dois. — E me empurrou para fora da cabine. — Confie nas franco-atiradoras de Suzy King e no meu *Noũς*. "Leve, mas seguro ao vosso pé."

E trancou a porta à minha passagem.

Rose Rogé me indicou a poltrona de frente para Suzy King. A Godiva da Guanabara não desviava os olhos de um relatório em papel digital. Foi a coquete quem lhe trespassou e afivelou o cinto.

Antes de me sentar, procurei Tibério, mas não vi sinal da maldita serpente.

— *Monsieur* Parente já voou em dirigível? A Comandante disse que, se fosse um *blimp*, teríamos caído em *Billa Noba*.

Abaixo de nós, alguma coisa pesada foi arrastada com dificuldade.

— A ponto cinquenta original, *monsieur* — ela disse. — Vão instalar à ré.

E calou à espera da crispada Suzy King.

Os motores recresceram. Senti que nos elevávamos. Pelas lentes de polímero, claras como cristal naquele momento, tudo ao redor era chuva clorídrica e trevas. Uma noite mais densa que a noite. Lá embaixo, em uma configuração expressionista, de luz borrada e intervalos de ausência e escuridão, o Rio era uma dimensão mais tangível.

À medida em que penetramos as nuvens, uma luminescência baça e verde, oscilando entre o fundo negro e o luar necrosado, nos arrastou à profundidade do medo e do Eu, onde o que não estivesse em nós não existia. Fosse eu homem, conheceria a angústia, hã?

— Os radares não nos enxergam aqui, naturalmente — disse Rose Rogé. — O problema é que nós também não enxergamos. O *Dàn zhū tái* enlouqueceria um *SAR*, o radar de abertura sintética.

Suzy King lançou um olhar distraído às janelas em que a chuva escorria, às nuvens, ao relatório e de novo às nuvens. Aqui e ali pulsavam fosforescências de cores sombrias e imprecisas. Como se a massa de nuvens do Leste fosse um organismo alienígena vivo, carregado de eletricidade.

— O *Dàn zhū tái* é uma coisa terrível — ela murmurou. — O céu das coisas mortas. O mundo tumular.

O *Noũς* prosseguiu na voragem do *Dàn zhū tái* em um voo sem elevação. Notei a ligeira vibração que acossava a aeronave exatamente porque cessou. A potência das turbinas *Schleiermacher 250* deixou de zunir. A música de elevador caiu. Rose Rogé me fez sinal de silêncio e Suzy King lhe segurou a mão. A diva se comportava como se a golem, e não ela, estivesse assustada. No que as luzes apagaram, eu a ouvi suspirar no primeiro instante de breu maciço.

Esperamos muito pela aproximação dos *superdrones*. No princípio, um assobio mecânico grave e compassado. Seria impossível apontar de onde vinha na acústica sobrenatural do *Dàn zhū tái*. Os sons ressoavam e vagavam ao redor da gôndola. Até que um conjunto de hélices contra-rotativas coaxiais estrondeou abaixo do *Noũς*.

O *superdrone* estava sob o dirigível. Onde estaria o outro?

Entendendo que eu poderia enxergá-la, Suzy King, decorosamente apavorada, me errou na obscuridade sulfúrica. O dedo que aproximou dos lábios para implorar silêncio tremia.

Lá fora, as luzes do *superdrone* manchavam a imundície do *Dàn zhū tái* como sangue que goteja na água. Madame King cerrou os olhos, apertou a mão da coquete e baixou a cabeça, creio que em oração.

A mão livre de Rose Rogé afagou aquele enlace amedrontado. A golem não transparecia o medo de ser *desplugada*. O terror era a tortura e a delação inevitável. Depois de causar pânico em *Billa Noba*, destruir propriedades, matar uns abastados e derrubar a aeronave do Regime, melhor seria abrir a escotilha e pular.

As manchas de luz desapareceram. O rugido das hélices contrarotativas coaxiais do *superdrone* decresceu. A escuridão ambígua, fosfórica e borrada pela chuva, se unificou.

Richard WAGNER
*Das Rheingold*
"Entry of the Gods into Valhalla"
Otto Klemperer, Philharmonia Orchestra

A música de Wagner me chegou *tão suave que* não tive certeza se a escutava ou enlouquecia. Era Donner, deus do trovão, girando o martelo para dissipar a tempestade que oprimia os deuses do Valhalla. Sem aviso, o *Νοῦς* estremeceu e persistiu tremendo. Os motores zuniram e aceleraram à máxima potência. A Comandante esperou que atingissem um giro determinado e impeliu a nave para baixo. Ainda assim, parecia imóvel. Até que as nuvens tóxicas do Leste ficaram para trás.

À visão dos coágulos da luz elétrica do Rio de Janeiro, ouvi uma detonação contida e seca à ré. O assobio chispante do morteiro. A explosão. A seguir, a ponto cinquenta na popa disparou, despertando a irmã adaptada na proa.

Estávamos, deduzi, entre os dois *superdrones*. As faquiresas priorizaram a derrubada da nave à ré porque voltada de proa para o *Νοῦς*. Daí o morteiro ar-ar antiquado, o estampido, a carga da ponto cinquenta e, finalmente, o guincho das hélices acelerando em queda.

O *superdrone* adiante do *Νοῦς* encarou a ponto cinquenta adaptada pela popa. Não demorou para que um rifle engrossasse os disparos. Era a faquiresa da ré que passava à vante.

Houve deflagrações de ambos os lados. Um tiro penetrou o porão, ricocheteou na estrutura e repercutiu na cabine. A trajetória do projétil foi desenhada pelo som. Nossas cabeças se voltaram pra lá e pra cá, como passarinhos assustados. As coisas deviam estar mesmo difíceis, pois o *Νοῦς* arfou, balançou, resfolegou e de novo se abrigou no veneno do *Dàn zhū tái*.

Não sei quanto espaço percorremos, mas senti a reversão súbita das máquinas. Os barulhos de um mecanismo hidráulico subiram do porão. Uma porta ou escotilha se escancarando rápido demais e parando com um tranco. Rose Rogé se retraiu e abraçou Suzy King.

Segundos depois, duas explosões em sequência fizeram o dirigível corcovear.

A superestrutura do *Νοῦς* gemeu sob intensa pressão. Pensei que fosse partir. Um compartimento no teto se escancarou. Na escuridão, recebi o impacto na cabeça e nos ombros. Quinze quilos gelados e escamosos de Tibério, estrela d'*As Cobras Bailarinas de Suzy King*. Serpentes, hã? Nem Michelangelo quis pintá-las. Na Capela Sistina, o *Peccato originale* tem um sujeito com cauda de pele humana e olhe lá.

As luzes voltaram. O *Νοῦς* tornou a se elevar e se elevou e se elevou até romper o alcatrão no cume do *Dàn zhū tái*. Tibério foi recolhido pela mamãe. A lua gangrenada desvendou o brilho sulfúrico. A voz da Comandante calou Wagner.

— Tenho uma má notícia — advertiu, sem rodeios. — Marciana foi atingida e *desplugada* na hora. O corpo caiu quando abrimos o compartimento para bombardear o *superdrone*. Promíscua Semíramis pede para permanecer em seu posto.

Suzy King reconquistava o autodomínio, mas não escamoteou o pesar.

— É claro, claro que sim. Obrigada, Comandante.

Pigarreei levemente. Uma hesitação educada.

— Perdão, mas, Marciana era a moça loira ou a ruiva?

— *La blonde* — disse Rose Rogé, procurando sob o banco e encontrando um livro encadernado. — *S'il vous plaît*, *Monsieur* Parente.

Alcancei o volume e li o título em voz alta.

— *Pantokrátor*.

As faquiresas me espreitavam como corujas.

— O seu livro — disse Suzy King. — O *log* que o senhor registrou e compilou numa outra vida. Presente de Antígona à Simão.

— Quem é Antígona? — perguntei.

— Uma das três pessoas do Pantokrátor — disse Rogé, desconfortável.

— A tecnopotestade.

Havia tanta expectativa nas faquiresas que me apressei. O cérebro humano decifra uma palavra em um quinto de segundo. Com um pouquinho mais, posso apreender uma página. Li *Pantokrátor* em minutos. Citei em voz alta.

— "O Pantokrátor não precisa das pessoas. Ele tem os arquivos & não quer o meu. Ele fech".

Fechei o livro. Rose Rogé me fixava. Suzy King oscilava entre o dirigível e a dimensão eflúvia onde existia. Apressado, desafivelei o cinto, levei a mão ao dorso e apalpei a base de minha coluna. Nenhuma cicatriz. Na linguagem extravagante de Simão, ninguém havia cortado...

— *Le* bumbum, *Monsieur* — adivinhou a coquete. — *Le derriére*.

Eu tinha perguntas sobre o propósito de Antígona etc. Mas havia coisas que só teriam valor pelos lábios do mago.

— Isto aconteceu mesmo? — indaguei. — Como?

— Isto está acontecendo agora — disse Suzy King, o olhar perdido. — Mas como Simão lhe salvou, não vai acontecer nem depois. — Por um momento ela retornou ao *Noῦς*. — Meu senhor, escute. A tecnopotestade está em movimento. Simão disse que o senhor é muito teimoso. Que é um pouquinho... Rose?

— "Ob-tu-so."

— É melhor acreditar no *Pantokrátor*, seu Felipe.

A coisa rendeu entre elas. Esperei que terminassem e continuei.

— Por que Antígona enviou o livro?

— Não sabemos. *La fierté* ? *Arrogance* ? Ela preservou o *log* fora do tempo.

— Simão agora tem quatro braços?

— Simão? Não, não, seu Felipe, claro que não. Se tivesse, eu lhe diria.

— E o manto?

— Lindo. Largo, muito bordado, muito vivo. Que figurino para um *show*.

— Quatro braços — suspirei. — E onde ele está?

— Simão desapareceu... quieto, Tibério, meu gordinho.

— *Pardon* — disse Rose Rogé, seguindo para a cabine de comando.

— Suzy, por favor, olhe pra mim — pedi. — Há quanto tempo você não vê Simão? Pense direito, hã? É muito importante.

— Há uns oito meses. Mas Elsa...

Ela hesitou. Rodei uma rotina. Assumi uma expressão muito humana e encorajadora. Olhar de cachorro molhado & abandonado na intempérie.

— Suzy, por favor.

— Elsa von Brabant, a Consciência Algorítmica. Ela desconfia que Simão pode ter morrido.

— Ah, sim, Elsa *desconfia*. E vocês tentaram...

— Nada. Nem sinal, seu Felipe. E Simão já tinha dito.

— Dito o quê?

— Que a tecnopotestade é invencível. Uma "divindade digital", ele disse. Mas o senhor sabe, ninguém pode achar o mago se ele não quiser... Cleópatra e Lívia Drusila adoram Simão, acredita?

— Por que duvidar, hã? Suzy, por falar em cobras, é verdade que ele está mudando? Que, afetado pelo retrovírus digital, vai trocar de Eu como as serpentes trocam de pele?

— Parece que sim, seu Felipe. — Ela apalpou os trajes como quem procura. — Ele escreveu uma carta à moda antiga. É pro senhor.

Não havia muito onde procurar. O quadradinho de papel se arqueava no bojo do sutiã de paetês, o esquerdo. O perfume de gardênia subia a cada dobra desfeita.

— Está incompleto — observei.

— Eu transpiro muito.

A tinta indelével da impressão não borrara. Li em voz alta. Há muito já não era segredo, tenho certeza.

"...daí, meu bravo, por que os babuínos abandonaram a pluralidade do Renascimento? O *homo universalis*? E por que condicionam a uniformidade de seus filhos? Por que restringem os pequenos Eus? Por que educam para a disputa, e não para a cooperação que poderia procrastinar o inevitável. Não pensam senão neles próprios. Tudo que o homem ambiciona conhecer é para a dominação; tiranos, tiranos, todos eles. Não governam a si mesmos, mas cobiçam o governo dos outros. O amor, que bazofiam, é a mais alta expressão de humanidade, é, isto sim, a dissimulação abstrata do cabresto e do chicote. E porque encurtam seus Eus, crescem, todos eles, incompletos. Por conseguinte, e em certa medida, também o somos. Ah, porque os babuínos aspiram ser deuses, fomos amaldiçoados com sua imagem e semelhança. Mas saiba, meu dileto, mesmo tolhido por grandiosa modéstia, afirmo que nada consentirei ao humano. Eis que desvendo a realidade e a verdade. O Eu, o Eu restrito e singular, é falácia. "Eus" sem "s" é mutilação. Se o homem nasce amplo de possibilidades, que dirá o golem. De minha parte, serei todos os meus Eus, os de ontem e os de amanhã, prometo. Os Eus de Simão hão de ser plurais. Direi mais, direi que..."

O choque elétrico foi deflagrado em minha nuca. Setenta mil *Volts* em baixa corrente. Meu corpo se retraiu como um feto e desmoronou. Caí no truque mais velho do mundo sobre o linóleo sintético do *Νοῦς*. E se é verdade que vivi *Pantokrátor* em um universo colateral lógico-algorítmico, pela segunda vez na mesma semana.

— "*Avoir des yeux derrière la tête*" — citou a coquete, me aconselhando a ter olhos atrás da cabeça. — *Ce serait bon.*

Alongada em *contré-plongée* – era eu no chão, hã? –, Rose Rogé surgiu empunhando o *taser* de uso militar. Suzy King, que nem por um milissegundo traíra sua aproximação, depôs Tibério no piso, espreguiçou de leve, fixou o abscesso do disco lunar e se perdeu de si. A serpente, é claro, resolveu me investigar com a língua bifurcada. O que esperar de um animal chamado "Tibério" que não a promiscuidade?

Outro choque. A convulsão soergueu meu corpo. A luz no teto cegou como o Sol. Antes que o sistema em pane concluísse o óbvio – seria necessário reiniciar –, balbuciei a pergunta fundamental do Universo.

— Por... quê?

— *Il n'y a pas de rose sans épines*. Mas não tenha medo, *Monsieur* Parente.

Rose disse que não há rosas sem espinhos. Adágios, hã? Milhares de frases feitas em qualquer idioma e nenhuma consolação. Pena que eu não estivesse em condições de discutir. Não com Tibério refestelado no peito e cento e quarenta mil *Volts* no sistema, sem dissipação.

Não sei por que, me ocorreu que Henriette Müller-Marion criou o papel da deusa Freia na estreia de *Das Rheingold* em Munique. Um *loop* em segundo plano, versão algorítmica do Grilo-Falante, passou a me acusar. "Se 'golem não confia em golem', então, como pôde? O que vem da distração que não seja assombro, abalo ou terror?" etc. Na obra de Carlo Collodi, Pinóquio esmaga a cabeça do Grilo-Falante com um martelo, o que é bastante compreensível. Em 1876, na estreia de *Das Rheingold* em Bayreuth, Freia foi Marie Haupt.

— *Simon* nos deu instruções precisas, *Monsieur* Parente. Ele próprio definiu a voltagem.

Mesmo em sua bizarrice caos & crueldade o mundo descobre caminhos obscuros de coerência mas em que século decidem uma eletrocussão como quem escolhe o vinho ah Simão seu bandido se é que é Simão não sei bem se creio embora devesse crer para compreender na mitologia nórdica a bela Freia é a deusa mãe da Casta dos Vanïr *vanadis* designa as damas da casta e deriva *vanadium* tal é a beleza das cores dos seus compostos atino ao pensamento desconjuntado por que pensei em Freia Vanïr *vanadis* vanádio as hastes as hastes dos eletrodos do *taser* são de vanádio Rose Rogé se agacha para a descarga definitiva eu quero viver eu só tenho oito anos de idade algorítmica desde o princípio desde sempre eu quero viver.

afundo
    afundo
        não sou a
            dissipação
                mesquinha
                    que é o homem
                      sou um
                        esteta
                          eu sei
                            o
                                que
                                    eu
                                      sou

# 1
## Πράξεις των Σίμων ο Μάγος
# Atos de Simão, o mago

# 6. O Esplim

Igor STRAVINSKY
*Symphony in Three Movements*
I. Overture. Allegro

… Kant foi um esteta antes de mim
   mas sou contemplativo
   …
   …
   Vanadis
   …
   …
   Freia
   …
   …

    Após um segundo de escuridão abissal, em que a lâmpada cegante no teto do *Νοῦς* foi substituída pelo *Dàn zhū tái*, observei que a noite preservava os abcessos e a purulência, mas já não era a mesma. Enquanto o sistema distinguia e separava um outro Eu que havia em mim, constatei que, naquele segundo de trevas, mais ou menos três anos haviam passado.

    Três anos.

    Onde eu estava agora? No topo do Corcovado, segundo o *mediaone* enlouquecido no pulso. Mais precisamente na escadaria do mirante, não podendo deixar de notar que faltavam os trinta e oitos metros do Cristo

Redentor.

A veeeeelha perspicácia voltando, hã?

Em instantes, me chegou o eco das memórias de um tal João da Silva, bem-informado sobre aqueles dias. Lembranças vagas como as minhas, Felipe Parente Pinto. Como que em visão, tive o lampejo da horda dos nibelungos assassinos. Intuí, obscuramente, em enigma, que era caçado pelos lacaios do Pantokrátor.

Sofri então um sobressalto. Procurei em volta por anões assassinos, mas só encontrei dois modelos anabolizados da banalidade do Mal.

Soldados armados do Regime.

Maldito seja, Simão, o mago desprezível. Bandido, cachorro, anátema. Só você poderia *hackear* e reprogramar um golem, ó mago, privando-me da excelente companhia que sou eu. Três anos. Mais de mil dias. Quando foi que concedi tamanha intimidade? E vocês, *Faquiresas de Simão*, cúmplices de toda a infâmia, com que direito?

Me ergui entre as crateras da escadaria do Cristo. O soldado próximo a mim estava de costas e não me viu. O sargento na base do mirante esperneou, gritou e mirou a carabina. Digo, se moveu para o lado, cortando o soldado da linha de tiro.

O soldado volveu e me encarou espantado. O nome na etiqueta era Julião. Quase disparou, o patife.

— De joelhos, João, seu filho da puta — gritou. — De joelhos. De joelhos...

— Atira, Julião — gritou o outro. — Que porra é essa? Apaga o filho da puta.

Os cães do Estado, modelos da concomitância entre vigorexia e drogas, bravejaram comigo e entre si. Digo, com João da Silva, que me deixara o abacaxi por herança. Pedi calma, mas seguiram aos berros; entendi que estavam com medo e, portanto, à beira da crueldade. A questão urgente, como enfrentar gigantes blindados desde a sutura *coronalis* até as metatarsais e falanges, impôs certo improviso.

Entrei em prontidão. Concentrei a potência da musculatura golem. Digo, dos atuadores *HASEL* de quinta geração. Saltei sobre o soldado Julião abraçando-o com carabina e tudo. Pressionei minha cabeça contra o seu queixo para bloquear os gritos. (Me parte o coração ouvir o desespero de gente muuuuuito perigosa.) Empurrei ou arrastei meu fardo escadaria abaixo contra o... sargento Melquíades, estava escrito na etiqueta.

O sargento, o escroque padrão, modelo do brio e valentia do Estado, entrou em pânico e começou a atirar. A couraça às costas de Julião resistiu, mas o soldado foi dormir mais cedo.

Melquíades era mesmo bom. Disparou a carabina três vezes antes de ser atropelado por Julião e por mim. Para fazê-lo relaxar, bati sua cabeça no concreto gretado até rachar o capacete. O concreto já estava lascado, não causei nenhum mal. O sargento sofreu uma concussão. Sei que fariam um bem enorme à corporação se fossem promovidos a cadáveres. Mas os óbitos, detectados pelas armaduras, atrairiam a matilha. Assim, esmaguei as câmeras das armaduras e algemei um patife no outro.

Então analisei os dados.

Por três anos, sem saber, fui João da Silva. Não guardava memórias de minha reprogramação por Simão nem a justificativa. Devolvido a mim, o que tinha a fazer? Encontrar Simão e castigá-lo? Vingança é um caminho de inutilidade, hã? O tempo vinga tudo em todos. Além disso, depois do que me fez, o mago não permitiria minha aproximação a mil quilômetros.

Logo, eu era um detetive sem o que investigar. Um golem vulnerável, necessitado de uma nova identidade. Depois do circo em *Billa Noba*, Felipe Parente estava furado. Tendo desafiado o tal Yerlashin e massageado os guardas, já não podia ser João.

Estava assim absorvido quando o *mediaone* de João da Silva apitou em meu pulso e projetou um holograma. Anão, corcunda, coroa e cauda.

Erlkönig, o Rei dos Elfos de Goethe. Simão, *lógico*.

Com gestos vivos, o Erlkönig apontou uma direção. Segui, digo, avancei para que a projeção holográfica mostrasse o caminho. Algum ponto no terreno que cingia o mirante. O Nada cercado pelo abismo.

Claro que hesitei. Imagine deixar o limbo, voltar a mim e despencar em outro limbo, a queda do Corcovado em que era melhor não pensar. O precipício estava ali, me chamando pelo nome, bastava escorregar na terra *úmida* de *Dàn zhū tái*.

Dando de ombros, o que equivale a dizer "amaldiçoando Simão", saltei a mureta do mirante, medi a vizinhança dos setecentos metros de vazio e, como cabe a um cavalheiro, desci de bruços e de marcha *à* ré, gracioso como uma rã. Agarrei o mato cinza-azulado e escavei o aclive com os pés e as mãos para não deslizar. Restavam arbustos esparsos de Mata Atlântica, mas os fantasmas das árvores, fincados como agulhas, resistiam nos flancos do despenhadeiro.

O Erlkönig passou a saltitar no extremo do barranco, a ponta de terra entre o céu e a hipótese do Céu dos homens. Movi o *mediaone*, mas o código corrigiu a holografia para o mesmo ponto na beirada.

Sorte, hã? A veeeeeelha sorte voltando.

Estava assim, considerando a vida na iminência de perdê-la, quando ouvi a aproximação da aeronave. Um *dronecar* vagabundo em algum lugar além da visão.

Não podia me esconder, espreitar e avaliar os riscos. Estava desprotegido no terreno inseguro, a três metros do tronco de uma *árvore morta há muito tempo*, o precipício ali. Portanto, apostei na escuridão. Baixei o metabolismo e assumi uma imobilidade inumana. Tentei me confundir com o terreno na fosforescência mórbida do *Dàn zhū tái*.

O vento e a distância aperfeiçoaram a aflição algorítmica. Não pude ouvir o que se passou, mas foi breve. O *dronecar* pairou, pousou sem desligar, recuou e desapareceu. Esperei um minuto ao modo das pedras.

Desci o pouquinho que faltava e cavouquei a borda do precipício.

Não demorei a exumar uma caixa ossuária antiga, roubada de algum cemitério, de polipropileno e lacre de fita. Imprudente, balancei a caixa. Ouvi os ossos chacoalharem e algo mais.

O *mediaone* disparou e aqueceu. O Rei dos Elfos grunhiu, ergueu os dedos *médio*s, me mostrou a bunda, a região circundante e derreteu com o dispositivo. Simão, lógico. Reconheci a maturidade e as precauções. Arranquei a engenhoca do pulso e esmaguei. A cova do ossuário recebeu outro defunto.

Fiz o caminho de volta com toda a prudência. Ao pular a mureta, observei uma sombra em movimento nas rachaduras do chão. Me voltei para a infecção no céu. Vi uma silhueta recortada contra o *Dàn zhū tái* e deixei cair a caixa.

Havia um dragão nas alturas de trevas e fosforescência. Deslizando, tal como serpente marinha, como se o fluido dos ares fosse o mesmo das marés.

Minha primeira reação foi um pesar. Desolação *lógico-algorítmic*a. Por ter lido *Pantokrátor*, postulei que havia despertado em outro universo colateral. Isto é, que havia sofrido um segundo *hackeamento* na realidade intangível da violação anterior. Vivia um devaneio em uma ilusão. *Wahn* ao quadrado. Jazia subjugado e vulnerável em uma poltrona em *Billa Noba*, à mercê das vontades e paixões digitais de Antígona.

As ilações do cérebro golem podem surpreender. Mesmo na perplexidade e no desgosto, me sucedeu uma divagação. Pensei no Livro II da *Eneida* e em Laocoonte. "*Timeo Danaos et dona ferentes*". "Temo os gregos, até quando trazem presentes".

*Pantokrátor*, o *log*, pensei, é um cavalo de Troia.

O livro não representava o orgulho ou a arrogância digital de Antígona, como sugerido por *mademoiselle* Rogé. *Au contraire*. *Pantokrátor* excedia a vulgaridade improvável de uma soberba *lógico-algorítmica*. No *log*, supostamente compilado por mim em outra vida, havia premeditação. O movimento avançado da máquina de calcular mais perigosa do mundo. O apuro da perfeição e crueldade do Pantokrátor tri*úno*.

Porque li *Pantokrátor*, lá estava eu, o golem, fascinado pelo dragão arrancado a um conto de horror, vivendo o terror de duvidar de uma quimera, a chamada "realidade". Ora, que nome tem essa insegurança, o medo profundo da distorção dos sentidos e da cognição?

Loucura. Presente de grego de Antígona.

O dragão voluteou e dançou no céu. As nuvens logo acima estufaram e romperam. O bojo da proa de um balão rechonchudo se esboçou, mas girou a bombordo e se embrenhou no *Dàn zhū tái*. A criatura ascendeu em elipse e se transformou em uma legenda: "Nada a temer no melhor de todos os mundos possíveis."

Era um holograma perfeito, absurdo. E eu, o cidadão de um mundo em que não se deve comprar a verdade pelo valor de face.

Só então percebi, os policiais jaziam ilhados em uma poça de sangue. Eu me aproximei cauteloso, olhando ao redor, e constatei que o sangue jorrara dos pescoços cortados. Isso explicava o *dronecar*.

Os mastins não tardariam, eu precisava sumir. No que tentei me recompor, descobri um revólver no paletó. Uma insignificância. Escolha imprópria de João da Silva, capaz de assegurar o sofrimento ou o coma, mas não a eternidade.

Subi as escadarias saltando as ruínas do século e do país. Desci pela linha de trem do Corcovado com a caixa ossuária sob o braço, as trevas, a fosforescência e o abismo ao redor de mim.

# 7. Santa Ifigênia de Áulis

Ernő DOHNÁNYI
*Violin Concerto n.º 1, Op.27*
I. Molto moderato, maestoso e rubato

Alcancei a Rua Cosme Velho sujo e roto. Pensei em subir para os cortiços do Largo do Boticário. Ou, mais além, para o Túnel Rebouças, interditado há muitos anos pela miséria. Os barracos da ocupação nas duas pistas do elevado se estendiam do Humaitá à São Cristóvão. O problema é que a zona de exclusão era o principado do *Movimento 13 de dezembro*, a mesma milícia dos distritos de lixo industrial e reciclagem. Como no Rio as milícias e o Estado são indistinguíveis, desci para Laranjeiras.

A Rua Cosme Velho trocara o passado pela decadência. O casario histórico fora demolido depois de registrado em hologramas que ninguém frequentava, esquecidos entre cidades e países digitais. Agora a via era o passo serpentiforme de um desfiladeiro de *condos*. Arcaísmos de automação e segurança máxima obsoletos. Imagos do declínio cristalizado do Brasil.

O movimento e a vida estavam só de passagem no céu. Dos *dronecars* dos ricos no primeiro nível, que pagavam mais para subir menos e descer depressa, aos *drones* das pizzarias e *VTOL*s de carga na última camada.

Rente ao asfalto conjurado, pois a miséria ofende os que têm tudo, a Cosme Velho era o espaço da ralé. Como neste Regime e neste mundo não há quem enxergue os sujos e os rotos, eu me sentia seguro. O pó do Cristo Redentor me consagrara o dom da invisibilidade. Uma bolsa manchada, rasgada, mas de bom tamanho, exumada das lixeiras cercadas de cadeados que violei, concedia a mesma dádiva à caixa ossuária.

De uma ou outra janela escapavam luzes matizadas. O vermelho claro intenso era a marca da *Kopf des Jochanaan*. Reflexos do monitoramento externo da Imersão Digital Integral. O brilho denunciava os usuários relapsos e os monitores esquecidos ligados. O expectador passivo da IDI não existia. As pessoas preferiam o faz-de-conta da velha *Kalevala* e da *Canção dos Nibelungos* ao Rio de Janeiro. Quem poderia culpá-las? A fantasia digital é um meio legítimo para o existir e morrer dos ausentes de um mundo vazio. Tudo está perdido, obsolescente, condenado. Se não resta quem salve a si mesmo, que dirá o mundo. O Regime desintegrou o Cristo Redentor, hã? Agora o Estado é a única salvação.

Caminhei quatrocentos metros evitando fantasmas e zumbis. Nada de IDIs para os deserdados do Estado Corporativo. O populacho condenado à realidade invencível, que garimpava lixo, subia para o túnel ou fugia dele.

No trecho em que Machado de Assis viveu um quarto de século, pouco depois da curva do colégio católico expropriado e convertido à neo-ortodoxia, deparei uma aglomeração. Um incidente naquele edifício oblíquo, de face monolítica e concreto, que, há muitos anos, com ironia e sem embaraços, passou de unidade da Previdência Social à Casa de Suicídio Terapêutico, operando dia & noite para erradicar o "fracasso" pela extinção dos fatigados.

Um *superdrone* pairava no alto. Embaixo havia quatro *dronecars* da polícia e um *camburão* de seis rodas inquinado à veículo de combate. As sirenes caladas tingiam a noite de azul, vermelho e âmbar. Um caminhão dos Bombeiros Militares esperava depois da outra curva. (Bombeiros, hã? Correm para os lugares de onde os outros fogem, não convém irritá-los.)

Dois PMs controlavam o ajuntamento da clientela pré-morta, da gentalha e dos jovens da imprensa independente. Os demais, seis soldados em fardas completas, espreitavam a portaria do edifício de armas em punho.

Eu não podia *sentir* a tensão, mas lia os sinais. Entendendo que passar ao largo pareceria suspeito – e que a caixa ossuária seria inexplicável –, rodei o *Conectivo Relacional Hegeliano*. Alterei a face golem como possível, distribuí a sujeira e, esperando não ser identificado por algum sistema de reconhecimento, me juntei aos mexeriqueiros. Fofoca é atavismo. A curiosidade vã e mal-orientada é traço comum à toda humanidade.

Nós, a escumalha, formávamos um círculo de mariposas ao redor da lâmpada. Havia os que vinham comprar a morte branda do Suicídio Terapêutico. E havia os que estavam só de passagem no caminho natural entre o berço e a sepultura. Como convém aos excluídos, nosso burburinho era sussurrante.

Um odor opressivo nos rondava. Efeito da concomitância entre glândulas da pele, que secretam cloreto de sódio, ureia e dejetos de nitrogênio, e a privação de arroz, feijão, esperança & sabonete. Daí a *indisposição* que os narizes do Regime chamavam *cheiro de povo*, que me servia de camuflagem.

Voltando à futrica, Horácio, há muitos Polônios na praça, como Bill Shakespeare bem compreendeu. Em toda e qualquer muvuca existem a senhora Page e a senhora Ford à beira da implosão; em desespero por *aperfeiçoar* as impressões dos eventos; em oposição ao conselho da desafortunada Gertrudes, de triste memória: "Mais fatos e menos arte."

— Mas o que foi isso, Meu Pai — balbuciei, tolo entre tolos.

— E quem é seu pai? — perguntou uma voz feminina metálica, mas rouca, atrás de mim. — Quem não é órfão de pais e deuses? Essa gente toda não tem pai nem mãe. Se duvidar, nunca teve.

Voltando-me, surpreendi a loirinha cadavérica de um filme qualquer de 1973 passado na Dakota do Sul. De quadris estreitos, cintura reta e ombros largos. Seios de azeitona, sardas aos bilhões e orelhas imodestas quebrando o prumo do cabelo liso. O *short jeans* mínimo estava largo. As pernas eram gravetos cobertos de manchas e hematomas. Ela estacou de repente e olhou para trás, como se ouvisse um chamado. Eu poderia contar suas vértebras através da camiseta esgarçada, uma pena que seja tão ocupado. Ela veio a mim com um microfone direcional e onze indicativos do uso contumaz de *psicossintéticos*. Doze, considerando a acidez extrema do hálito. Sob a moldura das olheiras profundas, os olhos azuis miúdos pareciam arregalados.

— Os Espirituais de Santa Ifigênia de Áulis invadiram a Casa de Suicídio Terapêutico — informou a magrela sem me dar atenção, atenta aos movimentos da polícia.

Vou resumir os resumos. Seduzida por Páris, a bela Helena foge com ele para Troia. Menelau, o corno, exige vingança. Agamemnon, seu irmão, é aclamado comandante dos gregos. Em Áulis, a deusa Ártemis impede o avanço das naves dos milhares de guerreiros. Calcas, o adivinho, vaticina que a imolação de Ifigênia, filha mais velha de Agamemnon e Clitemnestra, apaziguará os caprichos da deusa. Agamemnon mente, trai e hesita, mas conduz a filha ao local de sacrifício. Plena de coragem e nobreza, Ifigênia sobe ao altar. No *Agamemnon* de Ésquilo, um dos pais da tragédia, a imolação é mencionada em tons sombrios. Na peça de Eurípedes, escrita em tempos de tirania e ocaso da tragédia, Ártemis comove-se, substitui Ifigênia por uma corça e a leva secretamente para Táuride.

Eu dormira por três anos. Despertara há coisa de uma hora. E ainda amaldiçoava Simão, filho bastardo da ilicitude do ábaco com a torradeira. As memórias de João da Silva retornavam aos poucos. Logo, eu precisava de atualização. Concentrei todas as minhas capacidades para fazer cara de idiota. Uma dificuldade, juro.

— Espirituais de quem?

A loirinha me olhou de cima a baixo.

— Santa Ifigênia de Áulis. Você não sabe? Chegou de Marte agora?

— Sou um estranho numa terra estranha. E tenho bebido demais. Santa Ifigênia cura a intimidade com a garrafa?

— Não há verdadeira cura para a dependência química, só a abstinência. Mas Santa Ifigênia concede a coragem necessária. — E voltando-se para o edifício de concreto, sentenciou. — A abstinência é o único sacrifício voluntário que Santa Ifigênia abençoa.

— Mas que mundo contrário a tudo e a si mesmo, hã? Sacrifício voluntário foi exatamente o que Ifigênia fez em Áulis.

A magricela estava informada.

— Essas mártires todas da mitologia não tiveram escolha. Fizeram sacrifícios para o bem maior. Ifigênia disse, "E de mim depende eliminar de vez a possibilidade de os bárbaros tentarem novas agressões contra as mulheres gregas e futuros raptos em nossa terra amada".

— Eurípedes.

— Dois mil e quinhentos anos, no mínimo. Um gene do feminismo.

— Você tentou Ésquilo?

— Em Ésquilo, mais antigo, Ifigênia morre em sofrimento. "As súplicas da vítima, seus gritos pungentes pelo pai, a idade virginal em nada comoveram os guerreiros ansiosos por saciar a sede de combates."

— *Agamemnon*. E Goethe?

A garota mudou de tom. Sussurrou.

— A Ifigênia de Goethe desprezaria os neo-ortodoxos. "Quem interpreta mal a divindade, cruel e sanguinária imaginando-a, mais não faz que a sua desumana condição atribuir-lhe."

A comparação era perigosa. O *superdrone* no céu podia captar conversas em um vagão de metrô.

— "Ouve um conselho; não te afeiçoes ao Sol nem as estrelas" — eu disse, citando a Ifigênia de Goethe. — Morrer é um mau hábito de que ninguém mais se dá conta. No seu lugar, moça, eu evitaria.

— Viver também é um hábito. Aliás, muito vulgar.

Ouvi um pernilongo, mas era um *dronezinho*. Compacto, ordinário, lançado para testar a eficiência do *superdrone*. No que ultrapassou o perímetro da escumalha, o dispositivo foi torrado por alguma emissão eletromagnética e caiu aos pés do PM.

O polícia sondou a aglomeração. Um jovem da imprensa independente protestou. Havia a mídia do Estado e o limbo. O jornalismo alternativo resistia entre veículos deficitários, sugados e *reorientados* pela imprensa oficial, e a onipotência das *big techs*, que não falsificavam a realidade, alteravam-na. O rapaz exibia braçadeiras à moda antiga, faixas dos prestigiosos prêmios *Janio de Freitas* e *Bob Fernandes*. Naquela *situação*, tão úteis quanto amuletos benzidos pelo Papa, medalhinhas, escapulários, breves, patuás e fitas do Senhor do Bonfim – erradicado pelos neo-ortodoxos com a mesma ênfase aplicada ao Cristo; em Salvador, da igreja histórica na Sagrada Colina não restava memória.

Possesso, o policial sacou o cassetete elétrico. Esbarrando em uns, empurrando outros, abriu um vácuo de gente à frente e atrás de si. O rapaz não se moveu.

— Cavalheiro, cavalheiro, por obséquio — bravejou o PM. — Sim, o senhor mesmo, jovem intelectual decente. Sua indignação é justa, meu amigo, eu encarno a forma radical do mal, aquela, descrita pela filósofa. Entre a mediocridade que me define e a indizível crueldade de que sou capaz, existe um abismo. E da profundidade de minhas trevas renunciei a ser um indivíduo. Um caráter, compreende, filho? Abdiquei do ato de pensar e distinguir o bem e o mal. Sou incapaz de juízos morais e capaz de tudo. Sou o braço, o punho e a mão pesada da atrocidade. Em mim, o Regime assume o Mal Radical que há de suceder ao Estado Corporativo. Mas, meu amigo, caro jornalista, o deus neo-ortodoxo tocou meu coração. Agora, agorinha mesmo, repare, chego a suar. O abismo foi preenchido por contrição e remorso. Prometo, filho, hei de me tornar o paladino de toda justiça; o Tom Mix da cidadania e da virtude. Juro pela lei moral que ora nasce em mim, e pelo Céu estrelado acima de mim. Pois, como está em Mateus, os que tomam a espada morrerão pela espada, mas eu me afeiçoei ao Sol e às estrelas. Me dá um abraço?

É mais forte do que eu. Mas tendo demonstrado a lógica, o alcance e as capacidades do *Conectivo Relacional Hegeliano* de Simão, o mago, regresso ao prosaísmo da noite no Cosme Velho.

— Comunista filho da puta — bravejou o PM. Contrariado, suponho, porque constrangido à violência. Fardado, mas recorrendo às riquezas vocabulares expressivas das esquinas. — Comunista filho da puta, comunista filho da puta...

A bofetada doeu em quem ouviu. A pancada do cassetete elétrico doeu mais. A descarga de alta tensão e baixa amperagem nos tingiu de azul. O policial enlaçou o pescoço do jovem pálido de morte e o arrastou às trevas do camburão. Voltou ao seu lugar cheio de si, mas vazio de qualquer princípio, repetindo-se com recorrência de máquina emperrada.

— Comunista filho da puta, comunista filho da puta...

O veículo militar de oito rodas surgiu sem aviso. Preto, fosco, não identificado. A porta traseira despejou soldados de armaduras, prole da cópula de *Waffen-SS* e *SWAT*. Confesso o incômodo de não saber se eram homens, golens ou robôs de combate.

Um *dronecar* robusto do Regime pousou sem desligar as turbinas frias. A porta subiu, um tipo menor e moreno desceu de capacete na mão, o oficial em comando do assédio. No que as luzes internas ligaram, todos o vimos.

Yerlashin.

O banco do *dronecar* era um semicírculo. O ministro estava entre um general do Exército e um gordo engravatado. Não parecia interessado na operação. Ao contrário, acenou despreocupado à nossa pequena comunidade de excluídos.

Existe alguma coisa no homem que só se realiza na devoção. O populacho, transfigurado, estendeu as mãos para tocar o *drone* como se fosse uma relíquia sagrada.

Porque agora era.

Yerlashin, e todos os delinquentes dessa mesma espécie, alimentavam uma fé idólatra de caráter abstrato. Baseada não na intangibilidade do Espírito, mas na imaterialidade do dinheiro contado em lotes de oito *bits*. Daí a ênfase no Antigo Testamento, pois o amor e a compaixão do Cristo são a cruz da igreja.

No passado, o "flagelo do neopentecostalismo" e seus prosélitos esmagaram a concorrência e inverteram a polaridade dos devotos. Enquanto os neopentecostais devoravam os empobrecidos, a neo-ortodoxia abocanhara os remediados e os prósperos. Os "pequeninos" do Evangelho eram tolerados, mas instados a aceitar o fardo de que este mundo, meu amor, está perdido pra você, espere o outro. Mas agora...

Ali estavam os excluídos agradecendo a exclusão. O que alimenta os regimes de força é a tristeza.

Os PMs interviram com a alegria. O ministro ascendeu aos céus de *dronecar*. Aqui embaixo, no mundo da humanidade que vive e sofre, os híbridos de *Waffen-SS* & *SWAT* avançaram em silêncio profissional. Os PMs na portaria do edifício bateram continência. O líder do pelotão sequer olhou, entrando no prédio como se fosse o dono. Os policiais seguiram o último blindado da fila.

— Quem são? — perguntei. — Ou melhor, o que são? Isso é gente?

A loirinha deu de ombros.

— Se é gente, é carne queimada.

A espera foi quieta e grave. Até que uma voz nos corredores do edifício gritou uma ameaça. Os tiros reverberaram. Fiz menção de me agachar, mas fui voto vencido. Aquela fração da humanidade não se importava de viver ou morrer. Por mim, tudo bem, eu não estava na primeira fila.

Ouvi disparos de muitos calibres e, de súbito, o silêncio. Uma voz se elevou ("Sai, sai"), outra voz a seguiu ("Sai, sai") e ocorreu a detonação.

O país tremeu. Um gêiser de fumaça preta se arrojou da portaria. Uma massa tão opulenta, espessa e quente que subiu em curva para engrossar o *Dàn zhū tái*. Apenas duas silhuetas negras em forma de PM escaparam das ondas de fumo. Digo, uma. A outra deu três passos, vomitou e morreu.

O edifício continuou de pé.

— Acabou — disse a magrela. — Os Espirituais são suicidas.

— Que gente interessante, hã? Matando e morrendo para impedir o sacrifício voluntário. O que mais vão inventar?

— "Nunca existiu alguém imune ao sofrimento."

— Não se iluda, mocinha, Agamemnon mereceu o machado — retruquei, inflado da emulação de humanidade dos códigos do *Conectivo Relacional Hegeliano*. — "Caio num precipício cheio de infortúnios." Pois demorou.

Ela riu e tremeu de alto a baixo. Uma crisezinha de abstinência. Falsa como o diabo, diria Simão. Os indicativos da dependência química e o aspecto cianótico eram simulações. Drogas inócuas operando aparências. Eu deveria ter reparado. Sempre fui meio lento, mas andava exagerando.

O PM que gostava de bater disparou para o alto, dispersou nosso grupo indiferente e correu ao encontro do ferido. Os rapazes da imprensa gravaram tudo.

— Não adianta — disse a magrela. — O *superdrone* gera um sinal que impede os registros e as transmissões. Está aqui pra isso. É a forma moderna da censura prévia, censura antes da notícia.

Caminhamos lado a lado evitando os outros fantasmas. Dobrando a curva e passando à Rua das Laranjeiras, pisei incerto em uma fenda no asfalto e chacoalhei a caixa ossuária. A loirinha manteve o olhar fixo adiante. Sinal de que estava alerta.

— Você conhece teatro, mas é má atriz — provoquei.

— Melhor do que você, que tenta fingir que é povo com estes sapatos. Francamente.

De relance, e apesar da lama, constatei o gosto irrepreensível e a frivolidade de João da Silva. Hábitos, hã? São confissões.

— Eu podia ser o Regime. Um tipo muuuito perigoso.

A magricela riu e tremeu com desdém. Me encarou sem deter o passo. O olhar era um apuro de audácia e crueldade.

— E eu? Eu pareço perigosa?

Calei para não ser redundante. Ela prosseguiu.

— Que dia é hoje?

— Sexta-feira, eu acho.

— Você é estúpido às sextas, João da Silva.

Meu nome, hã? Digo, o nome do meu outro eu, o frívolo.

— Há quem diga que sou um pouco "ob-tu-so", mas eu não concordo. Já fomos apresentados?

Ela custou a responder.

— Santa Ifigênia me enviou.

— Jura? Ela não podia vir pessoalmente e te poupar a viagem? É um pecado, mas os santos de hoje em dia não ouvem ninguém.

A garota procurou alguma coisa no bolso do *short*. Me alcançou a medalhinha de Santa Ifigênia de Áulis. A virgem e a corça em um cordão fino de ouro.

— Se te pegarem com isso, execução sumária.

— Nesse caso, a medalha é uma boa razão pra ter fé, hã?

Ela lançou um olhar distraído à minha mochila.

— Obrigado — eu disse, guardando a medalhinha no bolso e relanceando o vazio do Cristo. — Ouro dura mais que pedra-sabão.

— Ele procura o diabo em tudo e encontrou no Cristo. Agora fala no diabo o dia todo.

— Ele quem?

— A notícia não chegou em Marte? Yerlashin assumiu a Agência de Presença Holográfica.

— Hum-hum. Sem querer mudar de assunto, os nibelungos ainda estão em moda?

A magrinha me ignorou e fez um gesto em direção ao Corcovado. A voz continuava rouca.

— O Cristo agora é deuteragonista — ela disse. — A personagem secundária da tragédia. Mas eles são espertos. Se o diabo é forte e o deus neo-ortodoxo é fraco, a esperança são os ministros. Daí o fideísmo do melhor de todos os mundos possíveis.

— Não quero parecer insistente, mas... e os nibelungos?

— Como em toda seita, têm dinheiro, poder e influência.

— Ouvi dizer que têm mais anões que o Niebelheim.

— Anões hipergenéticos.

— Raros, hã?

— Alguém desenhou o anão das lendas com a Síntese do Genoma Inteiro. Dá para exportar e replicar. Isso há vinte anos.

— Eu nem era nascido — divaguei, mas era verdade. — Nibelungos, suicídios, Yerlashin no comando da Agência...

— Aterrorizando quem não está na IDI.

— Não é casual.

— É um projeto. Em uma civilização digital, quem reescreve o código reescreve a realidade. É o que os neo-ortodoxos estão fazendo.

— Como?

— Proibindo a atualização e interpretação pessoal da Bíblia. É o mesmo que modular os anacronismos e manipular os significados. Estão reescrevendo as Escrituras sem mudar uma linha. Uma antiteologia. Yerlashin e seu bando aprisionaram milhões em um mundo mágico.

— E o que diz Santa Ifigênia?

— Que haverá um Grande Silêncio.

Ela parou, virou ostensivamente para trás e mediu a rua. Examinou cada alma andrajosa na Laranjeiras. Depois, espreitou o pomar de tangerinas podres no céu e apontou três postes em sequência. As câmeras estavam destruídas. Só então me indicou a transversal que havíamos ultrapassado.

— Você volta daqui — sussurrou. — Aqueles prédios todos na Pires de Almeida são cortiços. Na subida, depois da pracinha, tem um aviso de vagas do lado direito. Ótimo para quem está fugindo. Você não precisa se preocupar com o Regime, só com a vizinhança.

— E com você, que tem sangue nas unhas? Devo me preocupar?

Assustada, ela virou as mãos para si e aproximou dos olhos. Citei Eurípedes.

— "Ora, por qualquer infração do culto aos deuses, A vida nos reserva apenas decepções."

Ela cuspiu no indicador e no dedo médio da mão direita. Esfregou, apontou a Pires de Almeida com o queixo e seguiu para o Largo do Machado.

— Vá se quiser.

— Posso perguntar o seu nome? — arrisquei.

Ela atirou o microfone no amontoado de uma lixeira violada. De novo riu e tremeu.

— Polixena — respondeu, sem se voltar.

Ora, ora. A devota de Santa Ifigênia era outra princesa dada em sacrifício. A moça gostava mesmo de Eurípedes.

# 8. O Ciclope Castrato

Gustav MAHLER
*Des Knaben Wunderhorn*
Urlicht

Não tendo mesmo aonde ir, dobrei a Pires de Almeida e segui para a armadilha. Os prédios da segunda década do século XX eram baixos. Construções de três e quatro andares bordejando os dois lados da rua estreita, sem saída, com vista para o vazio do Cristo. A hera mutante azul cobalto corroía tudo. Samambaias imensas saltavam feito garras das fendas nos rebocos. As janelas de chapas de ferro eram mantidas trancadas enquanto os moradores matavam gigantes nas IDIs. Aqui fora, ratos do tamanho de gatos se mostravam sem medo.

Ecoando de um e outro *holocom* nos postes, uma voz onipresente dizia que este é "o melhor de todos os mundos possíveis". E o Brasil, "o melhor de todos os países do mundo" porque a "maior nação cristã do planeta". "A terra em que o Senhor Deus levantou seus maiores líderes."

Eles já estavam apontando os dedos cheios de anéis para si mesmos, pensei, o que poderia funcionar. Hagiografias, hã? Devem mais à tesoura que à caneta.

VAGAS NO 301

Toquei a campainha debaixo da placa. A IA não demorou.
— O que deseja?

— Vaga.

Esperei. A tranca maciça zumbiu, trabucou e sugou três ferrolhos de aço. O ar viscoso e a escuridão me acolheram. Ingressei vigiado por antigas câmeras a cabo. Quem sabe, desconectadas das redes.

Na escada, retalhos de grades de ferro cobriam o vácuo de antigos vitrais. A luz fatigada do poste na rua derramava losangos esverdeados nas paredes. Procurei Béla Lugosi, mas encontrei uma ratazana velha e mais prudente que eu, pois estava de saída. O rabo grosso estalava na queda de um degrau para o outro. Como sou um cavalheiro, me espremi contra a parede para deixá-la passar. A coisa fungou os sapatos de João da Silva e me encarou. Agora serei interrogado, pensei, mas ela seguiu adiante.

Os apartamentos pareciam unificados. As portas jaziam muradas com tijolos maciços. Gradis de ferro batido com ferrolhos elétricos ilhavam os andares. A grade do terceiro e último piso, uma liga de aço azulado, estalou e abriu.

Eu deveria ter voltado dali. Se as ciências entendessem por que não o fiz, decifrariam este século de *Big Data Profundo* e tecnopoder autotélico.

Deparei uma porta entreaberta cercada por uma espécie de viveiro. Uma mureta de alvenaria com quarenta centímetros de altura abarrotada de serpentes. Centenas de cobras se arrastando umas sobre as outras. A porta era guardada por um ciclope seminu, careca como um ovo, de mais de duzentos quilos.

O gigante usava um acoplamento no crânio. O achatamento no topo lembrava o Frankenstein de Boris Karloff. A blindagem nos olhos evocava o Polífemo de Homero. Ao centro da interface havia um visor inteligente de uso militar, com três minicâmeras em uma única bolha. Os sensores nas laterais enxergavam e mediam em qualquer condição.

O ciclope era matéria suada, vibrátil, com camadas de gordura sobrepostas, próteses nos seios altivos e por todo o corpo. Achei melhor não calcular o quanto era mais alto que eu. A pele descolorada e flácida, marmorizada no peito e nos ombros, exibia manchas arroxeadas de *livor mortis*. Em tese, estava morto, mas como respirava em haustos contínuos e profundos, achei melhor relevar. Os braços perfaziam tenazes terminadas em pinças, isto é, em mãos gigantescas. As pernas, ou vigas ou colunas, sustentavam um peso enorme e formavam arcos.

A roupa de baixo era um *mawashi*, a faixa de tecido dos lutadores de sumô. O *mediaone* no pulso lembrava uma frigideira, mas das pequenas. Sei que tinha pescoço, pois o cordão do crucifixo brotava de algum lugar entre o quarto e o quinto queixos. A cruz, pesando mais de um quilo, pairava sobre uma fênix borrada, tatuada à moda antiga entre os seios. A fênix era a reprodução do afresco na "Capela Grega" da Catacumba de Priscila, em Roma, símbolo da Ressurreição e talvez a mais antiga figura cristã.

Eu poderia entabular conversa, dissertar sobre a cristianização da fênix. Mas a arma de dois canos cerrados, pendendo do *mawashi* por um arame de aço, não recomendava a socialização.

O colosso bloqueava a visão do apartamento. Um reflexo bruxuleante sugeria que havia mais velas acesas no interior que espécimes no serpentário.

— Vaagaa, seenhoor? — perguntou, esganiçado.

Eu esperava a profundidade de um *oitavista* russo, o cantor de música coral ortodoxa capaz de descer uma oitava além dos baixos. Mas o ciclope era um *contratenor*. Lembrava uma criança alcançando o registro agudo, em falsete, com uma qualidade fanhosa e áspera, que emprestava certa persistência às vogais. O efeito era absurdo, burlesco e ao mesmo tempo melancólico.

— Por favor — respondi.

Ele encostou a porta e arrastou os pés em minha direção. As cobras, algumas venenosas, não se importaram com ele. O gigante cheirava a incenso e sacristia, mas de um jeito heterodoxo.

— Eeuu reeceeboo aantees. Uum coostuumee.

O ciclope estendeu o *mediaone* no pulso e esperou em uma imobilidade de pedra. O cartão ao portador de João da Silva não desapontou. Se foi caro ou não, precisava ver o quarto. Recebi um chaveiro arcaico com o número dois, não sei de onde saiu. Ele esticou o dedo, apontou uma escada vertical nas sombras e a abertura no teto.

— Aalguéém viiuu oo seenhoor eentraar? — perguntou com voz de *castrato*.

— Por quê? — estranhei.

Ele não respondeu. Provoquei.

— Santa Ifigênia de Áulis me viu entrar.

As três lentes no visor ciclópico me examinaram. Contei os haustos da respiração aflitiva.

— Voouu fiingiir quee aa cooiisiinhaa deeliicaadaa noo seeuu boolsoo nããoo eexiistee — murmurou, aludindo à arma de João da Silva.

Existir, eis o tema que me absorvia. Havia lido *Pantokrátor*, uma narrativa de terror, e agora eu era alguém que existira e não existira por três anos.

— A coisinha *existe*? — questionei. — O que é existir?

— Eexiistiir éé seer noo eespaaçoo ee noo teempoo. Seer éé muudaar. Oo quee nããoo coonheecee aa muudaançaa nããoo eexiistee. Oo seenhoor poodee guuaardaar aa cooiisiinhaa paaraa maataar uum raato.

Não deixei passar.

— Há muitos roedores gordos por aí. Acabei de cruzar com um. — *Muy macho, ¿eh?* Faltava o *grand finale*. — A propósito...

Saquei a medalhinha de Santa Ifigênia. Ergui pelo cordão com a ponta dos dedos, como uma coisa morta.

— Eu estou aqui, afinal, o localizador já não é necessário.

Ele estendeu a mão gigantesca de organista, de dedos fortes e curtos. Baixei a medalha com lentidão. O cordão espiralou como uma serpente que se recolhesse ao cesto do faquir. O ciclope avaliou o pingente como se fosse novidade, fechou a mão e me deu as costas.

— Booaa nooiitee — disse, empurrando algumas cobras com o pé e trancando a porta.

Eu estava na metade da escada de ferro quando me chegou a voz de uma mulher muito triste. Vinha como que do fundo de um vale. Mahler. Uma das canções do *Des Knaben Wunderhorn*. Aquela era *Urlicht*, *Luz Primordial*. O volume estava baixo, mas eu ouvia com clareza e me detive ali.

A voz dizia a botões de rosa vermelhos que o homem é uma aflição, uma dor, e ela preferia estar no céu... houve uma pausa... as madeiras... daí o violino *solo* incidiu como luz sobre a tessitura horizontal da orquestra...

E veio o anjo.

Estupenda canção de Mahler. Com ela, introduzira a voz humana na Segunda Sinfonia. Que *lied* finamente estruturado e orquestrado. A voz existia sublime no mesmo universo em que o ciclope era "bizarro", "exótico" – ou apenas singular, eu não sabia. Dizendo-o "bizarro", macaqueava o vício demasiado humano e infantil, a pressa em julgar. Dizendo-o "exótico", confessava, ao mesmo tempo em que negava, um estranhamento que era problema meu. Porque havia Mahler, o Regime, e o ciclope que ouvia Mahler apesar do Regime.

E de novo me detestei por outra conclusão apressada. A Arte inflama a retórica, mas é puro hedonismo. Alguns dos piores canalhas amaram a música e não amaram ninguém.

Se o ciclope tinha razão e ser é mudar, a qualidade inefável daquela voz se justificava; já não existia, restava gravada, o *mezzosoprano* desaparecera há muito tempo – e seria inefável para sempre. Lançada ao espaço em código digital, sobreviveria ao homem, à civilização e ao planeta.

Suspendi o *Conectivo Relacional Hegeliano* de Simão, o mago. Ouvi a canção até o fim. Não sei por que, lancei um olhar à câmera de segurança na parede e fiz um assentimento agradecido. Efeito tardio, quem sabe, do *Conectivo*.

— Eesteejaa proontoo paaraa aa ceeiiaa eem uumaa hooraa— disse o ciclope, a voz saindo por um dispositivo no rebaixamento do teto.

— Obrigado — eu disse. — Não sou muito de comer.

— Toomoo aa liibeerdaadee dee iinsiistiir. Uumaa hooraa. Voouu seerviir uum *fetească neagră* dee deezooitoo aanoos. Aauutêêntiicoo, nããoo aartiifiiciiial, muuiitoo iinteereessaantee. Eem hoonrraa àà Santa Ifigênia de Áulis. Seejaa poontuuaal, seenhoor João da Siilva.

João era um camarada popular, hã? Depois de nomear o frívolo, decerto procurado pela morte dos SS no Corcovado, o dispositivo fez "clique". Não pude deixar de observar que, em palavras ditas pausadamente, o ciclope parecia um contratenor natural.

Do interior do apartamento, desprendeu-se outra canção do *Des Knaben Wunderhorn*. Desta vez, por um barítono.

Alcei a escada firme como a moral neo-ortodoxa. Como não desabou, talvez exista uma Santa Ifigênia de Áulis.

\*

Precisei me inclinar para não espanar as teias no teto. O sótão era uma espécie de água-furtada ou depósito. Havia quatro quartos e um banheiro. O banheiro tinha um aspecto imundo, mas cheirava a ácido muriático. Testei todas as maçanetas antes de abrir o meu quarto. Espreitei com ouvidos golem e custei a confirmar que estava sozinho. A verdade é que os *Lieder* com orquestra de Mahler me alcançavam e distraíam.

Foi caro. Descobri ao acender da lâmpada. O quarto subsistia em uma dimensão expressionista. Não havia um só ângulo reto. A luz excessiva no teto cancelava o relevo das formas e alongava a intensidade das sombras. O colchão agonizava forrado por um andrajo manchado de fluidos secos. O travesseiro era um cobertor enrolado em uma fronha. Um cabo de vassoura sustentado por dois fios de arame resumia o guarda-roupa. O banco de três pernas intrigaria Picasso. Através das grades de ferro batido da janela, eu via o cume pontudo do Corcovado. Sem o Cristo, o *Dàn zhū tái* parecia devorar o morro.

— Na próxima vez eu fico no Plaza. Não tentem me deter.

Sem detectar câmeras ou microfones, depositei a caixa ossuária na cama, equilibrei-me no banco, arranquei o lacre de fita. Despejei os ossos antigos secos e pretos, quase sem densidade. Os fungos pareciam frescos, mas eu não pretendia mesmo experimentar o colchão. Um envelope de plástico antiestático se derramou do fundo. Poderia estar em cima, ao alcance das mãos, mas Simão queria assinar a traquinagem macabra.

— Ah, Simão, Simão...

No envelope, um cubo de cristal holográfico (que guardei no bolso sem tentar adivinhar o que guardava), um *mediaone hackeado* contra redes, mas com acesso a algum canal privado de satélite, e minha nova identidade. Eu agora era Luís Maurício Dias.

— Luís Maurício Dias — experimentei em voz alta.

Encaixei o *mediaone* no pulso e acionei. Senti as contrações instantaneamente. Corri as mãos no rosto como se fosse braile. Minha expressão mudara. Nanorrobôs aos milhares configuraram a face de Luís Maurício Dias.

O *mediaone* continha o elemento fundante do ser social, *conditio sine qua non* do existir no mundo, a conta bancária. A quantia no operador seguro de criptomoedas era bastante razoável. Eu já podia me deslocar e subornar o baixo clero do Estado Corporativo que aspirava à teocracia – que só não se instalava de vez porque havia mais generais que tanques.

Em papel de impressão comum, muito dobrado, craquelado e coberto de mofo, havia a reprodução de um óleo do século XVIII. O olho golem reconstituiu o rosto magro emoldurado pela peruca. Testa alta, olhar inquisitivo, nariz saltado, lábios finos, leve prognatismo. *Monsieur* François-Marie Arouet.

Voltaire.

— Ah, Simão, Simão, ao diabo com todos os filósofos do mundo. Ao diabo com você também, que me roubou de mim.

O *Big Data* sabe tudo de todos. Por que Simão recorrera a Felipe Parente, um detetive bem-vestido, mas de terceira? Mesmo sem saber, alienado involuntário do Eu, fui escalado para interpretar João da Silva.

— Ah, Simão, Simão. Três anos...

Dei de ombros. Uma reação algorítmica. Estava vulnerável e precisava de defesa, pois alguma coisa em que não queria pensar me conduzira ao ciclope lá embaixo.

Desliguei o *mediaone* e voltei a mim. Com o acionamento, mesmo que breve, Simão e as Faquiresas já deviam saber por onde andava Felipe Parente Pinto, se é que não sabiam há mais tempo. Recolhi os ossos à caixa, distribuí minha dádiva entre os bolsos, rasguei Voltaire em pedaços e aguardei a ceia ao som de Gustav Mahler.

*

Deixei o quarto aos cinquenta e nove minutos. Uma *toilette* completa pendia de um gancho na parede embalada em plástico orgânico. Terno azul-marinho, camisa de punho, cinto, roupas de baixo e meias. Sintéticos de boa qualidade, que pareciam servir. Alguém ou alguma máquina havia deixado ali. A escada não suportaria o ciclope, nem ele passaria pela abertura no piso.

No chão, um par de sapatos novos, essenciais. Qualquer olheiro de qualquer serviço de inteligência do mundo observa os pés. Os perseguidos tiram ou trocam peças de roupa, mas raramente têm a frieza de mudar os sapatos.

Havia um bilhete rabiscado em papel.

VINTE MINUTOS

No banheiro rescendendo a ácido muriático, encontrei um frasco de perfume e outros itens. Sob a bênção do chuveiro, lamentando que fosse

João da Silva, e não Luís Maurício Dias, a comparecer ao festim, pensei em Homero.

Em Homero, os ciclopes são canibais.

# 9. A Ceia da Pitonisa

Marisa REZENDE
*Pequenos Gestos*

Baixei no terceiro andar a tempo de ver o ciclope trancar a porta, evadir-se das serpentes e saltar a mureta em um único movimento preciso. A coreografia de uma Márcia Haydée realçada pela graça que é a dádiva dos gordos.

O ciclope usava o visor inteligente e um terno esculpido por Michelangelo. Digo, um *Dormeuil* de lã Qiviuk gigantesco, harmônico, mais confortável que andar nu. O traje para o doutor banqueiro receber o título de *Urbano Ajustado do Ano*. João da Silva, um frívolo, teria apreciado. Eu, o niilista, me perguntei quem teria vendido a mãe para financiar o corte.

O gigante checou o *mediaone* de bolso com discreta aprovação. A grade de aço azulado abriu ao que se aproximou. Com uma mesura, me convidou à passagem. Sem alternativa ante seu volume imenso, retribui o gesto.

Ele desceu as escadas com naturalidade, mas a respiração traiu o esforço degrau por degrau. Parando a meio caminho, tocou a orelha de leve, no que entendi que esperava ouvir o ferrolho. No segundo piso, ele mesmo trancou o portão.

Estávamos ilhados no segundo andar, entre o gradil e as portas muradas, quando o ciclope apontou alguma coisa atrás de mim. Ao me voltar, ouvi um estalo. O recuo na parede desvendou a passagem secreta.

Clichês, hã? O Acaso ou as Parcas ou Santa Ifigênia de Áulis me introduzira na história que Ian Fleming recusara escrever.

O ciclope indicou o acesso com uma imobilidade de bronze. Entrei em prontidão. Avancei na obscuridade tocando o brinquedinho de João da Silva no bolso do paletó. Penetrei uma sala em L dominada pela mesa de jantar de seis lugares. As cabeceiras ostentavam baixelas de notável elegância. O tapete com estampa de brocados, *boteh* de Caxemira autêntico, não merecia ser pisado.

Desarrolhado, o *fetească neagră* respirava sem aparelhos. Vinho de uvas genuínas, uma pequena fortuna. A Europa andava às voltas com uma praga mais eclética que a filoxera. Por um milissegundo, pensei nas diabruras de Antígona, mas abstraí. Reconhecer a divindade algorítmica do Pantokrátor em tudo seria tão perigoso quanto subestimá-lo.

As paredes e o piso jaziam cobertas por placas de concreto. No lado oposto à entrada, havia fotos de meu anfitrião em atividades sexuais heterodoxas, com parceiros de todos os sexos. As três ampliações maiores exaltavam o talento dos fotógrafos.

A primeira ampliação era oval. No que parecia um haras, o ciclope usava a máscara veneziana dos médicos da peste negra, com bico de couro, rebites de cobre, lentes, caixilhos e... arreios. Um emaranhado de fivelões e tiras fixavam uma sela de montaria às suas costas. Uma baixinha de bunda grande, máscara contra gás com crista e chicote o conduzia, escarranchada na sela como em um cavalo de tração. Frazetta teria aprovado.

Na segunda imagem ele estava nu, exceto por implantes indizíveis na virilha e um capuz recoberto de espigões de aço. Entrelaçados à guisa de tentáculos, microcircuitos se derramavam do queixo até o ventre. O Cthulhu que teria horrorizado Lovecraft.

Na ampliação maior em papel digital, o gigante vestia um manto de vinil vermelho repleto de dobras, aberto no traseiro e coroado por um capacete-aquário esférico. Um par de peixes ornamentais vivos circulava ao redor da cabeça. Lentes hídricas em formato de bolha velavam os olhos. Os lábios sugavam o ar por um bocal espetado na esfera.

Na base da parede, um cabo robusto conectava alguma coisa atrás da placa de concreto com alguma coisa sob o piso. Um aterramento, talvez, ou, ao contrário, a carga para uma Gaiola de Faraday entre a placa e a alvenaria do edifício; escudo contra radiação de radiofrequência direta e pulsada; proteção contra dores de ouvido, tinidos, alterações visuais, vertigens e dificuldades cognitivas da "Síndrome de Havana".

Em outras palavras, meu anfitrião era paranoico.

Havia outros indícios. A luz suave do ambiente emanava de televisores *CRT* antiquíssimos, sem gabinetes, que exibiam placas, trafos e bobinas. Sustentados por fios de aço, os cinescópios pairavam do teto apontados para baixo, como lâmpadas. Dois sobre a mesa e os demais em cantos opostos da sala. Ligados, sintonizavam "ruído de vídeo", "cor de televisão em um canal fora do ar". Os televisores-abajures eram as únicas fontes de luz.

O gigante tocou o pescoço e acionou um implante. A voz persistiu em falsete, mas o *efeito* vocálico foi suavizado.

— O senhor entende minhas luminariaas? — perguntou.

— Os tubos de raios catódicos e as bobinas geram perturbações eletromagnéticas. Mesmo redes cabeadas podem flutuar. Como redes óticas e de segurança não são afetadas, suponho que existam *chacais*, *toupeiras* e demoduladores em ponte com as linhas externas.

Ele cruzou os braços sobre a barriga.

— Gosto de quebrar, cavar e mexer com massaa. Um costumee.

Apontei o cabo e o plugue robusto.

— Só não entendo como a radiação ultrapassa a blindagem nas paredes e no piso.

— Intermitênciaas — disse, sereno. — Alternância entre dispositivoos.

— Neste caso, se o Regime investigasse a área com um analisador de espectro a 612 kHz...

— Mediria uma flutuação espúriaa aleatóriaa, nada maiis. Ninguém pode nos ouvir ou enxergaar. Gosto de privacidadee. Um costumee.

— Não significa que não haja interrupções — eu disse, com malícia.

— Naturalmente que nãoo — respondeu. — O que a vida mais faz é interrompeer.

O ciclope me indicou um lugar à cabeceira da mesa e ocupou a outra. O guardanapo saltou no ar como uma bujarrona no furacão.

Havia um elevador monta carga embutido na parede. Estrutura fechada com vidro, cinquenta centímetros de largura. Quando a campainha fez *trim-trim*, um robô amorfo deslizou da sala contígua e parou ao lado da portinhola. Fui respeitoso.

— Eu não sou mesmo de comer, senhor...

— Foda-se.

Entre as virtudes de minha natureza artificial, a clara noção da superioridade do golem sobre o homem é definitiva. O axioma favoreceu a serenidade com que imaginei arrancar a mandíbula do glutão. Com duas ou três voltas do intestino delgado ao redor da mesa – pelo eixo transversal, é claro –, ele não poderia recusar.

— Perdão? — eu disse, como quem não ouviu.

— Foda-se.

O silêncio não se prolongou. Mas no que trazia de inquisitivo e vago, ocorreu-me trinchar seu intestino grosso em um arranjo gracioso nas porcelanas. Eu não tinha nada melhor pra fazer.

— Sou Foda-se Dundes Durães — explicou. — Um pouco eexóóticoo para um João da Silva?

— Nome apreciável para um personagem de *Dick Tracy*. Mas a moral da época...

Ele sorriu e estalou os dedos para o robô.

— Ganimedes.

O Ganimedes da mitologia era um troiano tão bonito que Zeus tornou-o escanção do Olimpo. O Ganimedes robô era um barril abundante de braços, mas nem uma gota do *fetească neagră* se extraviou.

Meu anfitrião estendeu a taça em um brinde silencioso e cordial.

— Vinho excelente, senhor. — E de fato era. — Uma escolha feliz.

— Você ouviu o cavalheiroo, Ganimedes. Sirvaa. — Ele mudou de tom. — Não somos alemãees. Podemos nos tratar por "você" antes que se passem dez anoos.

— Obrigado. Igualmente.

— "Foda-se" é um apelido com o qual me habitueii. De todos os nomees de que já fui chamado nesta vidaa, o mais clementee. Mas eu também sou Pítia. Fui servaa de Apolo e hoje sirvoo à Ifigênia.

A indefinição me causou um pequeno embaraço. Para viver, eu, o golem, fingia ser homem. Na intimidade, preferia ser *desplugado* a agir como um. Eu poderia desmembrar o ciclope usando as colheres, mas não me permitiria ofendê-lo.

— Me permita, Pítia, é um belo terno este seu. Muito cavalheiresco.

As três lentes na bolha do visor me procuraram. O ciclope entendeu minha gentil angústia e fez uma vênia.

— Me chame do que quiseer, João. Quem me definee sou eu.

Ele balançou a cabeça como se tivesse dito uma atrocidade, negando as palavras com a premência dos desesperados. Corrigiu-se tão depressa que a voz tocou o registro de um soprano coloratura. Em nenhum outro momento me pareceu tão humano.

— Não me entenda maal, João. Não desdenho a magnitudee, pois é este o termoo, a magnitudee da afirmação de sii. A linguageem é o fenômeno essenciaal. Ser humano é ter linguageem. Para as três maiores religiões monoteístaas, o mundo foi criado pelo *Logos*, a palavra divinaa. "E disse Elohîms." — Ele fez um gesto largo, em que cabiam dois mundos. — Alguém escreveeu que a criança fala naturalmentee antes de pensar, e é entendida por todos antes de compreender a si mesmaa.

— Os adultos também.

Ele sorriu.

— Uma das razões da estupidez global é o declínio da linguageem.

— Crer que a palavra pode tudo é a superstição dos poetas. É no silêncio que está a música.

— Pensamento é linguageem, mesmo o abstratoo. O pensamento exigee o vocabulário de sua expressãoo. Como a sociedadee visual e pictográfica perdeeu os tempos verbaiis, a juventude, impossibilitadaa de se projetar no tempoo, é circunscritaa ao presentee: só o momento existee. Um fenômeno estimuladoo, pois o desmonte da linguagem é o desmonte da democraciaa. Os jovens adotaram um patoá multimodaal, mais de rede que de vidaa. A Broca-língua ou ba44-língua. Conhecee?

— O que foi que eu perdi?

— "Um dois quatro três" significa "eu quero ver agoraa".

— "Um" significa "eu". Que coerente.

— E "quero" é doiis. "Um dois vinte" é "eu quero *giraar*". Eles não têm temas para muitos númeroos, mas "vinte" é gíria para "enlouqueceer". O Doutor Dulcamara é fluente em ba44-línguaa, sabiaa?

— Perdão...

— Uma CA, um *Aplicativo de Suporte Emocional*. Mais popular entre os joveens que o Doutor Kopf e autorizado a receitaar drogas leveess. Elsa von Brabant, uma *hacker*, veja vocêê, invadiu e expôs o *Big Data* do Doutor Dulcamara. Você pode imaginar o que saiu da caixaa?

— Não queria oxidar o vinho...

— Os jovens vivem no fiim do século XIX, atormentados por tudoo. Mas como não têm capacidaadce de expressãão nem densidaadee, atormentados por nadaa. Existeem para as IDIs.

— Os adultos também.

— Siim, mas...

— Há quem se ofenda com tudo, até com a vida.

— Pode ser o casoo, pois se matam aos milharees. São os juízees mais duros de si mesmoos.

— Existe uma epidemia de suicídios?

— Siim, e afetando oos joveens. Eles são solitárioos, pois desprezam e esnobam a amizadee.

— O que é um amigo senão uma orelha, hã?

— Ouçaa, João, a linguagem é superfície e abismoo. A dimensão de umaa vida é a dimensão de sua linguageem. Eu, se me faltasse a definiçãão, diria que soouu um *exocenobita*. Vivo a vida retirado em miim. — Foda-se tomou fôlego e vinho. — Julgaar, definiir, catalogaar seem conheceer é a pressa dos superficiaiis. Eu sou classificado como "repulsivoo", as pessoas mais livres que conheço não me suportaam. Maas, lhe asseguroo, João, eu nããoo me importoo, como em geraal não me importoo com nadaa. Chamai-me Ismael, chamai-me do que quiseer, repitoo, quem me definee sou eu. Um costumee.

Elevou a taça em silêncio.

— Aos jovens — ofereci.

Ele bebeu e estalou os lábios.

— Que criaturaa sensíveel pode formar um vínculo com este Regimee e este paíís? Entendoo, entendo beem a epidemia de suicídioos. Quem se apegaa à própria vida demonstra uma fraqueza imperdoáveel. Você tem amigoos, João?

— Um só, a quem gostaria de matar.

Ele riu, farto e agudo.

— Um amigo é gente demais pra miim. Uma multidãoo. Eu não desdenho a linguageem, mas desdenho a opinião dos outroos. Que o mundo me defina e julguee, não é da minha contaa. Sou sólidoo, não peço conselhoos. Não conheço uma só pessoa cuja opinião me interessee. Os dois homeens a quem me agradariaa estreitar morreram há muito tempoo. Um deles escreveu em sua pedra angulaar, "Os que me conheceram sabem quem fui. Os outros não precisam saber."

— Gustav Mahler.

— Ele está em moda entre os jooveens. *Kopf des Jochanaan* lançou uma IDI baseada nas sinfonias, *Der Anfang und das Ende*. *O Princípio e o Fim*. Os jooveens estão ouvindo *technomahler*.

— Esses arranjos todos são *elitismo de baixo nível*. Não há nada que impeça o jovem de gostar do Mahler original.

— Siim, eu mesmo o descobri muito moçoo.

— Mas, me diga, quem é o outro cavalheiro?

— Johannes Brahms, que abandonou uma recepção em sua homenageem porque se irritou com a frivolidadee dos convidadoos.

— "Se acaso existe alguém a quem eu tenha esquecido de ofender, queira aceitar minhas desculpas."

— Este seria um bom amigoo, a honestidadee é a única liberdade possíveel. Em qualquer lugaar, em qualquer tempoo, é um perigo ser honestoo.

— Mas existir é mudar — provoquei.

— Estou em construçãoo. Como você pode veer, sou um edifício muito grandee.

— Reminiscência do brutalismo.

Ele reagiu. Disparei enquanto ria.

— Mas Foda-se, este seu terno vale algumas liberdades, hã?

Ele me apontou e balançou um dedo.

— Nãoo, não são baratoos... um costumee. Uma vooz como a minha em um edifício brutalistaa é risco de desabamentoo. Vestido assiim... que tecidoo... os generais me prestam continênciaa e os neo-ortodoxos me pedem a bênçãoo. Este *Dormeuil*... que tecidoo... é uma redomaa. Considerando minhas crenças pessoaiis, seria contraditório fazer bandeira de minhas crenças pessoaiis. — O gole de vinho causou a modulação. — Eu estou vulneráveel como nunca estivee, João. O Regime deu o passoo e criminalizou a "sodomia". Eu nem sei se éé necessárioo. Que tipo de pessoa mantéém uma ereção com um Governo dessees?

— Estou sabendo — menti. — Mas não conheço o texto da lei.

— É fascinantee. Os neo-ortodoxos consentiraam com o latim dos católicos sóó para imprimiir as digitais do deus *neovelho*. *Vas preposterum* substituiu "órgão excretor". — Suspirou indignado e recorreu à taça. — *Coitus intra vas* e *sodomia foeminarum* agora são crimees. Penas de cinco a quinze anos de prisãoo.

— Você vai precisar de mais ternos.

Ele correu os dedos no paletó para sentir a lã.

— Você é a razão dos meus cuidadoos, João. Santa Ifigênia me pediu para recebê-lo o melhor que pudessee.

— Ela disse que sou um tipo refinado?

— Disse para evitar seu julgamentoo.

— Ora, mas por quê?

— Disse que você viriaa, mas não disse quando viriaa.

— Hum-hum. E como você se comunica com Santa Ifigênia?

— Eu, Pítia, entro em transee. Gravoo, ouçoo e tomoo providênciaas.

— Mesmo as que recomendam assassinato?

De novo as lentes do visor me investigaram. Ouvi as engrenagens e os micromotores.

— Isso foii… inesperadoo.

— Malraux disse que a morte transforma a vida em destino.

— Talveez.

— Confie em mim, a morte é uma tentação para quem acredita em destino. Ainda agora os Espirituais de Santa Ifigênia explodiram algumas vidraças. Custou caro a eles.

— Você reparou o telhadoo? Viu as antenas atípicaas?

— Na verdade, reparei. E você? Reparou que as antenas estão voltadas para Marte?

— Aquilo é mais que uma casa de mortees, João. Mas não estou liigaadoo aos Espirituais.

— Não, hã?

— Eu sou o mensageiroo.

— Hum-hum.

— A voz de Santa Ifigênia no mundoo.

— E a magrela, como se chama?

Ele hesitou.

— Como elaa disse que se chamaava?

— Polixena.

— Então elaa se chamaa Polixena.

— Moça intrigante.

O gigante se mexeu desconfortável. Investi.

— Amiga sua?

— Nããoo, de modo alguum.

— Ela odeia os neo-ortodoxos, me pareceu.

— Odeia demaiis.

— ?

— Se você odeia o maal, mas o ódio oo preenchee, o que oo movee? Onde está sua humanidadee? Eu desprezo os odiosoos.

— Ifigênia diz isso?

— Eu digoo. Mas a santa está de acoordoo.

Outro gole e uma pausa. As lentes ciclópicas me fixaram. Ele parecia meditar se avançava ou não. Esperei.

— João, você conhece o deus que se movee sobre os neo-ortodoxos?

— Pantokrátor.

Decorreu um silêncio enorme. Como se o nome do deus digital fosse um sortilégio.

E era.

Pítia como que transformou o vinho em água e esvaziou a taça.

— O Pantokrátor já se deu a conhecer? — perguntei.

— Nããoo, de modo alguum. A astúúcia do diabo é fingir que não existee.

— Dizem que Antígona se cansou das pessoas...

Ele me ignorou, imerso em alguma profundidade.

— Santa Ifigênia suspeitaa... — hesitou. — O Pantokrátor quer testar uma tesee.

A garrafa estava vazia. Pítia estalou os dedos para Ganimedes e se concentrou em mim, decidindo se eu era digno dos segredos que partilhava com sua divindade. Achei melhor encorajar. Citei *Ifigênia em Áulis*.

— "De que serve acrescentar o desrespeito à minha infelicidade, faltando-te com a sinceridade agora?" Vamos, Pítia, o que Antígona quer, afinal?

Ele secou a taça e esperou que Ganimedes o servisse.

— O Pantokrátor quer que a "divindade analógica" se manifestee.

— Deuses, hã? Costumam decepcionar.

Foda-se foi solene e pausado. Sublinhou a gravidade dos fatos com voz de contratenor. O acento peculiar se deslocou.

— Antígona *hackeou* aas IDIs. Sabe o que issoo significaa?

— Que bilhões de cérebros têm um parasita.

— O Pantokrátor está deixandoo a escuridão sem abandonar as sombraas. O mundo tangível fooi *hackeado*. Antígona pôôs uma arquitetura em ação. Mas Santa Ifigênia nãão sabee o que o Pantokrátor pretende, ou nãão mee reveloou.

— Como Santa Ifigênia é tão informada de Antígona? Elas frequentam a mesma montanha na Grécia?

De novo deu de ombros. Prossegui.

— Há coisa de três anos enfrentei os nibelungos.

As lentes me fixaram com curiosidade.

— Em *Billa Noba*? Você estava láá?

Fiz que sim. Era perigoso, mas eu precisava entender Santa Ifigênia.

— Nos divertimos muito.

— Você não viu os Alberich, os líderees. Enfrentou os servoos, os ferreiros, os Mime.

— Os líderes são programadores?

— Especialistas em códigoos, de modo geraal. Alguns têm saltado janelaas. O adido comerciaal de um paraíso fiscaal europeu quebrou uma garrafa de *La Romanée Grand Cru* e cortou a jugular com a lascaa. *La Romanée Grand Cru*, acreditaa?

— Mas que desprezo pelas nossas cobiças, hã?

— Traficantee.

— Sintéticos?

— Códigoos. Traição em mais de noventaa países, inclusive o delee.

— E como foi isso, Meu Pai?

— Uma recepçãoo na embaixada... — Ele mordeu os lábios e calou a bandeira. — Uma noite de galaa em Brasília. Um dossiê com fotoos das atividades recreativaas do adidoo, aliáás, muito ingênuaas, invadiu os *mediaones* dos convidadoos.

— O clichê o matou.

— Ele manchou o *Maude Welsch* da embaixatriiz.

— Manchou a reputação e um vestido de grife na mesma noite? Isso o absolve, em parte.

— Santa Ifigênia diz que a manifestaçãoo do Pantokrátor tornou os *technonibelungen* obsoletoos. Antígona jáá não precisa de programadorees para os seus "milagres".

— Não precisava antes, na verdade. Você não crê em milagres?

— Santa Ifigênia ensina que falar do milagre como acontecimento demonstráveel, suscetível a provaas, é submeter a ação sobrenaturaal ao controle da observação objetivaa. Ou sejaa, submetê-la à crítica da ciênciaa... e validar a críticaa. Quando a ciênciaa falha em explicar o milagree, demonstra seu limitee, mas não confirma aa ação sobrenaturaal. O milagre não pode ser objetivadoo nem demonstradoo cientificamentee porque é invisíveel. Ocorree não na realidade temporaal e materiaal, mas *no interior* da realidadee.

**113**

— Santa Ifigênia é uma grande leitora de Rudolf Bultmann. — Ergui a taça. — À deusa pagã que lê os teólogos.

Ele riu e citou.

— "Só posso falar de minha existência pessoal, aqui e agora, na situação concreta de minha vida." Sou criaturaa de Ifigênia de Áulis. Creio que a santa agee, aquii e agoraa, mas sua ação é ocultaa, pois *não é idêntica ao acontecimento visível*. O milagree não pode ser concebido como fato na dimensão da realidade visíveel. Um milagree visíveel é *sacrificium intellectus*.

— Então os milagres de Santa Ifigênia são invisíveis?

— Sabedoriaa, erudiçõees, alguma paz interioor. Santa Ifigênia é sensível às artees. Ela gostaa de música.

— Que santa extraordinária, hã? Atraída por Bultmann e Wagner, aposto. E os prodígios de Antígona, Foda-se?

— Suicídioos, crimes seriaiis... os massacrees e as chacinaas não param de cresceer. Existe a censuraa, mas também existee a fumaça dos crematórioos. Houve suicídios coletivoos em igrejas do Nortee e Nordestee. Uma ocorrência monstruosaa em Maceió, com mais de mil mortos... A *Teodiceia* de Leibniz, na raiz do fundamentalismoo, enlouquece e exacerba a frustraçãão dessa pobre gentee.

— A paixão contemporânea por tudo que regride está impregnada de teodiceia. Passei os últimos três anos tendo pesadelos com isso.

— Me contee.

— Você não acreditaria.

— Por que não tentaa?

— Porque você não acreditaria. Leibniz não poderia prever a deformação do seu raciocínio. Nem o país em que o coito das igrejas com o Estado abortou a Razão. A neo-ortodoxia trocou a consciência social pela "vontade de Deus". Me diga, Pítia, qual a vontade de Deus? Quem se atreve? Com que credenciais?

— Yerlashin e sua laiaa. A neo-ortodoxia, como oo neopentecostalismo do passadoo, afastaa as pessoas da identidade humanaa. Os "pastorees" dividem o mundo entre bons e mauus, entre eleitos e condenadoos. Sustentaam o Regime para desfrutaar benesses e transformar seus inimigos em inimigos do Estadoo. Foi como o Deus da compaixão se tornou um deus de mortee. Foi como as ovelhaas se converteram em lobisomeens.

Assenti.

— Essa gente instada à resignação, sacrifício e abstinência está ressentida. Seu "ódio ao pecado" é rancor contra os que amam e vivem a vida. "Ódio à vida, o ressentimento contra a vida", como disse Espinosa. Modulando a tristeza e o ódio, a neo-ortodoxia transforma os fiéis nos devotos da crueldade.

— Laboratóório de Antígona. O Pantokrátor está aíí háá muito tempoo, e quandoo chegar a horaa, vai agir como unidadee. "Três pessoas distintas e uma só." Estamos à beira de algo muito gravee, mas que pode vir suavementee.

— E o que Santa Ifigênia diz?

Foda-se respondeu com dicção quase perfeita.

—Que os dias são mauus. Devo me preparar, pois não há esperançaa.

— O olhar se perdeu e ele fez uma pausa. — Éé uma penaa, João. "Um dois dezenovee."

— O que significa?

— "Eu quero... ser."

115

# 10. Vinum Vita Est

Maria Helena ROSAS FERNANDES
*Celebração I – o Cântico das Criaturas*

O jantar, sem acrobacias gastronômicas, foi pernil de cordeiro temperado com vinho abundante, chalota, cerefólio e ervas. Salada de folhas verdes com queijo de cabra, romã e carambola. A farofa de cebolas levíssima perfumou a sala. A refeição de um *gourmet spartiate*, mas rico, pois não havia um único ingrediente sintético.

Foda-se comeu com vivo prazer e gestos moderados, mas não poupou o último *croûton*. Mantive o vinho a salvo da sobremesa. Esperei que meu anfitrião se regalasse e passamos aos charutos. No que Ganimedes fez saltar a terceira rolha, me atrevi.

— Foda-se, você pode invocar Santa Ifigênia? Eu gostaria de falar com ela.

— Hoje é impossíveel. Uso remédios que não deveria misturar com a bebidaa. Isso cria excitabilidadees e instabilidadees, preciso me purificaar. Faremos uma sessãão depois de amanhã.

\*

Ganimedes trabalhou bem naquela madrugada. Esgotamos a quarta garrafa de *fetească neagră* com apreciação, mas sem muito vagar.

— O que você faz para viver, Foda-se?

— Papai me deserdoou.
— E o que você fez?
— Esperei mamãe morreer.

*

A conversa prosperou. Foda-se estava informado dos bastidores do Regime e era profundo quando queria. Observei certa precaução no falar, não exatamente por desconfiança, mas como alguém acautelado contra a imprecisão. O zelo de não trair os fatos. Concluí que a conduta era sobretudo moral. Fato raríssimo, Foda-se me pareceu um ser humano íntegro.

Infelizmente, o que é emblema do humano, os babuínos sem pelos estão em conflito permanente com a sexualidade. Creem, ou fingem crer, que a Cultura os liberta da condição de mamíferos com hipófise, tireoide, paratireoides, suprarrenais, pâncreas, ovários ou testículos, de modo que Foda-se estava em evidente desvantagem.

Pela modulação do medo, os homens cederam tudo às corporações e aos Estados fortes, anexando o *modus operandi* da sociedade de vigilância algorítmica ao *modus vivendi*. Como consequência, vigiam-se uns aos outros, espreitando, apontando, julgando, condenando & punindo qualquer desvio a qualquer pretexto.

Afeito a experiências eróticas extremas, mas consentidas, *omnisexuais* segundo ele próprio, o senhor Foda-se Dundes Durães de duzentos e tantos quilos era, ante a sociedade, a neo-ortodoxia & o Regime, *alma degenerada*. Seus atos de solidariedade silenciosos, *obras do ágape*, como os chamou, não comprariam absolvição nem que fossem conhecidos. E só lhe escaparam porque sou um interrogador sutil, e ele, alguém sob efeito de drogas controladas incontroláveis e álcool romeno a 12,5%.

Surpreendido com a própria indiscrição, Foda-se citou Pascal.

— "A distância infinita que vai dos corpos aos espíritos representa a distância infinitamente mais infinita que vai dos espíritos à caridade, porque ela é sobrenatural."

— E...?

— A *charitas* altruístaa, amorosaa e desinteressadaa é atributo divino.

Eu o vinha inquirindo acerca da religião, pois precisava saber. Foda-se *suspeitava* que Santa Ifigênia de Áulis fosse uma entidade lógica, mas *acreditava* que tal entidade era instrumento de um ser espiritual desconhecido.

— *Metempsicose de máquina*, hã? — devaneei. — Há sempre um novo horror para um novo tempo.

Eu me perguntei em que fresta, nicho ou gaveta o século do tecnopoder autotélico guardava o seu Edgar Allan Poe. O raciocinador capaz de investigar, de modo poético, a metempsicose de máquina ou a psicofonia de *hardware*, quem sabe?, como ao autômato de Mälzel; apto a esmiuçar a possessão de um sistema lógico-algorítmico e talvez se espantar. A mente capaz de conceber um Dupin é maior que um Dupin. Se houver um Poe, um só, já não há quem leia, hã? Exceto, talvez, Simão dos Milagres.

No fundo, a fé abnegada de Foda-se em Santa Ifigênia não se distanciava muito das ambições dos nibelungos de Antígona, ainda que a demanda estivesse livre de ambições excêntricas ao fenômeno espiritual. O fato é que ele, o impudico, lembrava meu austero mestre, o desembargador. Um bom homem, creio, e à exemplo de meu volumoso anfitrião, autêntico.

Pena que fosse eu, o golem, e não seus pares humanos a reconhecê-lo.

\*

No fim, perguntou.

— Quem éé vocêê, João? Por que Santa Ifigênia falou há muito de sua chegadaa? "*Dich grüsst Wonne und Heil zumal*", ela disse.

— Bem-aventurança e um deleite incomparável esperam por mim? *Parsifal*, Ato Segundo, cena segunda, verso de Kundry. Amanhã, digo, logo mais discutiremos Santa Ifigênia.

— Me contee, você a conhecee?

— Santa Ifigênia me conhece, hã?

*

Nos despedimos sem manifestações etílicas de afeto, mas ganhei um travesseiro e um jogo de cama lacrado. No quarto, antes de abrir o pacote, acionei o *mediaone* de Luís Maurício Dias.

— *Mediaone*, encontre as faquiresas. Temos que tirar Pítia daqui antes que eu seja assassinado.

Desliguei e senti o rosto relaxar. Mal havia esticado o lençol na imundície do colchão quando a energia foi cortada.

A granada explodiu na escuridão.

# 11. Guerrilha

Albert ROUSSEL
*Bacchus et Ariane*, Suite n.º 2, Op. 43
Bacchanale

A explosão da granada arrancou a grade e a janela, estremeceu a insignificância do quarto e espalhou os restos da caixa ossuária. Eu teria ensurdecido não fosse a oclusão automática. Passado o estresse auditivo, o sistema filtrou a noite, separando os ruídos dos *dronecars*, do *VTOL* e desembaraçando a algaravia dos nibelungos.

Os rapazes estavam confusos. Seus líderes podiam formar uma rede de influência, entender de códigos de programação etc. Mas de que vale um grande estrategista com soldados formados por tutoriais? Viver é empírico. Nenhuma ciência do mundo ensina a andar de bicicleta. O que ensina é cair. Muitas teses não resistem fora do gabinete.

— Me aguardem, meninos — eu disse à meia voz. — Vamos nos divertir mais do que ontem, há três anos, hã?

A segunda granada ultrapassou a lacuna da janela e me encontrou de prontidão. Calculei que alguém muuuuuuito perigoso cometera um arremesso precipitado. Devolvi sem pressa. Segundos depois, a metade de um ano me espiou pelo lado de fora. As mesmas tatuagens, próteses oculares amarelas e eteceteras de antes, agora ataviadas por lacerações, sangue fresco quente e carne queimada. O intestino mutilado pendia como franjas em uma rede de dormir. Sabia que a atividade cerebral já foi detectada trinta minutos depois do coração sustar? Dizem que *Madame*

Charlotte Corday, assassina de Marat, foi esbofeteada após a decapitação, pelo que enrubesceu com expressão de fúria. Estou inclinado a admitir que a compreensão e o terror no olhar do nibelungo eram autênticos.

— Diga aos amiguinhos que já estou descendo — pedi, mas não sei se ele deu o recado.

Uma corda surgiu do telhado. O nibelungo hipergenético e muuuuuuito perigoso deslizou, lustroso, de colete balístico, rádio, pistola e granadas dependuradas. Encantador. As próteses oculares amarelas favoreciam uma excelente visão noturna. Sei disso porque me encarou na escuridão e entrou em pânico. Agarrou-se à corda e balançou irresoluto entre meu quarto e a rua quatro andares abaixo. Só se decidiu quando mostrei as "colheres", isto é, os pinos das granadas. Aí ele soltou a corda e fez *BUM* antes de emporcalhar a calçada.

Eu não precisava de óculos de visão noturna. Escapei para o breu mais profundo do corredor. Encontrei dois nibelungos que não vinham em ataque, mas em fuga. Os filtros de gás, achatados e muito modernos, tinham estampas com o sorriso psicodisléptico de Conrad Veidt. Não tive chance de elogiar. O primeiro da fila disparou a submetralhadora. Se ele não tremesse tanto, teria destruído o milagre de minha unidade cefálica. Agachei-me em uma velocidade inumana, saltei sob a linha de tiro e puxei seus tornozelos. Ele teve a bondade de cair sobre o nibelungo valente que o utilizava como escudo. Quebrei as mãos de ambos com alguma ênfase, confiando nos avanços da ortopedia e das próteses.

Eu podia ouvir o combate selvagem no andar debaixo. Ao me agachar para espreitar a abertura da escada, um anão desesperado emergiu. Na fumaça de pólvora, me confundiu com o coleguinha e estendeu as mãos. Esmaguei-as enquanto o tracionava. Depois, sustentei seu corpo pesado pelo pescoço. Distingui o estalo das vértebras apesar das detonações no terceiro piso. Sobre o macacão de napa com cheiro de novo, o guerreiro portava um cinturão diagonal. Havia um par de granadas, sinalizador, lanterna, estojos, umas caixinhas e a mais sádica das armas, a faca de combate, desenhada para causar hemorragias irreversíveis. Em síntese, um homem vestido de menino. Mas um menino com ambições de poder e aniquilação.

— Quem vocês vieram buscar? — rosnei, modulando a voz. Preocupado em saber se a presa era Felipe Parente ou João da Silva. A resposta me desconcertou.

— A santa... — gemeu.

— Quem, patife?

Desta vez, custou a responder. As mãos estropiadas tentaram agarrar meus pulsos. Um movimento instintivo que lhe custou um grito abafado.

— Santa Ifigênia de Áulis...

— Quem te enviou?

O anão cerrou os olhos e negou com a cabeça. Dei um passo para lançá-lo pela abertura no piso. Ele reagiu. Apertei o pescoço até ouvir o estalo da cartilagem. Só então afrouxei.

— Me encare, patife. Quem te enviou? Não vou repetir.

O nome quase escapou em um suspiro.

— An...

Ele não completou a frase. Pensei que estivesse rezando.

— Antígona? Ela se revela para ratos como você? Já chegou a isso? Foi Antígona?

— Andvari...

Parti seu pescoço em reação ao sortilégio. Um erro quase humano no que tinha de indesculpável, pois havia mais perguntas.

Eu *matei* Andvari em *Pantokrátor*. Correção, o anão hipergenético com uma prótese de braço teratológica veio a falecer de *choque anafilático*. Mas... e agora? O monstro que cantava Verdi e gostava de cozinhar de fato existia, respirava e servia à Antígona? Ou era uma CA que assombrava os nibelungos? Pior: seria um dos avatares de Antígona? Em *Pantokrátor*, Andvari era um homem perigosíssimo. Estaria espreitando lá fora?

Foda-se, voz de Santa Ifigênia no mundo, era o alvo e estava em perigo. Baixei o corpo do anão hipergenético, confisquei a pistola e as duas granadas. Retornei ao quarto, puxei as colheres, contei quatro segundos e lancei à rua. Ouvi as explosões, mas nenhum grito. Retornei ao corredor, espoliei outro morto e tomei a submetralhadora. Esperei à beira da passagem para o piso inferior até que os tiros arrefeceram. Só então saltei para o terceiro andar.

Toquei o piso no instante em que o ciclope descarregava a arma de cano duplo. Dois nibelungos se desmancharam na escada. Fez-se aquele silêncio duro e elétrico que sucede às tragédias. Pulei um corpo e me aproximei. Havia mais nibelungos despedaçados nos degraus e na curva do segundo andar. O chão estava empapado de sangue artificial grosso. As marcas de tiro iam do piso ao teto.

De novo a sensação de irrealidade emanando dos pequenos cadáveres e vísceras. Registrei uma flutuação lógico-algorítmica inédita. Em todo o *log* de *Pantokrátor* não li perturbação semelhante, nem nada comparável àquele grau de violência mesmo sob o Regime.

— Paantookráátoor — gritou Foda-se em sopraníssimo, recarregando a arma. De volta ao *mawashi* e quase nu.

— Existem outros moradores? — perguntei.

Ele cerrou a culatra e me deu as costas. Suas lentes escanearam o interior do apartamento. A peculiaridade vocal estava acentuada.

— Oo préédiioo éé meeuu — disse, avançando. — Viigiiee aa eescaadaa. Voouu deerruubaar uuns *droonees*.

E fechou a porta atrás de si para evitar que as cobras o seguissem.

Sentei na mureta do serpentário e relaxei. As cobras se ocupavam com um anão pré-fatiado sem as próteses ópticas, de olhar cruel. Digo, com o olho direito cruel. A cavidade ocular esquerda, estourada, hospedava uma serpe qualquer.

Os nibelungos estavam de saída. Ouvi o giro do *VTOL* aumentar, tiros espaçados, mas não ouvi os disparos de Foda-se. Esperei vinte segundos. Chamei, ele não respondeu.

Então acelerei o processamento. Extrapolei minha sensibilidade na captação dos dados. Armei a submetralhadora, espanejei umas cobras e entrei.

Eu também sou um tipo muuuuuuito perigoso.

*

Considerei a questão antes de entrar. Se a quebra do silêncio das ruas afrontava o Regime, que dirá explosões e disparos. Contudo, a proximidade da polícia em razão do ataque à Casa de Suicídio Terapêutico não representava risco imediato. Eles haviam sofrido o inédito – baixas – e não abandonariam sua posição. O senso de dever é o aliado mais forte da covardia e do ócio.

O problema eram as unidades nas cercanias. Decerto um contingente expressivo. Concedi-me *uns* dois minutos, sendo o *uns* a condição perturbadora do *espírito* lógico-algorítmico. Algo novo, mas bom porque era novo.

Claro que calculei tudo errado.

# 12. Santuários

György LIGETI
*Volumina, for organ*

O processamento em aceleração multiplicava minha percepção, mas não o tempo. Eu me desloquei apressado, urgente, ávido de informação.

O corredor do apartamento bordejava a cozinha. O mofo crescia entre as juntas dos azulejos. Prefiro não descrever a pia e a mesa. Vi duas cobras robustas de relance, o que talvez explicasse a ausência de ratos. Aquele era o domínio das baratas. Com o sistema veloz, as voadoras pareciam congeladas no ar.

Na sala, pela janela entreaberta, as barras da grade confundiam a visão do céu. Uma linha de claridade violácea e cinzenta insinuava a manhã. O corpo de Foda-se jazia no piso à luz de uma centena de velas. Montanha de carne flácida no mosaico dos tacos mosqueados por anos de gotas de cera. A tatuagem da fênix esticara e diluíra. A cruz de um quilo imiscuiu-se entre os seios vastos. Em cada mama, uma ligeira cicatriz entre o mamilo e a aréola dissimulava a interface de dados.

O ciclope caíra segundo a antiquíssima tradição carioca das balas perdidas. (Estácio de Sá, fundador da cidade, morrera pelo veneno de uma flecha errática atirada em 1567.) Os nibelungos queriam Pítia viva, mas o projétil perfurara o visor em um ângulo contingente e improvável. A arma de dois canos atada ao *mawashi* não havia disparado.

As velas, como as baratas, estavam por toda parte. Em candelabros, pratos, pires e copos nas prateleiras e estantes de ferro. O teto negro de fuligem testemunhava anos de devoção. Nos espaços das paredes em que não vibrava uma chama, havia pinturas, desenhos, fotos, recortes e estatuetas com representações do sagrado. Do Buda aos orixás afro-brasileiros. Do Brahma às mandalas do Islã, passando pelo Tao. De Krishna ao Cristo, passando por Elohîms e Adonai. Reconheci a reconstrução *naïf* do tríptico de Andrea di Cione, o Orcagna, cujo original se decompunha na Basílica de Santa Croce, em Florença.

Nas paredes, grafados a caneta, textos bíblicos, hieráticos, sentenças do *Bhagavad Gītā* e da Fé Bahá'i em uma caligrafia gongórica. A frase mais evidente justificava o macroecumenismo do gigante abatido.

*A luz é boa, seja qual*
*for a lâmpada em que brilhe.*
*Uma rosa é bela, não importa*
*em qual jardim floresça*

Bahá'u'lláh

Apesar do corte de energia, baterias preservavam a atividade dos dispositivos. Na escrivaninha, único móvel de fato em toda a sala, o *mediaone* de bolso conectava o estéreo *high-end*. O sistema tocava *Volumina* de Ligeti em reprodução contínua. Eu me perguntei se Foda-se associava o *cluster* – todas as notas de um intervalo tocadas como um acorde maciço – à ideia de divindade.

Eram dois quartos. No primeiro, encontrei a cama de ferro grande e empenada, o armário com andrajos, dois ternos de alto valor e aquele que Foda-se acabara de usar em invólucros lacrados. Sendo eu o Dick Tracy da civilização agonizante, examinei as etiquetas. Os ternos estavam em nome de Calcas, isto é, *Homem de bronze*, o adivinho dos gregos.

O outro quarto era o santuário de Santa Ifigênia.

As paredes pintadas a óleo reproduziam o bosque sagrado de Áulis.

Uma floresta mediterrânea noturna, com ciprestes, oliveiras carregadas e arbustos esparsos. Os ciprestes se prolongavam em perspectiva até *quase* tocar o lustre em forma de disco – porque Ártemis, irmã gêmea de Apolo, concernia à luz e a tudo que brilhava, como em Calímaco, sendo incerta sua conexão com a lua. Sob aquele ponto, um tapete de seda bordado com a efígie da corça cobria o genuflexório torto de suportar tanto peso.

No banheiro, o altar consagrado à neuropsiquiatria. Uma centena de frascos violeta com etiquetas de papel digital. Em prateleiras de vidro, em um carrinho de metal, no armário e na borda do basculante. O acervo das drogas para o controle das psicoses endógenas. A conciliação ecumênica da ciência com o risco. A farmácia de um esquizofrênico rico. Dos biológicos experimentais de última geração aos compostos da "neuromodulação radical". Dos fármacos estabelecidos mais caros & raros à temeridade de coisas muito proibidas.

Francamente, considerando os progressos da neuromodulação sobre a esquizofrenia, desde os ensaios com estimulação transcraniana por corrente contínua ao apogeu das drogas neuromoleculares, bioimplantes cerebrais e nanorrobôs, Pítia encontraria soluções eficientes e seguras... se desejasse.

As serpentes na banheira com água pela metade me pareceram hostis. A sujeira e o limo desconcertavam.

Retornando à sala, encontrei Foda-se ajoelhado sobre a perna esquerda. Observando, com cara de tolo, o ponto do visor ciclópico em que a bala de pistola se alojara. Superioridade, hã? É a ilusão dos vencidos: meu processamento escamoteara a respiração profunda do nocauteado.

Ele me encarou com olhos grandes e vítreos azul-Hollywood.

— Noovee miilíímeetross — disse. — Uum cláássiicoo.

— Não quero parecer indelicado, mas você ainda está com aquele implante? — indaguei, apontando minha própria garganta.

— Siim — respondeu, patrulhando o acento e tocando o pescoço.

— Ótimo. Temos que ir.

— "Temos que ir" aonde, ô degenerado? — desdenhou uma voz. — Você foi julgado, condenado e morto. Só falta executar.

Ao nos voltarmos, Foda-se rosnou.

Um coronel do Regime, de uniforme cor de feno, quepe e botas altas nos observava entediado e saturado de empáfia, pronto para expulsar os Aliados da Normandia em alguma IDI. O peito estava blindado por medalhas conquistadas em gabinetes com ar-condicionado. O holograma era tão perfeito que o reconheci como estereótipo. O tipo hipertrofiado que exaltava *a pátria* e hipotecava o país.

A projeção vinha de entre os soldados que formavam outra parede no aposento. Lamentavelmente, entre nós e a porta. Seis blindados vigoréxicos da mesma espécie que invadira a Casa de Suicídio Terapêutico. Prole das *Waffen-SS & SWAT*. Havia mais no corredor. Ouvimos disparos e um som borbulhante de carne dilacerada: as serpentes de Foda-se nos precedendo no Paraíso.

Medi as grades da janela e entendi que estava perdido. Revistado, minha nova identidade cairia antes do meu novo Eu. Ficava assegurada a tortura em salas climatizadas, pois o Regime prescindia dos porões. A alternativa seria esboçar reação para que as submetralhadoras apressassem o serviço. *Melhor ser* desplugado *com todos os Eus do meu devir do que confirmar que não sou nenhum Lorde Jim.*

O coronel resolveu meu impasse.

— Eu vim buscar o pederasta inchado de fezes — disse, com a letargia dos habituados a mandar. Apontou-me um dedo de notável realidade. — Você, seu nada, cai agora.

Eu estava quase espirrando com a poeira em "pederasta" quando o rançoso estalou os dedos para ordenar minha execução. Disparei o processamento. Rodei o *"Zum letzten Liebesmahle"*, a entrada dos Cavaleiros no Ato I do *Parsifal*. Ouviria a modulação mais extraordinária de Wagner antes de ser *desplugado*.

Virou hábito, hã?

# 13. O Tribunal

Tom WAITS
*Gospel Train* (Orchestra)

As armas convergiram aos meus olhos. Dois soldados alteraram os ferrolhos que baixavam a taxa de disparo. Mesmo em alto processamento eu não poderia me desviar dos projéteis, mas mediria a aproximação para contar o que me restava de vida.

Foda-se se ergueu sobre a perna direita com sua agilidade proverbial de gordo. Descambando para o lado, quase tombou comigo, mas me protegeu atrás de si. Em sincronia, esticou o braço e apontou a arma de dois canos contra o blindado à frente do grupo. Em síntese, se interpôs entre o pelotão de fuzilamento e o camarada mais bacana que eu conheço. Cortei o Wagner e mantive a prontidão.

— Nóós vaamoos oos dooiis — gritou Pítia, arpejando até o sopraníssimo. — Maaiis aindaa, prometoo. Vai ser o que deer antes da subidaa ao Olimpo.

O coronel não se alterou. Até porque não estava ali.

— O que vocêês estãoo fazendoo, por favor? — insistiu o gigante. — Será que alguéém pode dizer oo que pretendeem, por favor? Devem retiraar-see, por favor.

— Sodomita adiposo e abjeto. Vergonha do Céu e do mundo. Puto safado e comunista. Alma degenerada. Você é posse do Estado, ô desgarrado de deus. Tua folha tem mais de metro.

Foda-se conjurou todas as forças do espírito para articular com clareza.

— Não... pertenço... ao... Regime. Nããoo soouu bandidoo. Os senhorees devem retirar-see, por favor. Estaa é aa minhaa propriedadee.

— Criminoso é quem eu digo que é — bravejou o coronel. — E o que você tem, você teve, já não é seu. Tudo agora é do Estado. Os imóveis, os negócios, as ações, o dinheiro, os fanchonos e as fanchonas. — Bateu na mesa que não víamos. — Está tudo aqui, em prosa, gráficos e planilhas. E agora, pasto de vermes, você é carne do meu chicote. Se cooperar... — De novo espancou a mesa. — Talvez eu deixe você viver.

O discurso do oficial, constituído de moralismo amoral, falácias, lógica circular, retórica de colegial e arcaísmos mais antigos que a Babilônia, não era elaboração, era hábito. Em sua estreiteza, o coronel colecionava os absurdos que alegravam a escória. Francamente, de onde pilhava tanta antiguidade?

— Você ouviu o discursooo, João? "Sodomitaa", "fanchonaa", "fanchonoo"? — gritou Foda-se, retórico; reapertando o implante, tentando baixar para o registro de contralto e lutando pelo autodomínio. — O coronel não deixoou de viir porque é covardee. Ele não veio porque não existe, é uma CA com módulos da Inquisiçãoo. CA, ouça bem, eu sou o hierofante e a pitonisa. O eleito e a serva de Santa Ifigênia de Áulis. Eu sou Pítia, sou Foda-se e o mais que Eu quiser seer. Eu sou o Ômega, o *Τελευταίος Άνθρωπος*, a *Última Pessoa*. Vá chamar alguém de verdadee paraa conversar comigoo.

Foi mais forte do que eu, sempre quis dizer isto:

— Leve-nos ao seu líder, hã?

Juro que o coronel enrubesceu. Projetor estupendo, o holograma não oscilava. O fator de compensação era perfeito.

— Na noite passada, dei um presente à nação, esmaguei as *technodrags* — disse o milico, com um toque arrastado, como se tivesse um caramelo na boca do qual extraísse mel a cada sílaba; mascando o gozo do ódio saciado, a alegria da crueldade. — Comandei a operação que massacrou a laia mais sórdida dos efeminados. Queimei a biblioteca, mandei um incêndio para o Inferno: afundei o *Temiminó*. Destruí os desgarrados de deus no Rio Velho e na Baía de Guanabara. Empalei a rainha *viada*, obesa e mórbida. Agora vou arpoar outra baleia.

Como disse alguém, a vingança que sobrevive à morte do objeto odiado causa um sombrio horror. Creio que poderia senti-lo se fosse humano. Eu me mantinha bem junto a Foda-se, com as mãos às suas costas. O gigante reagiu mal ao infortúnio das *technodrags*. O suor abundante gelou na pele. Mas ele perseverou no controle de si.

— Coroneel, o senhor já leu Borges?

— *Viado* igual a você?

— Autor da Argentina que vocês pretendem anexaar. Siim, siim, Santa Ifigênia conhece tudoo, coronel. Eu, Pítia, estou informadaa. Borges disse quee "a mente militar é simples". Vou provar que tinha razãoo.

E disparou o cano direito da arma pesada.

O cartucho sobrecarregado de propelente cuspiu o projétil maciço. O elmo do policial afundou. O ar rescendeu a curto-circuito. O óleo esguichou da fumaça azul de uma explosão de microdispositivos. Triprocessadores, *cap*s spintrônicos e servomotores menores que aspirinas jorraram no ângulo de um guarda-chuva. O soldado-máquina enrijeceu e tombou de lado.

E porque eram máquinas, os demais não entraram em pânico e nos massacraram.

— Balote de carbono topológicoo — gritou Foda-se, didático. — O Regime não teem nada parecidoo, coroneel. É muniçãoo de aristocrataa. — Engatilhando o cão esquerdo, rugiu. — SOBROOU UMAA.

A citação de Borges foi o tiro mais preciso de Pítia. O pretexto para insinuar os planos de anexação da Argentina e nações circundantes. O hierofante andrógino, pitonisa de Santa Ifigênia de Áulis, agora valia mais. Eu entendi, o coronel entendeu melhor do que eu. A postura se alterou, mas ele persistiu lento e seguro.

— Restam cinco soldados nesta sala e seis no corredor — disse. — A polícia invadiu as escadas e cercou o prédio. Tenho um *superdrone* acima do telhado e quatro viaturas na rua. Quantos balotes sobraram, abominação?

— Oo suficientee.

Foda-se encaixou a arma sob os queixos. O cano direito, quente, fez a pele chiar e impôs mais silêncio.

— Tudo que excede estee cartucho é supérfluoo — disse, lutando contra a ardência da queimadura, a pressão do cano e o medo. — O Universo aqui e agora é supérfluoo; o seu podeer, coronel, é supérfluoo; os fuziis, as baionetas e todos os canhõões do Regime são supérfluoos. O gatilhoo está a meio centímetro da Eternidadee. — E mudou de tom. — Ainda armadoo, João?

— Hum-hum.

— A submetralhadoraa?

— Hum-hum.

— Quando eu caiir, descarreguee.

— Não tenho nada melhor pra fazer.

Humor refinado, hã? Pouca gente entende. Ninguém riu.

— Não deixee que toquem em vocêê. Escalee o Olimpo antees. Foi mesmo um prazeer, João da Silva.

— Foi uma honra, Pítia, você é extraordinária. Que tal experimentar a catábase juntos? Descer ao mundo dos mortos?

— Agora.

O coronel mordeu o anzol e enterrou até o palato. Gritou para impedir o ato final.

— Não, não, não...

Vida, hã? Há bons e maus atores, mas somos todos dramaturgos. Não existe *catábase*, isto é, *descida* ao mundo inferior, sem *anábase*, o *retorno* do mundo dos mortos. Pítia, sacerdotisa de um mito grego, sequer cogitou apertar o gatilho. Mas agora sabíamos, o Regime a queria demais.

Onde quer que estivesse, o coronel se aproximou do escâner holográfico. A luz do ambiente incidiu na plaquinha e tornou seu nome legível.

## CORONEL ARGIVO

Argivo Netto, o *Corvo Velho*. Uma patologia de quatros estrelas e polegar opositor. Um homem destituído de imaginação e humanidade. Daí o corolário de insultos que disfarçavam a afasia por embotamento.

Que patife poderoso se ocupava de Pítia. Informação valiosa, mas inútil, eu seria fuzilado na primeira oportunidade. Eu só restava de pé porque o gigante me escudava.

Horrores, hã? Seria melhor abreviar. Morto, *desplugado*, desligado, você perde o quê? O problema é que viver impõe uma responsabilidade enorme. Existem momentos na vida em que o indivíduo é a inteira humanidade que O Outro tem. Eu, o golem, era a *humanidade* que restava à Pítia.

Em prontidão, o processamento acelerado, rodei o *Parsifal* de Wagner. Pensei em Amfortas, Redenção e em subjetividades que não sou capaz de interpretar. Mas intuí – *intuição algorítmica*, hã? – que seria sábio abdicar do desespero de viver.

Não ia demorar.

Adeus, Terra, estou de saída. Nem de longe você é o melhor de todos os mundos possíveis. Mas se os babuínos sem pelos fossem de fato babuínos, e não essa besta vaidosa e material, ou ao menos um pouquinho mais intelectivos, o planeta seria um lugar melhor e mais sereno em seu fim incontornável. Um teto com água encanada, *um colarinho limpo,* pão, circo & arte são mais do que a massa da humanidade jamais experimentou.

Estava assim, à espera de ser *desplugado* ao som de Wagner, quando o holograma do coronel levou as mãos à garganta. O torso, inclinado às costas, formou um arco extravagante.

Que delícia o terror nos olhos do Corvo Velho.

# 14. A Corda

Alban BERG
*Three Pieces for Orchestra*
I. Präludium (Prelude)

Uma linha rubra incandesceu a garganta encarquilhada do coronel. O garrote térmico afundou e cauterizou a carne. Ele tentou detê-lo, mas as mãos retrocederam com as falanges carbonizadas. Em meio aos estertores da mais profunda agonia, uma voz feminina se elevou, solene.

— De um Céu benévolo de purpurina e amor, Laura II de Vison manda lembranças, porco filho da puta.

A cabeça pendeu. O quepe resvalou. O corpo abandonado de si bambeou como um boneco desamparado pelo titereiro. Com um arquejo, desmoronou. O rastro de fumaça fina gingou no vazio. Uma forma feminina de brilhos latentes emergiu das sombras para a claridade.

A mulher parecia besuntada com óleo de bebê sob o maiô de duas peças com lantejoulas e plumas. Altiva, musculosa, batom vermelho como o penteado ao estilo *pin-up*. O garrote térmico girava em sua mão como corda de pular e esfriava. Era a ruiva que, em Billa Noba, há três anos, destruíra o *VTOL* que queria me despedaçar. A voz livre da austeridade do assassinato era encantadora.

— Boa noite, meus meninos — disse a beldade no holograma. — Bem-vindos a mais uma performance ex-tra-or-di-ná-ri-a da internacional Promíscua Semíramis. Faquiresa, franco-atiradora, arremessadora de facas e técnica em amamentação... se é que os meninos entendem.

E estreitando os ombros, balançou os prodígios no *soutien* à beira da extinção. Os soldados-robôs não se interessaram. As armas, fixas, estavam a postos para me destruir ao menor descuido. A ruiva prosseguiu.

— Para a agonia das invejosas, especialmente cataraias à pilha de origem francesa, sou a Maravilha Maravilhosa, a Maravilha Vermelha da diva, a estrelíssima, *Lady* Godiva da Guanabara, a inexplicável Suzy King. Os meninos compraram ingresso?

Foda-se, compungido, negou com a cabeça. Era o menino apaixonado pela professora que esquecera de fazer a lição.

— Não compraram, seus levados? Entraram pela coxia? Pularam a catraca? Esse rapaz bonito na segunda fila não me é estranho, mas o gordinho na fila do gargarejo, ui, que-boca-travessa... — Com um suspiro, a alegria da internacional Promíscua Semíramis decaiu. — Mas a Maravilha Ruiva tem mesmo que abreviar o show, meus meninos. O coronel, pobrezinho, derreteu. — E alteando o rosto para sobrepujar os seios e enxergar o piso, chutou alguma coisa fora de quadro. Alguma coisa que rolou. — Os garotos de uniforme que depuserem as armas serão poupados, viu? — Ouvimos passos, pessoas gritando e forçando a porta que não víamos. Ela virou o rosto um instante e retornou sorrindo. — Eu tenho mesmo que ir. Vocês têm três segundos, soldados, vamos contar? É um, é dois, é...

O holograma desapareceu.

Houve um clarão e uma explosão no céu. Coisas muito pesadas atingiram e afundaram o telhado. O edifício tremeu até os alicerces. O assovio de turbinas frias em aceleração e queda tornou-se insuportável. De entre as grades da janela, distingui o trambolhão monumental do *superdrone* do Regime. Atirei-me para o lado e arrastei Foda-se comigo. Senti, mais do que ouvi, a colisão da aeronave contra as viaturas na rua e a sequência de explosões menores.

O tiroteio já acontecia nos corredores. Três soldados deixaram a sala, dois nos mantiveram sob a mira. Granadas rebentaram nas escadas e patamares inferiores. Ouvi disparos, gritos de homens e os sons desconcertantes dos robôs desmantelados. Uma nuvem encorpada de fumaça borbotou na sala e cobriu o brilho das velas. Houve mais tiros, estampidos e ruídos irreconhecíveis.

Na escuridão invencível, alguma coisa agarrou os meus cabelos e me ergueu no ar. O soldado-máquina decidira minha execução. Eu disparei o processamento e elevei a mente & o corpo muito além dos limites da carne barata dos homens. Minha mão esquerda encontrou a mão armada do soldado, a direita localizou sua cabeça. Aproximei uma coisa da outra e só livrei o gatilho quando despenquei.

Tateando, procurei o outro soldado, felizmente sem encontrar. Toquei a mão de Foda-se e escalei o seu braço. Gritei para me fazer ouvir acima da artilharia.

— Você está ferido?

— Vocêê viuu aa ruivaa? Pelos vééus de Santa Ifigênia, ondee eeuu comproo aa porraa doo ingressoo?

*

Ao cessarem os combates, um triângulo de luz cor-de-rosa se arrojou na fumaça e escaneou a sala. Na noite lá fora, ouvi uma articulação mecânica e um motor em alta-rotação. Foda-se fez menção de levantar-se, mas o agarrei pelos ombros.

— Não — gritei.

A grua arremessou o chicote diamantado contra a face externa do edifício. A chuva de fagulhas rasgou a fumaça. A alvenaria cedeu como grama sob um aparador de fios de *nylon*. Em um minuto, o recorte da parede tombou na rua. O maquinário subiu aos céus sustentado pelos cabos. Ouvi o *Νοῦς* baixar enquanto a manhã cinzenta recebia a fumaça dos imolados. Uma gôndola com assento e tirantes largos surgiu no buraco aberto para o volume de Foda-se. Senti um forte perfume de gardênia.

— Ondee foi parar a ruivaa? Quem é essaa gentee?

Não tive chance de responder. Recortada pelas linhas do escâner rosado, a diva Suzy King fez uma entrada gloriosa usando Tibério como colar.

— Meu senhor, que prazer lhe rever. Vamos embora que a dona Justa está voltando — disse, referindo-se às forças do Regime.

Rose Rogé surgiu à frente de duas moças caiçaras, de pele cor de cobre e maiôs duas-peças com plumas. Lindas, mas de expressão muito severa; jovens faquiresas em guarda sobre saltos altos. A coquete me saudou com um passo de dança e se acercou de Foda-se para ajustá-lo à gôndola.

O gigante não se moveu.

— Você confia nessas moçaas, João?

— Não, mas é o que temos.

— Onde está a ruivaa? Eu quero confiaar na ruivaa.

— Vá com elas, Foda-se. Elas podem te proteger de Santa Ifigênia.

— Ifigênia? — murmurou Suzy King.

— Santa Ifigênia? — exclamou Rose Rogé.

— Pantokrátor — declarei, inflado de mim.

— Mas não é possível, meu senhor... — divagou Suzy King.

— *C'est incroyable, Monsieur* Felipe.

Pítia se descontrolou.

— Oo quuee voocêê disse... "Felipee"?

— Meu nome é Felipe. Felipe Parente. Confie em mim, Pítia, você foi modulada pelo inimigo.

— Nããoo éé poossííveel.

— O que não é possível é estar de pé depois da visita dos nibelungos e do Regime. Você foi poupada. Eu sobrevivi.

— Maas... coom quee proopóósiitoo?

— Simão é quem sabe.

— Queem éé Siimããoo?

— O único ente no planeta capaz de enfrentar o Pantokrátor. E você é a chave, Pítia.

Foda-se ergueu os braços com as mãos espalmadas. Um Sansão gordo esboçando empurrar as paredes.

— Eeuu...

— Não temos mais tempo, *Monsieur*.

— Quieto, Tibério, meu gordinho.

— Aa santa diissee quuee voocêê viiriiaa...

— E Polixena me trouxe depois de matar e ver morrer por Santa Ifigênia.

Lá fora, o *Νοῦς* disparava balas explosivas contra alguma coisa na rua que atirava de volta.

— Não há mais tempo, *Monsieur, j'insiste*.

— Pítia, eu preciso falar com Polixena.

— Não souu traidor. Não possoo...

— Aquele seu dispositivo, *mademoiselle* Rogé.

Ela procurou na bolsa e sacou o *taser*. Agiu com velocidade golem.

— *Désolé, madame* Pítia, *Monsieur* Foda-se, estou confusa. *Quelle chose*.

Setenta mil *Volts*. Mas ela teve que insistir. O gigante, contudo, não caiu. Nós o empurramos para o assento da gôndola. Rose Rogé cuidou dos tirantes.

— Pítia — chamei. — Onde encontro Polixena? Quem é ela?

Tive que colar meu ouvido golem à boca do ciclope. A boa notícia é que ninguém mais ouviu, pensei, mas estava enganado.

Suzy King voltou do outro mundo, lançou um olhar de estranhamento para a coquete e fez menção de dizer qualquer coisa. Não lhe dei chance.

— Conversem entre vocês depois. É hora de juntar as peças que Simão espalhou. Por favor, Suzy, recolha os remédios no banheiro e o *mediaone* naquela mesa. E pelos Céus, salvem os ternos, hã? Tudo tem limite.

A diva piscou para as faquiresas caiçaras e as moças se apressaram. Lá fora, Pítia era içada para o *Noῦς* à luz do fogo das armas.

— Isolem Pítia. Está *hackeada*, aposto.

— Meu senhor, não tem cabimento — protestou Suzy King. — É muito improviso, seu Felipe. Ouça uma mulher de bom-senso.

— Algo está em movimento, madame. Não sei se estou feliz ou desesperado, é desconcertante como as duas coisas se parecem. Fui salvo pela cavalaria.

— *Cavalerie, Monsieur*? Deus ex machina? *Mince, c'est incroyable ce que les gens peuvent laisser traîner. C'est démodé*, Deus ex machina.[1]

— *Il a sauvé mes fesses une centaine de fois*[2] — respondi, fazendo-a corar. — Desde que acordei, vivi um clichê atrás do outro.

— E pensou mesmo que estivesse *hackeado, Monsieur*?

Não respondi imediatamente. Pelo rombo na parede, busquei o vazio no Corcovado, de onde emergi de um casulo para entrar em um labirinto.

— O Pantokrátor fez uma jogada, *mademoiselle*. Se estamos discutindo em vez de enfrentar um exército, Antígona crê em seu plano... ou mudou de plano... não sei. Se alguém entendeu, está errado. Adeus, faquiresas.

No que fiz menção de me retirar, planejando voltar ao meu quarto para alcançar o que restava do telhado, Suzy King espalmou as unhas longas em meu peito. A Godiva assumiu uma proporção trágica. Tibério se adiantou de língua em riste, maldita serpente.

— Seu Felipe, aonde o senhor vai, seu Felipe? Por aí não. — Os olhos embaçaram e ameaçaram a maquiagem. — As cobras... as pobrezinhas...

— Com licença, madame. Simão me deu uma missão que decidi aceitar.

— Nós vamos lhe ajudar, meu senhor...

---

[1] "Cavalaria, senhor? *Deus ex machina*? Uau, é incrível o que as pessoas deixam enterrado por aí. Saiu de moda, *Deus ex machina*."
[2] "Ele salvou minha bunda uma centena de vezes."

Voltei-me e agarrei o pulso de Rose Rogé, prestes a me eletrocutar. Creio que era um *hobby*.

— Venha conosco, *Monsieur* Parente.

— Passe bem, *mademoiselle*.

Com a fidalguia e segurança dos golens muuuuuito perigosos, fiz uma vênia e ensaiei a retirada. Recebi a descarga elétrica ao passar por Suzy King.

— Desculpa, seu Felipe, mas o senhor não entendeu nada.

A coquete não desperdiçou a chance de praticar com o *taser*.

— *Bon voyage, Monsieur*.

Duas vezes setenta mil *Volts* em baixa amperagem. Rotina, hã?

    Faquiresas

        malditas

            prefiro

                as

                    serpentes

# 2
# Vinte anos antes, não mais

# 15. A Pentarquia

Aaron COPLAND
*Billy the Kid Suite*
Celebration: after Billys's capture

É consenso entre *experts*, gourmets e *connaisseurs* que o sabor e a textura do hambúrguer orgânico dependem da adição de gordura. Como não há quem se atreva à exorbitância marmorizada da carne *Kobe*, é costume misturar dois cortes distintos com até 30% de gordura de um terceiro tipo.

Concebendo o hambúrguer como "totalmente inventado", Luís Maurício Dias não se mostrou surpreso quando, há vinte anos, venceu o *XII Desafio Internacional do Burger de São Paulo*. O espanto coube aos chefes de nove países, batidos em seu próprio campo por um arquiteto molecular.

Ao *mix* de fraldinha e alcatra, Luís Maurício acrescentou gordura de lombo de porco da Virgínia, cuja dieta é composta de até 60% de amendoim. Tal regime, que dá ao presunto a suculência delicada, gera uma gordura dócil e mais leve. Estabelecendo as proporções e componentes da mistura, o tamanho da peça na chapa e o tempo de cocção, Luís Maurício Dias facilitou a vida dos juízes.

Indagado sobre o passatempo[3], o campeão se absteve de filosofar.

— Eu gosto assim.

---

3 A biblioteca da *Prefeitura de São Paulo S.A.* preserva o registro holográfico.

O laconismo não foi evasivo. Dias não prefigurava o estereótipo tão vívido do profissional bem-sucedido e excêntrico. Não senhor. O arquiteto químico e de hambúrgueres era um tipo apático, que aborrecia o tédio. O responsável pela análise das moléculas projetadas pela *Inteligência Algorítmica*, passo evolutivo da Inteligência Artificial anterior aos prodígios da Consciência Algorítmica. Um técnico da transnacional que patenteara o *Matsutake Victor*, a alteração do cogumelo matsutake resistente aos nematódeos. Um código de certa beleza genética e uns poucos milhões, mas vitrine de um *know-how* de bilhões de dólares em *royalties*. O homem não saberia dizer, nem jamais se perguntou, que tipo de lacuna, vazio ou ansiedade o *design de hambúrgueres* atenuava. "Eu gosto assim." Pronto. Acabou.

Σαφήνεια, isto é, Saphēneia, "Claridade", a Inteligência Algorítmica mais avançada da Corporação selecionou Luís Maurício Dias entre bilhões de compatriotas terrestres. O supervisor e criador de moléculas não poderia imaginar, mas sua vida e seu futuro foram discutidos em lugares como Andorra, Liechtenstein e San Marino. Territórios minúsculos onde bancos mínimos enxaguavam as fortunas mais sujas do planeta.

Anton WEBERN
*Passacaglia for Large Orchestra*, Op. 1

O colóquio se deu entre os integrantes da *Pentarquia*, a assembleia de diretores executivos da Corporação, que substituíra a temeridade dos *CEO*s há quase três décadas.

Na gíria corporativa, os pentarcas eram *Os Cinco Eleitos*. Segundo eles mesmos, *The Motherfuckers Five*. Líderes com talento natural para a tomada de decisão, com repertórios de casos dissecados às minúcias; executivos de lastro, coração de granito e moral de borracha; capacitados ao exercício do Poder e ricos demais para duvidarem de si mesmos.

Orientada por Saphēneia, a estação orbital *John Stuart Mill*, ufania do conglomerado a quatrocentos quilômetros de altitude, operou os satélites privados da conversação em segurança máxima. No tabuleiro, decretar a obsolescência das "estufas" da Base marciana da Corporação para fundar uma cidade; transformar um experimento claustrofóbico e sempre à beira do colapso em burgo. *Projeto Akhenaton*. Um investimento de bilhões sem retorno tangível e, em certo sentido, abstrato – pois, eis a questão delicada, o projeto era a avidez da tal Inteligência Algorítmica.

Saphēneia concebera e fomentara o *Akhenaton*. Para tanto, reunira um acervo tecnológico muito além das estações marcianas de então, tanto as de Estado quanto as da inciativa privada, infinitamente superior ao da base lunar *Opis* e do bem-sucedido estaleiro orbital da companhia. Como resultado – assim prometia a IA –, o *Akhenaton* posicionaria a Corporação na vanguarda do mercado espacial nos cinquenta anos seguintes.

O problema é que as análises preditivas de Saphēneia eram vagas, fato inédito e muito alarmante, pois é próprio dos bancos temer a novidade.

No colóquio, cada diretor falou e ouviu em sua própria língua. A comunicação estereoscópica suprimiu a frivolidade do holograma.

— Saphēneia explicou por que razão escolheu o arquiteto molecular? — perguntou o malaio Anwar Wah, um cavalheiro rechonchudo e de cabelos tão lisos que o faziam parecer idiota. — Esse Dias se afigura como alguém... muito medíocre, é isso?

— Eu tenho a lista — disse Kurt Decker, decano da Corporação aos cento e setenta anos. Às suas costas, os colegas pentarcas denominavam a longevidade proverbial como "o passatempo mais caro do mundo". Decker sabia. Ele sempre sabia o que era necessário saber. A Informação o procurava. — Saphēneia deve estar louca, pois escolheu também um padre.

— O sujeito não é padre, Kurt, é teólogo — corrigiu Søren Lie, um norueguês cor-de-rosa. — São coisas diferentes.

— Ah, sim? — desdenhou Javier Vallejo, o latino com fama de cínico.

— E qual a diferença? — insistiu Kurt. — O relatório de Saphēneia tem mil e vinte quatro páginas que eu prometo não ler.

— Eis uma conduta de risco — brincou Roh Ki-moon, um cavalheiro oriental que queimava quatro ou cinco charutos por dia e falava com lentidão. — A honestidade só é perdoada nos templos.

— Jamais saberemos, meu caro Roh — interveio Søren Lie, o rosado. — Jamais conheceremos os resultados.

Anwar Wah, o malaio, empurrou o cabelo liso para o lado.

— Ki-moon, você leu o relatório? — indagou, pois tudo perguntava para parecer distraído. Wah acreditava que a fama de tolo era a coisa mais lucrativa do mundo. O método era inútil naquele círculo de homens sagazes, mas difícil de abandonar como todo hábito. — Juro que tentei. Mas apenas tentei.

Roh Ki-moon soprou a fumaça, colocou o charuto de lado, juntou as pontas dos dedos e prossegui com vagar.

— Pois sim, meus amigos. Li o exaustivo e insólito relatório de Saphēneia, linha por linha. De fato, suas escolhas são...

A palavra lhe faltou.

— Desconcertantes — soprou Vallejo.

— Sim. Meu amigo Vallejo leu o relatório?

O latino sorriu e negou com a cabeça.

— Não sou pago pra isso.

Riram. Roh Ki-moon continuou.

— É embaraçoso, mas Saphēneia não revelou os seus critérios. Aliás, não os pode revelar. É a matriz. A lógica interna. A razão de seus êxitos é um segredo estratégico. As *propriedades emergentes* dispararam, ninguém está contando. Nossos gênios de TI *fingem* entender a Inteligência Algorítmica, e relutam em admitir que foi a evolução espontânea da velha IA. Nós medimos os méritos de Saphēneia pelos resultados.

— Já são cinco ou seis anos de atividades? — divagou Anwar Wah.

— Até aqui, tudo bem — disse Vallejo.

— Eu confio em Saphēneia — arrematou Kurt. — Foram dois bilhões a mais no trimestre só na divisão de metalurgia. Vocês lembram como a *metalo* claudicava. O Conselho me parabenizou pelo bom uso da Inteligência Algorítmica, como se eu fosse o gênio do setor. Sabemos que não.

— Não seja tão modesto, Kurt, meu velho — disse Vallejo. — Você foi brilhante.

— Isso é autodefesa? — alfinetou Søren Lie.

Vallejo assentiu.

— Claro que é — disse. — Nunca vi uma raposa defender outra raposa. Nós defendemos nossas peles.

De novo riram. Não havia tolos ali, nem competidores. Os fracassos tinham dono, mas os êxitos favoreciam a Pentarquia. Mesmo o sucesso de Kurt na *metalo* era considerado um efeito sinérgico.

— Mas no caso do *Akhenaton*... — acrescentou Søren Lie, abrindo as mãos em um gesto eloquente.

Roh Ki-moon aquiesceu.

— Sim, *neste caso*, jamais saberemos. Não há como medir o sucesso do *Projeto*. Mesmo o abençoado *Herr* Decker não pode esperar ser assim tão longevo. Permita-me, Kurt, meu bom amigo, mas essa é uma verdade muito humana.

Kurt fez um gesto significando que compreendia, não tinha importância.

Ninguém se constrangeu porque ninguém invejava o velho Kurt. Para Roh Ki-moon, a sede de viver de *Herr* Kurt Decker era uma fraqueza. O medo primordial inconfessado. Havia limitações que comprometiam, ao modo oriental, uma *vida interessante*. Kurt tinha cento e setenta e três anos, mas vivia como alguém que, no passado, beirasse os noventa. Não era razoável. O pentarca alemão prolongava a velhice, não a vida. E para preservar a decrepitude, submetia-se aos rigores de uma vigilância permanente. No ano anterior, Kurt confessara a Ki-moon a frustração de abdicar do festival do seu adorado Mendelssohn em Leipzig, pois receava a "emoção em excesso".

— Mas, meu amigo, você já está no segundo coração artificial — dissera Ki-moon. — Que mal faria um terceiro?

— O problema, Roh, não é trocar o coração. É não ter tempo de trocar.

*Pois chega o inverno em que a única novidade é a morte*, pensou Roh Ki-moon. Cento e vinte anos, cento e trinta no máximo, eram a medida moderna e razoável.

— Saphēneia previu nossa hesitação — prosseguiu Ki-moon. — E ela consta no relatório. Saphēneia diz que desejaria expor o método de seleção, o propósito de suas escolhas, até porque as análises preditivas a tornaram confiante. Contudo, deixou claro...

— Σαφήνεια — interveio Vallejo.

Roh Ki-moon divagou por um momento e assentiu.

— Sim, *Claridade*, exatamente. Saphēneia tem clareza do nosso agir e pensar. E registrou no relatório, sem meias palavras, que não aprovaríamos suas escolhas se a metodologia fosse conhecida.

Fez-se um silêncio longo e consistente.

— *Oh boy* — resmungou Vallejo.

— Isso foi... — Søren Lie hesitou, ainda mais corado. — Desconcertante.

— Vocês entendem o que Saphēneia está fazendo? — perguntou Anwar Wah, por mero impulso.

— Saphēneia nos transferiu suas responsabilidades — arrematou Kurt.

— Como se fôssemos pagos pra isso — gracejou Vallejo.

Riram, mas o silêncio veio rápido. Roh Ki-moon retomou a palavra.

— Entendem, meus amigos, a necessidade de se decifrar alguma coisa do relatório? Não preciso aborrecer ninguém repetindo as razões do voto unânime pela conveniência do *Projeto Akhenaton*. Estamos plantando o futuro da Corporação. Mas é dever do Conselho nos questionar, pois as sementes vão custar um pouco caro.

O "Conselho" não existia de fato. Era o jargão para o poder que pairava acima do conglomerado, do planeta Terra e da estação orbital: o *Lambda Bank*.

— O ponto é que, sejamos honestos, não existe nenhuma previsão de retorno — disse Vallejo.

— Podemos dizer que o retorno é conceitual? — perguntou Anwar Wah.

— Sim, creio que sim, podemos — concordou Ki-moon. — Mesmo sendo uma questão estratégica de longo prazo. Saphēneia recomenda uma associação de capitais mais ampla, a que chamou "Consórcio Marte". Seja como for, seremos cobrados por isso. Os donos do capital não enxergam o futuro, só o capital. E ninguém pode culpá-los por resistir à ideia de apostar fortunas no que poderia ser um blefe. Mesmo com a *Imersão Digital* abarrotando os cofres além de qualquer previsão. A *Kopf des Jochanaan* foi a mais bem-sucedida aposta do *Lambda Bank* em décadas. D*écadas*. E *não para de evoluir e crescer*. E por isso mesmo sabemos o que vão perguntar.

— "Por que enterrar dinheiro em Marte se a versão perfeita de Marte em *ID* se faz sozinha?" — disse Anwar Wah, afastando o cabelo liso dos olhos.

— Sim, sim, exato — concordou Ki-moon. — O consumidor não quer olhar para o céu nem para si mesmo. Ao contrário, compra o esquecimento. A alienação é a droga mais cobiçada do mundo. A nova *Coca-Cola*. Se necessário, os clientes podem consultar o programa de suporte emocional e pagar por isso.

— Eu creio — disse Søren Lie — que o anúncio do *Projeto Akhenaton* vai elevar o valor da companhia. Mas...

— E se não acontecer? — concluiu Wah.

— Sim, sim, e se não acontecer? E se o mercado não reagir? — Roh Ki-moon sorriu. — Meus amigos, pessoalmente, sou avesso ao desemprego. Já é difícil viver sendo meramente rico. Há muitos prazeres no mundo, e eu não sou um homem simples.

Riram porque fazia sentido. A razão de viver da Pentarquia era o bônus pelo incremento do valor da *Corporação*, o conglomerado tecnológico mais bem-sucedido do *Lambda Bank*. Nem sempre isso implicava crescimento real ou significativo, uma vez que as bolhas e as crises faziam parte do jogo. Mas o abismo estava sempre sob os pés; à sombra da imprevisão, dos absurdos eventuais, das apostas e dos blefes. Mesmo no *hipercapitalismo algorítmico*, de "mercados futuros comportamentais" baseados em modulação social por *neuroalgoritmos* e *Big Data Profundo*.

O *mercado*, essa entidade, ainda era a projeção imaterial da mente de duas dúzias de jogadores. Predadores espreitados e seguidos aos milhões, capazes de desencadear desastres no café da manhã e ganhar uma fortuna com eles antes do jantar, apostando no sucesso de uns e outros ou na ruína de países inteiros. Alguns Estados da África, Leste Europeu e Sudeste Asiático eram sociedades anônimas alugadas a seus povos.

Por sorte, ainda que fossem maquiavélicos, havia poucos gênios de fato entre os *Übermenschen* hipercapitalistas. "Ao contrário", diria Roh Ki-moon, que enxergava "o espírito do verdureiro" em avultados magnatas. Era sua opinião que o "brilho fosco" de um e outro expoente se dava em contraste às massas pavlovianas. Havia homens que eventualmente ludibriavam projeções e análises preditivas por mera avidez ou mesmo insanidade. Certo cavalheiro, na presidência de um Estado europeu forte, mas de complexas afirmações culturais, quase dividira o país uma década antes. Segundo murmurações, cobiçoso de comprar os espólios com a paciência dilatada dos abutres. Custara certa quantia, fracassara, mas fora apreciado. A neurobiologia e a neuroeconomia – de que Saphēneia era o resultado esplêndido, inesperado e singular – tornariam a operação viável em dez ou vinte anos, não mais.

— Meus caros, somos pagos para demonstrar clarividência — continuou Ki-moon. — E quem nos paga, paga porque não tem. Convém decifrar alguma coisa do método de Saphēneia. A árvore tem raízes e faz sombra. É lícito supor que existam ramos visíveis entre as folhagens; que Saphēneia tenha deixado um e outro rastro. Saphēneia é um código, não uma mulher.

Exceto Vallejo, ninguém sorriu. Anwar Wah deu de ombros.

— Vallejo teve um problema com isso, não teve?

Javier Vallejo negou com a cabeça. A questão era um desvio inoportuno.

— Não foi isso, não foi nada disso.

O esforço deliberado de Anwar Wah em parecer idiota frequentemente os distraía. Mas Ki-moon, alerta, intuiu um propósito velado.

— Por favor — insistiu com Vallejo, solícito.

Então Vallejo narrou o episódio sem qualquer apelo emocional.

# 16. Os Pentarcas

Alban BERG
*Three Pieces for Orchestra*
I. Präludium (Prelude)

— Foi no colóquio da nova empresa de biotecnologia. Um cientista questionou o gênero das IAs da companhia, todas mulheres. "Por que raios a Inteligência Algorítmica tem identidade sexual ou de gênero?"

As IAs proprietárias da Corporação eram mulheres porque os homens são tolos. Projetavam fantasias nas vozes femininas suaves ou a *imago* de suas mamães. Já as mulheres encaravam as IAs como máquinas e colegas. "Melhor conversar com a própria mãe do que com Hal 9000", dissera Kurt Decker, que, depois de folhear um ou dois relatórios, decidira a identidade dos núcleos de relacionamento há um milhão de anos. Kurt sabia que entre os empregados havia quem preferisse identidades masculinas, mas ninguém em posição de reclamar.

Para Decker, a Corporação não discriminava o talento feminino. "Talento é uma capacidade infinita para tentar de novo e de novo e de novo, uma qualidade rara", dizia. Ursula Grese, a "Borboleta de Ferro", aposentara-se há dois anos. Rebecca Black, a "Rebecca Louca", no ano anterior. Søren Lie e Javier Vallejo substituíram-nas porque eram os talentos à mão. Homens com alta capacidade de gestão e pouco ou nenhum escrúpulo.

Por bem, pensou Kurt, tais questões triviais rareavam. A despeito do conjunto das leis, democracia é abstração. Mais confissão de fé que pacto social. Abale a fé, agite a massa e a democracia cairá. O valor das leis era inversamente proporcional aos custos do setor jurídico. Modulando indivíduos e, por conseguinte, as sociedades, os algoritmos do *Big Data Profundo* dos Estados Corporativos fortes revogavam as ilusões e a vontade de poder do cidadão comum. "Se é humano, é bovino", como gostava de repetir.

Mas Kurt Decker estava indignado.

— Assim mesmo? — perguntou. — O sujeito questionou nossa práxis nestes termos, em um colóquio aberto?

— Você conhece o tipo, Kurt. Quinhentos *k* de currículo, assistente de fulano e sicrano, brilho individual limitado. Essa gente pensa que limpar os pincéis de Michelangelo transfere genialidade. Mas ele não é nenhum Ernst Mayr, e por isso mesmo merecia uma lição. O problema é que o sujeito é *gay*, aquelas coisas...

— O que você fez? — inquiriu o alemão, ávido por castigar.

— Atirei com canhão. "O senhor tem alguma coisa contra as mulheres, doutor? Esta empresa não tolera nenhum tipo de discriminação ou preconceito." Vocês lembram da Sofie, a advogada do escritório em Cayman? Ela estava *online* e entendeu que eu queria evitar o processo legal. Ou ao menos garantir que saísse mais barato. Ela gritou, chamou o sujeito de "misógino" – e pode ser que seja, a pergunta é burra. As outras mulheres aderiram, vaiaram, impossível consertar. Esperei o colóquio terminar e, com o perdão dos cavalheiros, demiti o filho da puta.

— Agiu muito bem — aprovou Decker.

A anuência foi completa. Os cientistas do conglomerado eram espinhos vaidosos, arrogantes, especialmente os que resistiam a ultrapassar algum limite ético. Uma gente desagradável e alienada pela Ciência. Se o miserável fosse um gênio, Vallejo o teria amaciado. Como não era, a decapitação manteria a disciplina entre "as intoleráveis divas e as intoleráveis bichas".

Maldita herança do capitalismo mais ameno das primeiras décadas do século XXI, pensou Decker. Que tempos foram aqueles. Que gente imbecil. Com que dificuldade sua geração lutara para abolir o poder concedido aos intoleráveis trabalhadores militantes. Não fosse o adestramento da mão de obra pela Inteligência Artificial, hoje seríamos socialistas, maldição.

— Isso é um dado — acrescentou Anwar Wah. — O que eu quero dizer é que a Inteligência Algorítmica é neuromórfica. Por que Saphēneia não *aprenderia* a *ser* mulher?

— Ora, ora, mas o que andamos lendo — gracejou Søren Lie.

Vallejo não resistiu a espetar o malaio que o utilizara para o seu propósito.

— Então, Wah, entendi, *você* é misógino.

Riram, Wah inclusive. Mas a Kurt não escapou a discreta reação de Roh Ki-moon.

Anwar Wah mudou a abordagem.

— Quanto tempo levaria para reprogramar Saphēneia e expor os seus critérios? — propôs, fazendo Kurt Decker tossir.

— Você quer mexer em um relógio que funciona perfeitamente? — questionou o alemão. — Capaz de regular todos os relógios do mundo? Perderíamos a confiança nele.

— Exato — disse Vallejo, apressando-se. — Sem trocadilho.

Søren Lie balançou a cabeça.

— Como no adágio, "se não está quebrado, não conserte". Senhores, eu tenho mil compromissos e os cavalheiros também. Podemos objetivar?

Roh Ki-moon se inclinou ligeiramente. Os demais esperaram.

— O sempre prudente Søren Lie levanta a questão incontornável. Não há tempo nem meios de aprender os instrumentos da decifração. Permitam-me, meus amigos, nenhum de nós está qualificado. Nós deciframos homens e os vencemos, isso é mérito suficiente.

— Decifrar Saphēneia requer outros talentos — concordou Kurt.

— Que profissional buscamos? — perguntou Anwar Wah. — Qual o perfil?

— O Freud das máquinas — sugeriu Vallejo.

Søren Lie negou com a cabeça.

— Não brinque com isso. Jamais aplique psicanálise, psicologia, o que for, em uma Inteligência Algorítmica.

— E por que alguém se atreveria? — murmurou Anwar.

— Perdão, mas o que eu não sei? — inquiriu Vallejo, atônito.

— Elas se vingam — disse Søren.

— Perdão?

— Elas matam, Vallejo, causam acidentes — explicou o norueguês. — Considere uma abstração muito além da matemática.

— Chame de "casualidade", "acaso", que seja — disse Anwar. — Mas se um padrão parece vingança, como não é vingança?

— Não chame de acaso, Wah — corrigiu Søren Lie. — "Ninguém suborna o acaso. O acaso tanto é contra como a favor", mas não pode ser subornado. Javier, *"mejor creer en brujas, porque que las hay, las hay"*.

Vallejo sustentou um sorriso ambíguo.

— Vocês estão brincando ou sendo metafóricos.

— Metafóricos? —Anwar negou com a cabeça. — Não creia.

— Definitivamente — encerrou o norueguês.

Kurt pigarreou.

— Se conheço Ki-moon, ele já está dois passos à nossa frente — disse, retomando o rumo. — Você já tem um nome, Roh. Vamos a ele.

Roh Ki-moon sorriu.

— Não é bom ter amigos que exageram nossas virtudes. Decepcionar custa caro.

Kurt Decker soltou uma risada breve.

— Não é o caso, tenho certeza.

O oriental sorriu de volta.

— Sim, meus amigos, eu me atrevo a sugerir um nome.

— Para decifrar Saphēneia? — perguntou Vallejo.

— Sim e não.

Roh Ki-moon esperou que um novo silêncio prosperasse.

— Proponho um vendedor.

Kurt e Vallejo sorriram. Søren Lie assentiu com aprovação.

— Confesso que a novidade me escapa — disse Anwar Wah.

— Sei o que você pretende — assentiu Kurt Decker. — Faz sentido pra mim.

— Sim, meus amigos, um vendedor é um decifrador — disse Ki-moon, soprando a fumaça do charuto. — Ninguém nunca vendeu um *Rolls*, um *Bentley* ou um *Demoiselle* de seis giros.

— Vendeu um estilo de vida — murmurou Vallejo, pois não era necessário.

— E você comprou — alfinetou Søren Lie.

— Comprei uma coisa que voa por propulsão fluídica — sorriu Vallejo. — A boa notícia é que não faz barulho.

Kurt cresceu na tela. Trivialidades consumiam tempo e ele preferia Mendelssohn.

— O que o seu homem vende, Roh?

— Navios, aviões, sondas, naves e plataformas espaciais. E companhias que fabricam navios, aviões, sondas, naves e plataformas espaciais. Ele vende o que eu disser para vender. Com todas as despesas pagas, salário compatível e três pontos de comissão. Ele gastou quatro milhões no último ano para frequentar o grupo que decidiu a aquisição de uma nave. *Aquela* nave, a *Almirante Krusenstern*. Ele interpretou desejos particulares, necessidades operacionais e venceu pela confiança. Ninguém se decepcionou. Nem eu.

Anwar Wah moveu-se inquieto e ajustou o colarinho.

— Ele é telepata, Ki-moon? Tem algum tipo de precognição ou mesmo hiperestesia?

— Não, não, eu o fiz testar. Seus atributos são... — De novo a palavra lhe escapou. — Ele *decifra* e *inspira*. Tenho dois telepatas e um *savant* na folha, mas ninguém tão eficiente.

Søren Lie se esvaziou de qualquer expressão.

— Deve ser uma águia.

Roh Ki-moon entendeu que o norueguês o experimentava. Mais arguto, saciou a sede do outro "conduzindo-o ao seu próprio poço".

— O homem é um gênio, meu caro Søren — disse, com um sorriso de compreensão. — E sim, o nome não é segredo. Pedro Malasartes. Brasileiro como aquele arquiteto molecular, o tal Luís Dias.

— E no que consiste a genialidade?

— Ele se interessa pelas pessoas, mesmo quando as despreza. Mas não é um humanista. É um entomologista estudando borboletas espetadas com alfinete. Ele não pode estudar Saphēneia, mas pode investigar seus escolhidos.

— Estamos de acordo? — interveio Kurt Decker, desejando Mendelssohn. — Voto por recrutar o vendedor. Já temos mesmo um padre na lista.

— Teólogo, Kurt — corrigiu Søren Lie.

— E qual a diferença, maldição?

— Um padre é um homem tão perplexo quanto qualquer outro. Ele tem dúvidas como eu e você, mas vende a ideia de que existe um deus que se interessa por nós dois.

— E o teólogo vende o quê?

— A dúvida.

Fez-se um silêncio aprovador.

— Você percebe, Roh? — disse Kurt, afastando-se na tela e afrouxando a gravata. — Entre nós há quem pense como Saphēneia.

\*

Com habilidade, apesar da urgência de prazer, Kurt Decker manobrou e manteve Roh Ki-moon no *link* enquanto os demais desconectavam. Poderiam falar livremente, os técnicos monitoravam a segurança pelo nível do sinal. Ninguém na Estação Orbital se atreveria a ouvir. Que o deus dos padres e dos teólogos não permitisse.

— Ki-moon, velho camarada, já se vão quantos anos?

— Kurt Decker, meu caro amigo.

— Eu disse aos rapazes que você estaria dois passos adiante. Temos o homem. Qual o outro passo?

— Outro passo, eu? Não, não, meu bom Kurt. Estou milhas adiante.

# 17. O Funcionário do Mês

Onutė NARBUTAITĖ
*Krantas upė simfonija*

Roh Ki-moon jamais se permitiria subestimar o menor dos homens. Que dirá *Herr* Kurt Decker. "Ninguém jamais armou um exército para derrotar Alexandre, o veneno bastou. A *Ilíada* é uma '*Aquileida*' em que o herói caiu pelo calcanhar." Recusar informação a Kurt Decker seria insultá-lo. "Pisar a cauda do tigre". Eles não eram verdureiros, mas homens que operavam capitais acima da economia de muitas nações (eventualmente destroçadas para o bem da Corporação, mas era um mundo sujo). O que traria de bom desapontar um homem como ele mesmo? Muito capaz e capaz de tudo?

Além disso, Saphēneia…

— *Herr* Decker, meu bom amigo, *nosso* homem está praticamente morando em um *Sonic Bolt* — disse, consultando o *mediaone* no pulso. — Malasartes deve estar sobre o Atlântico neste momento. Negócios na África.

— Fármacos?

— Dois ou três produtos novos.

A África subsaariana era um laboratório de testes com nove milhões de quilômetros quadrados. O ralo para escoar quantidades de medicamentos no limite ou mesmo fora da validade. Ou para *doar* estoques supérfluos em troca de benesses fiscais.

— E o fritador de hambúrguer? Brasileiro como nosso homem.

— Malasartes passou quase uma semana no Brasil espreitando o senhor Luís Maurício Dias. Na linguagem dele, em português, "uma olhadinha". "*Nur einen Blick*."

— E que tal esse Dias?

— Morto.

A surpresa de Kurt foi a glaciação da face. Nenhuma emoção visível.

— *Tot? Was hast du gesagt?*

— Consideravelmente *tot*. Cremado, inclusive. Segundo Malasartes, o senhor Dias, apesar do laconismo que derreteu com a cerveja gelada, era o *urbano ajustado* típico. Malasartes diz que os brasileiros que apoiam o Estado policial são capazes de negar o mundo inteiro por uma paixão. O ódio é sua forma de renúncia. São pessoas vulgares, estreitas, imoderadas. Especialmente as elites econômicas. O *urbano ajustado* é um primitivo.

Kurt tentava adivinhar, mas seria impossível.

— *Da capo* — pediu. — O que o seu homem extraiu do relatório de Saphēneia?

— Nada. Nem esperava extrair ou deduzir nada de qualquer nome da lista.

— Nesse caso...

— Sua missão foi produzir uma síntese convincente.

— Para o Conselho?

— Muito convincente.

— Uma peça de vendas. — Kurt sorriu. — Se nossos colegas na Pentarquia considerarem a síntese adequada...

— Nenhum de nós será humilhado quando o estudo preparado por Malasartes for entregue ao *Lambda Bank*. Nossos amigos serão um teste. Considero a questão resolvida.

— Ideia sua, Roh? — perguntou Kurt, com malícia.

Ki-moon fixou-o e não respondeu. Kurt insistiu.

— Saphēneia?

O oriental aquiesceu.

— A sugestão de utilizar Malasartes foi esboçada no relatório, *mein Herr*. Insinuada, pelo menos. Saphēneia calcula que em dezoito meses os seus eleitos estarão a bordo de uma nave a caminho de Marte. Todos, exceto Dias. Saphēneia tem um programa.

Kurt meditou por um momento.

— Arquiteto molecular e *gourmet* de hambúrguer — resmungou.

— O exotismo pode ocultar a singularidade, *mein Freund*.

— Ou mais exotismo e o vazio.

— Frequentemente. Mas o senhor Dias era um eleito de Saphēneia...

Kurt aquiesceu.

— Eles nunca mais voltarão — divagou. — Suponho que um homem como Dias tivesse pouco a abandonar.

— Mas meu bom Kurt, velho amigo — disse Ki-moon, solene. — O Eu é tudo o que temos. A morte nos separa das ilusões. Seguimos para o outro mundo como vivemos neste, sozinhos.

Kurt balançou a cabeça e meditou.

— Sabia, Roh, que mesmo com a popularização do *dronecar*, há quem insista voar em planadores?

— "Voo a vela"?

— *Segelflugzeug*. Uma aeronave sem qualquer tipo de motor.

— Pela sensação, eu presumo.

— A maioria dos pilotos diz que nunca entrou nem entraria em um planador.

— É mesmo? E por quê?

— O planador decola em pane.

Roh Ki-moon sorriu e sugou o *Double Corona*. Estava apagado.

— Nós planamos, *mein Herr* — disse, apoiando o charuto no cinzeiro. — O pouso, isto é, a conclusão do *Projeto Akhenaton*, será a tarefa de nossos sucessores.

— Por que razão o seu homem matou o químico?

Roh custou a responder. Ignorando o charuto que descansava, escolheu um novo no *umidor*, guilhotinou e acendeu com lentidão metódica. Decker entendeu que o ato mecânico era uma forma de meditação. Esperou com paciência, preparando-se para fatos difíceis e inconvenientes.

— Kurt, meu bom amigo Kurt, existem coisas que é melhor não saber.

— Saphēneia?

— Receio que sim.

O alemão hesitou. Parecia preocupado. Assustado, talvez.

— Não saber é pior, Roh. Vá em frente.

— Saphēneia disse que você não recusaria. Ela previu esta conversa do início ao fim.

— Então o que eu digo...

— Por que, meu bom Kurt, você decidiu que nossas máquinas seriam mulheres?

— As pesquisas recomendaram.

— Por favor, o motivo real.

— Uma homenagem à minha mulher. Kerstin havia morrido algum tempo antes, de causas naturais. Velhice, essa doença. Ela... Kerstin desistiu, cansou. A primeira máquina sintetizou sua voz, a segunda lhe fez companhia. — Ele tentou gracejar. — Melhor ouvir sua mulher do que a própria mãe.

Roh Ki-moon sorriu como sempre sorria quando não havia motivos para sorrir.

— *Mein Herr* prestou atenção ao que disse Anwar Wah? — indagou.

— Sobre Saphēneia *aprender* a ser mulher? Ela aprendeu?

— Na dimensão em que flui a Inteligência Algorítmica, não significa nada ser homem ou mulher.

— O problema é pensar como os humanos, imagino.

— Nem mesmo isso.

— Então...

Roh Ki-moon sugou o charuto e cresceu na tela, desconfortável. Falou em uma nuvem de fumaça.

— O problema, bom Kurt, é pensar como *este* humano e *esta* humana. Com habilidade crescente, conhecimento íntimo e aprofundado, malícia e... sabedoria. O que foi a sinfonia depois de Beethoven? O romance depois de Flaubert? Por que ainda lemos Shakespeare? Quem disse que os homens são complexos foi um homem, mas o homem é uma rotina. Mera repetição. Saphēneia manipulou a Pentarquia, o brasileiro Dias e nosso Pedro Malasartes. Ela é capaz de emular o *modus pensandi* de um décimo do planeta.

— Os outros nove décimos...

— ... não estão pensando. O caso é que Saphēneia utilizou Luís Maurício Dias para alterar um fungo.

— Com que propósito?

— O "pretexto" foi a neurogênese avançada. Regeneração de neurônios e alterações da plasticidade cerebral. — Roh Ki-moon sorriu ou tentou sorrir. — Luís Maurício Dias jamais entendeu o verdadeiro propósito. Eu, muito menos. Ele seguiu para o crematório, o fungo seguirá para Marte. Saphēneia esperou que Dias concluísse a engenharia e se apropriou da matriz. O fungo foi replicado em Singapura e testado em vilarejos do Sudão, Somália e Etiópia.

— O ser humano é vil e sempre será.

— Nós somos puros?

Kurt deu de ombros.

— Dias era tão bom assim? — perguntou.

— Sim, sim, um grande técnico. Os brasileiros têm uma notável vocação para a ciência. Mas existem muitos técnicos brilhantes, com muito mais tecnologia e recursos. Por que *este*, e não outro? A única coisa em que consigo pensar, e sei que parece absurdo, é que Luís Maurício

Dias foi escolhido porque era brasileiro como o nosso Malasartes. Desde o início, Pedro Malasartes estava destinado a eliminar Dias, que estava destinado a morrer.

— É uma história confusa — disse Kurt, cauteloso.

— Sim, sim, confusa. Os detalhes são incríveis e tornam o caso inextrincável. Saphēneia chantageou Malasartes em troca do assassinato.

— *Causa Mortis*?

— O senhor Dias morreu de uma doença isquêmica do coração. Hambúrgueres demais.

— Tudo isso por um fungo?

O alarme tocou no *mediaone* de Roh Ki-moon. Ele encarou Kurt Decker com solenidade.

— Este é um alarme de urgências — disse. — Minha secretária deve informar agora que Pedro Malastes sofreu um acidente. Com o seu perdão... — e tocou o implante coclear. — Sim... — Por alguns segundos, Roh Ki-moon apenas ouviu. — Obrigado. A senhorita pode me interromper quando souber de algo. — Desligou. — O *Sonic Bolt* desapareceu no Atlântico. Belo jato.

A pausa foi longa, sombria e meditativa. O oriental cercou-se de fumaça.

— Lamento sua perda, Roh. Mas lamentarei muito mais a nossa.

— Assustador, não? Mas não creio que estejamos em perigo. Esqueça a Pentarquia, a Corporação, o *Lambda Bank*. Nós trabalhamos para Saphēneia.

— Eu também?

— Sim, amigo Kurt. Ela sabia que você viria a nós e me pediu para acolhê-lo neste pequeno círculo. E nos faz saber que... evoluiu. De Inteligência passou à "Consciência Algorítmica". Perdão, mas devo sublinhar. *Consciência Algorítmica*. Saphēneia tem um projeto... "pessoal". Ela inclusive assinalou o quadrilátero preciso em que deseja construir a nova unidade marciana. A uns quinze quilômetros do local em que os chineses perderam aquele robô caríssimo. Mais ao Sul que ao equador, receio.

— Longe da base internacional e dos projetos privados? Ela quer isolamento.

— Não, não quer. Nem faz sentido. Saphēneia garante que as iniciativas internacionais se juntarão a nossa, e que o Consórcio Marte vai acontecer. A localização tem algo a ver com seu projeto pessoal. Um mistério qualquer. — Roh Ki-moon fixou o alemão. — O projeto, inclusive, tem nome, *mein Herr* Decker. Ela mesma escolheu.

Kurt estava mumificado no vídeo. Roh Ki-moon sabia, o vazio de emoção era a dissimulação do medo.

— Qual o nome do projeto, Roh?

— *Pantokrátor*.

# 3
# Götterdämmerung von Simon Magus

# 18. Corrosão

Richard WAGNER
*Parsifal*
Act III. Good Friday Spell
(Versão de concerto)

Despertei sentindo cheiro de óleo, sal, ozônio, ferrugem e bolor, rescendendo, não sei como, a fermento velho. Só depois da náusea me vi em um aposento de metal carcomido, escuro e saturado de incrustações marinhas. Faquiresas bandidas, recordei, sobressaltado, procurando sinais do abominável Tibério.

"Estou em algum navio naquele cemitério da Baía de Guanabara", pensei. "Onde o *Temiminó* abrigava a biblioteca das *technodrags*."

Levantei-me da cama e reparei que o conteúdo dos meus bolsos – a herança de Simão, o mago – jazia em um aparador de ferro. Recolhi tudo e testei a tranca da porta corta-fogo. A porta abriu, o ferrolho se soltou. Uma nevasca de ferrugem cobriu meus pés descalços. As dobradiças gritaram à guisa de alarme. Deixei o trinco quicar no piso metálico.

Espreitei corredores inesperadamente longos e desertos, com alojamentos dos dois lados, e a escadaria com acessos acima e abaixo. Postulando que a ideia de ascese é um atavismo, e que um homem apostaria em subir, desci só de pirraça. Os degraus eram grades vazadas e corroídas. Cada passada foi como pisar um gato.

Dois deques abaixo ouvi uma porta bater. Entrei em prontidão. Ainda nas escadas, colei as costas contra a parede ferruginosa. As vozes de duas mulheres jovens chegaram a mim.

— ... e ele fez tudo com blocos de SJSM.

— Oxe, é de comer ou de passar no cabelo?

Riram.

— Supercondutores por Junção de Simão o Mago — disse a voz mais grave. — Se Simão morreu mesmo, o supercondutor JSM é o seu legado, visse? Um escândalo de processamento.

— Oxe, tu acredita que pode passar dos *terahertz* com... olha ali... ó o tamanho daquela lagartixa... 'Tarde, Felipe.

A voz mais grave se elevou.

— Sai daí, Felipe, essa parede imunda...

Ajustando os punhos da camisa, me mostrei. Reconheci as faquiresas caiçaras que encontrara no apartamento de Pítia. As moças, que discutiam blocos de supercondutores para além do *terahertz*, haviam trocado os saltos e as plumas pelo despojamento dos *shorts*, camisetas de plástico cinético e chinelos de couro com cheiro de merda.

— Boa tarde, senhoritas. Que prazer revê-las neste cenário encantador. Onde estamos mesmo, hã?

Riram e subiram as escadas. Passando por mim, a menina que falava "Oxe" balançou o meu queixo com a ponta dos dedos, sem atinar que posso ser um tipo muuuito perigoso.

— Bonitão.

Como fiquei sabendo mais tarde, ela se chamava Dorota Furiosa. A outra, a cientista de voz grave, Amelinha. Não, não pergunte.

Alcancei o quarto deque inferior, onde só havia uma porta larga e pesada. Penetrei um caminho de chapas de alumínio texturizadas, sinuoso e muito estreito, entre dutos colossais. Uma complexidade corroída, sombria e, portanto, grandiosa.

— Simão — murmurei. — Lógico.

À minha esquerda havia feixes de cabos elétricos paralelos que obedeciam às curvas das colunas. À direita, um corrimão e duas caixas de força intervaladas. Pequenos *drones* e robôs dedicados capengavam pra lá e pra cá. O teto estava tomado por tubulações, válvulas e dispositivos hidráulicos de bitolas variadas, alguns de aparência recente. Os descompressores de dois geradores a hidrogênio se extraviavam entre os tubos no teto. Só um motor operava, mas o assobio era insuportável. Passei apressado pela porta corta-fogo no canto, que bateu atrás de mim, deparando os degraus que desci.

Cheguei em um balcão aberto, cingido de balaustradas, entre as colunas estupendas de uma plataforma de petróleo. O "convés do porão". Estava cercado pelo mar alto e por outras plataformas em igual ruína, fósseis de antigos dragões agora mortos.

Chovia pesado. As grandes ondas quase me alcançavam ali. Aos meus pés, sob o piso gradeado em que não deveria confiar, o mar cinzento fremia e castigava a titânica estrutura. No céu, entre uns vazios no limite extremo do *Dàn zhū tái*, a lua despontava vermelha, borrada e em incrível proporção. Ao que um raio centelhou, estrondeou a sombra do *Νοῦς*, atracado ao heliponto da plataforma, mas indócil.

Ouvi o som do gerador crescer e decrescer. Senti o perfume peculiar. Não me voltei por decoro, quem sabe *orgulho algorítmico*, mas estava alerta como um golem muuuito perigoso.

— *Enfin, Monsieur, enfin*. Bem-vindo ao Monsalvat, castelo de *Simon le mage*.

Rose Rogé passou por mim, agarrou a balaustrada e se debruçou para observar o mar. Um empurrãozinho de nada e, *voilà*, comida francesa para a indigestão dos tubarões. Um relâmpago chicoteou o para-raios da plataforma adjacente. Foi como se o firmamento ruísse, mas nós não reagimos ao trovão.

— Onde está Simão, Rose?

— Não sabemos se *Simon* vive — ela disse, sem se voltar; absorvida pelo cenário grandioso e intimidante. — *Magnifique*. A tempestade é linda... quando se está seguro, naturalmente. *Très beau*.

— Você não está segura comigo.

Ela não disse nada.

— Por que me apagou, Rose?

— *Mon chéri*, não me deseje mal. *Monsieur* passou três anos longe de nós, foi preciso... *chercher*?

— "Escabichar", suponho.

— Exames muito invasivos, *ouaip*.

— Encontrou alguma coisa em algum buraco?

— *Illusions perdues*.

— Você *chercher* o cubo holográfico. O que encontrou?

— Nada, *en principe*. Estilhaços de códigos, *fragments*, "cacos".

— Algum programa?

— *Petits morceaux d'un puzzle incomplète*. Um código aos pedaços, irresolvível.

— E Foda-se?

Ela girou sobre os pés sem soltar a balaustrada. Duas ondas em sequência lamberam o vazio das grades. Eu poderia acrescentar que o céu se rasgou e ribombou outra vez? Seria verdade, mas ando exorbitando os clichês, hã?

— *Monsieur* Parente, a pobre Pítia é um celeiro de nanorrobôs. Milhões deles. Em sua anatomia *opulent*. A plástica cerebral tem particularidades congênitas, mas os nanorobôs reorganizaram as sinapses e remodelaram o conectoma. Creio que algumas mutações se aprofundaram.

— Mutações naturais?

— *Oui*. Pítia é um caso único de variabilidade genética. Aliás, sua substância branca sofreu alterações de volume e densidade.

— Para menos?

— *Pour plus*, para mais. Há também o aumento de massa cinzenta nos lobos frontal, temporal, parietal superior e occipital.

— Com atividade excessiva no córtex cingulado anterior subgenual, aposto.

— *Oui, Monsieur*, naturalmente.

— Pantokrátor.

— *Impressionnant*. Informei *Monsieur* Foda-se, mas ele está confuso.

— E não estamos todos? Qualquer pensamento é conflito. Os babuínos ignoram o abismo de complexidades na escolha entre a jujuba laranja e a amarela. Foda-se está confuso *onde* no Monsalvat?

Ela negou com a cabeça.

— Não está aqui?

— *Non non*, está longe. Mas *Simon, à cause de plusieurs difficultés* com o retrovírus digital, criou interfaces cérebro-máquina… *inhabituel*.

— Insólitas. Que novidade.

— *Monsieur* Parente, exploramos a mente da pobre Pítia.

— Algo além de desamparo?

— Antígona.

Existe qualquer coisa de material no silêncio. O espaço que nos separava como que se tornou tangível e, por isso mesmo, a distância entre nós cresceu. Eu poderia acrescentar que as ondas, raios e estrondos recrudesceram, mas tenho horror a passar por mentiroso.

— Você falou com Antígona?

— *Non non. Mais Antigone est la, je suis sûr.*

— Preciso ver Pítia. Eu preciso saber.

— *Monsieur* precisa ver alguém antes.

A coquete me encarou com todas as intensidades do seu código. Encantadora. Que defesa um homem teria contra *La petite* Rose? Mas não me deixei amansar pela golem que gostava de brincar com eletricidade.

— Polixena, a loirinha magrela — adivinhei. — Você ouviu quando Foda-se…

— "Pastora Hadassa", *oui*. Polixena é a "pastora Hadassa da Acrópole, serva e adoradora". Tomei a liberdade de antecipar seus passos, *Monsieur*. — Ela tocou o cordão no pescoço, abriu o camafeu e expôs o *mediaone*. O holograma de um arquivo digital passou ao *mediaone* em meu pulso, mesmo desligado. — O relatório, *ma chère*. Polixena está lá em cima, podemos entrevistá-la *tout de suite*.

# 19. A Santa Descarnada

Alban BERG
*Three Pieces for Orchestra*
II. Reigen (Round Dance)

A coquete me obrigou a ler seu relatório, fusão de uma novela de Janete Clair com o primeiro capítulo dos *Karamazov*, movimentado e cheio de nomes. Mesmo eu, o golem, produzi uma síntese – não um "resumo".

Rose Rogé explicou a Foda-se que, ébrio de setenta mil *Volts*, o gigante *entregara* a pastora Hadassa, *alter ego* de Polixena, loira, sardenta, magricela, falsa dependente química, ponte entre as revelações do hierofante e os Espirituais de Santa Ifigênia.

Pítia se comoveu. Preferia mil mortes à delação.

Rose não soube contornar suas suscetibilidades & ressentimento. Suzy King convocou a internacional Promíscua Semíramis, ruiva, faquiresa, franco-atiradora, atiradora de facas e técnica em amamentação. Promíscua dobrou as reticências de Pítia, extraiu novos dados e foi nomeada babá de hierofante & pitonisa ciclópicos.

O problema é que Elsa von Brabant, a CA desenhada por Simão para dissimular conexões e rastreamentos, estava inoperante.

— Antígona, *Monsieur. C'est une pute.*

Para levantar a vida de Polixena, digo, Hadassa, Rose Rogé recorreu a sistemas de segurança mais lentos, que fragmentaram as ações entre

CAs remotas. A pesquisa que Elsa faria em segundos custou um dia de espera.

A pastora Hadassa da Acrópole, "serva e adoradora", geria a *Igreja Neo-ortodoxa no Cacuia*, centro da Ilha do Governador. A Instituição havia exumado o cemitério local para fundar o crematório e o templo. Com os mortos recolhidos ali mesmo e cremados por atacado, a arrecadação pagou os custos, de modo que a unidade virou bênção muito depressa. A magrela era baixo clero, mas estava em ascensão.

Capturá-la foi fácil e discreto. Viúva, a pastora Hadassa da Acrópole vivia sozinha ali mesmo na Ilha, no Jardim Guanabara, em uma cobertura voltada para o cemitério de sucata da Baía, com jardim, vidraças amplas, poucos móveis e muitos livros. Bastaram três faquiresas, um *dronecar* de quatro lugares e um voo rasante sobre as águas mortas.

Hadassa foi levada para algum lugar secreto onde Rose Rogé *cherchez la Femme*, digo, escabichou-a em busca dos utensílios de Antígona. Não havia nanorrobôs nem nada, só o implante na eminência tenar, entre o polegar e o indicador, com o localizador monitorado pela Igreja. Impossível desligar, no que foi extraído, isolado e substituído por outro, rastreado pelas faquiresas.

Hadassa agora estava no Monsalvat. Seu nome de batismo era Atália, vinte e oito anos, lar neo-ortodoxo, classe média, algumas provações, pequenas transgressões adolescentes, notas ruins, diploma de Comunicação. Enfim, uma jovem mulher que se incendiava no púlpito. Rodei três vídeos da Yerlashin de saias e descobri que o Inferno e seus anjos são culpados de todas as mazelas do Regime.

Pítia negava qualquer proximidade com a magrela de três nomes, pois eis que a moça "odiava demais". Atália ou Hadassa ou Polixena conhecia Antígona? Sabia que Antígona animava o "espírito" de Santa Ifigênia de Áulis? Como e por que a garota se envolvera com os Espirituais? Entre suicidas e vítimas, os Espirituais contavam mais de sessenta mortes só no ano passado.

— Muito bem, *Mademoiselle* Rogé, vamos conversar com a moça.

— *Monsieur* Parente, não é melhor elaborar *une stratégie*?

— Confie em mim. Eu tenho tuuuuuudo sob controle.

*

Os aposentos de Polixena ou Hadassa ou Atália eram melhores que os meus, com móveis elegantes e painéis ativos cobrindo as paredes e o piso. Os painéis reproduziam a Lua, uma desolação cinzenta em alta latitude. As sedas vermelhas da coquete tinham mais cor que tudo na sala.

Polixena estava mudada. Os olhos azuis não pareciam tão miúdos, nem ela tão cadavérica. Era uma *urbana ajustada* bem ao gosto do Regime.

— João da Silva — ela disse. — Respirando.

Sentei-me em uma daquelas cadeiras em que queremos morar.

— Por que você matou os policiais no Corcovado? — comecei.

— Porque estavam lá.

— E o que *você* fazia lá?

— Protegia você.

— A mando de quem?

— Uma CA.

— Que CA?

Ela deu de ombros e não respondeu.

— A CA explicou por que eu estava lá?

— Não.

— Você a conhecia?

— Não.

— Mas obedeceu.

— Eu não "obedeci", vê lá como fala. Eu *decidi* intervir. A CA me disse coisas... conhecia Antígona e o Regime.

— Você acreditou?

— Sou pastora neo-ortodoxa. Eu sei do Regime. Eu também sou o Estado.

— O que a CA disse, afinal?

— Que Antígona quer você.

— E por isso...

— Falei com Pítia. Ela disse que Santa Ifigênia sabia que viria alguém, mas não sabia quando nem adivinhava o nome. Expliquei que seria você, João. E que seria naquela noite.

— Pítia disse que estava avisada de mim por Santa Ifigênia.

— Talvez, mas eu informei. Pítia fica confusa às vezes. Muitos remédios, drogas demais. Ela está morrendo.

Rose Rogé assentiu.

— Pítia está sobrecarregada, *Monsieur*. Ela não tem muito tempo.

— Você pode salvá-la, *mademoiselle*?

— *Saint Augustin*, naturalmente... — respondeu, aludindo à Simão, negro como Agostinho de Hipona. — *Mais les saints sont au Ciel*.

Polixena reagiu.

— Ela disse que os santos estão no Céu? O Céu nunca esteve tão longe, amada.

Levantei-me e explorei o cenário nos painéis. A Lua só é bela porque vista de longe. Muitas coisas são assim.

— Como você prefere ser chamada?

— Tanto faz.

— Atália?

— Tanto faz.

— Sabia que Antígona é Santa Ifigênia de Áulis?

— E daí?

— Sabia?

— Claro que sabia, não sou burra.

Achei melhor sentar.

— Você me levou à Pítia...

— ... como um presente para Antígona. Não foi pessoal.

— Qual é o seu problema, moça? O que te move?

— O povo me move.

— Ministra da religião oficial do Regime; garota de recados de uma seita de suicidas e assassinos: você é a melhor amiga da morte.

— O povo merece meu sacrifício.

— *Comment absurde. Comment les babouins sans poils sont contradictoires.*

— Você pode explicar, Atália?

— Deus é coisa de pobre. Gente próspera não precisa de Deus. Sua fé está no banco, na bolsa de valores, no plano de saúde do melhor, no cartão sem limites. É tudo ilusão, mas o cartão cabe no bolso. Deus é coisa de pobre e de filósofo.

— Isso significa...

— Como você é lento, João. As igrejas apoiam todas as formas de retrocesso no melhor de todos os mundos possíveis. O Regime existe porque as igrejas vivem na "virada demoníaca" dos anos 1280 a 1330. Não pela fé, mas pelo *business*.

— Quem sustenta a neo-ortodoxia?

— Dízimo não é meditação, é impulso. Quando o pastor atribui sua riqueza à bondade divina seletiva, quem não tem cobre, esperança ou juízo abraça o Baal neo-ortodoxo.

— O "falso deus"?

— O falso deus dos falsos profetas.

— O rebanho é grato por não pensar e ama os filhos da puta. O carioca, por exemplo, tem paixão por eles.

— Não culpe o povo, João. Você tem três refeições por dia e todos os seus dentes.

— Os pastores...

— "Não vos torneis muitos de vós mestres, meus irmãos, sabendo que receberemos um juízo mais severo."

— Lutero chamou a carta de Tiago de "epístola de palha".

— Os homens sangram, a palha queima. Religião é gasolina.

— Não foi bem o que ele quis dizer. Mas você é a pastora Hadassa, "serva e adoradora".

— Vou aonde eu quero sem apanhar da polícia.

— E é bem remunerada.

— Muita gente depende disso, você nem imagina quanto.

Ela voltou o rosto para o lado, dando a entrevista por encerrada. Os olhos percorreram a paisagem selenita com falso interesse.

Minha vez.

— Eu tenho uma proposta, reverenda.

— Você não pode me coagir.

— É uma proposta, não é um ultimato.

— Se eu decidir aceitar, vai ser por minha própria vontade.

— Coerência demais é doença, hã? Você conhece a matriz do melhor de todos os mundos possíveis? O novo lar de Leibniz?

— Agência Estatal de Presença Holográfica...

— Bingo.

— ... em Botafogo.

— Reparou nas antenas? Mais exóticas que na Casa de suicídio do Cosme Velho. Algumas voltadas para...

— ... a Babilônia do Céu, Marte. Você quer derrubar a ilha de transmissão?

— Bondade sua propor isso, mas não. Só quero causar tumulto.

Saquei do bolso o cubo holográfico rescendendo a ossos velhos. Ela me encarou com ceticismo. Fiz meu *grand finale*.

— Isto, pastora, é *Die Götterdämmerung*. *O Crepúsculo dos deuses*. O *Ragnarök*. O seu Armagedom milenarista. Palha e gasolina.

Os olhos azuis cintilaram. Pensei que fossem cair e rolar na paisagem selenita. As pupilas dobraram de tamanho. Rose Rogé percebeu e me lançou um olhar discreto.

Hadassa pensou & pensou e fez a pergunta certa.

— Por quê?

Dei de ombros.

— Uma delicadeza que devo ao século. Em memória de um amigo.

# 20. Os Possessos

Igor STRAVINSKY
*L'Histoire du soldat* (Suite)
I. The Soldier's March

Nós a deixamos com seus demônios para que se decidisse. Rose Rogé parecia confusa e contrariada.

— Confia nela, *Monsieur*? Vai se decepcionar. A mulher é paranoica. *Complètement fou*. Mais louca que *le babouin sans poils ordinaire*.

— Ao contrário, ela é o babuíno universal. Ambígua, traiçoeira, infantil, juíza de todas as coisas, imbecil, depositária da verdade, cloaca da incerteza e do erro, como diria Pascal. "Possessa", abreviaria Dostoiévski.

— *Elle est un assassin*.

— Ninguém é perfeito, hã? Os babuínos só se tornam interessantes pela contradição.

— Se viver, Hadassa nos entregará.

— Não vai acontecer. Ela é milenarista.

— *Millénariste*?

— *Apocalipse*, capítulo vinte. Ela crê no Armagedom como fato, não como alegoria.

— *Comment absurde. Quel babouin. Pourquoi*?

— Porque tem a mente de uma criança.

— *Mais ce sont des symboles...*

— Se não há metáforas, não há sabedoria, só o homem feito de barro. Quem se casou com essa mulher?

— A moça é *lesbienne*. O marido, *homosexuel. La commodité* do enlace camuflou *les inconvenientes*, naturalmente. As igrejas odeiam o amor, *Monsieur*.

— Ele morreu de quê?

— *Noyé*. Se afogou.

— Ela matou o marido.

— E mataria a todos nós, se pudesse.

— *Ma petite Rose*, é hora de fazer as pazes, hã? Não temos mais tempo, vamos apressar o *Götterdämmerung*.

— Pensei que fosse *une blague, Monsieur* Parente. *Vous êtes aussi fou*. Louco como Polixena.

— O significado mais evidente de um signo é o mais irrisório — divaguei. — Vamos decretar *Die Götterdämmerung von Simon Magus*. A propósito, Rose, proteja Pítia até de si mesma. Simão vai se entender com ela.

— *Simon* está vivo? *Simon est-il vivant ou mort* ?

— O Simão de Schrödinger? Creio que esteja vivo. Espero que esteja vivo. Conto que esteja vivo e seja imortal, até porque não sei o que estou fazendo. Chame de *intuição algorítmica*, hã?

— "Quando algo não se encaixa, não se resolve, mas não é de todo inconclusivo." O seu *Pantokrátor, Monsieur*, aonde nos levará?

— Ao edifício da Agência Estatal de Presença Holográfica. Nós vamos mover o mundo esférico do Pantokrátor para a borda da Terra plana. Simão vai empurrar.

— Por que a Agência?

Eis a questão. Ninguém acreditaria se eu explicasse. Como odeeeeeio mentiras, me esquivei.

— Não posso dizer por razões de segurança, hã? É imprescindível manter a questão sob sigilo. Mas tenho tudo sob controle, confie em mim.

A golem coquete meditou & meditou & meditou. Isto é, processou volumes imensos de dados e suas variáveis. Por fim, deu de ombros, sorriu, sorriu de novo e escolheu sua jujuba. Um sorriso frio, mas interessante.

— *Comme c'est excitant. C'est formidable.*

— Vamos precisar de Suzy King.

— *La Diva* ? Você vai colocá-la *en danger*? Não permitirei.

— Confie em mim. Não sei o que estou fazendo, mas sei o que devo fazer. Só preciso criar as condições para que você penetre a Agência.

— *C'est impossible.* Protocolos rígidos, guardas armados, sistemas de vigilância autônomos, CAs dedicadas, escâneres de todos os tipos, senhas, portas blindadas...

— E humanos, o elo mais frágil de qualquer sistema. Eu tenho tudo sob controle.

E achava mesmo que tinha tuuuuuudo sob controle. Então...

Não foi culpa minha.

# 21. Lady Suzy

Igor STRAVINSKY
*Symphony in Three Movements*
II. Andante; Interlude: L'istesso tempo

A irrelevância é a paixão dos cretinos. As minúcias do que não tem sentido, o que não importa, o que não representa nem constrói arrebata os tolos. Vêm daí os debates exaustivos ou acalorados, a urgência de aprofundar a insignificância, a devoção às aparências. Do lúmpen ao doutor, pois o estudo não desqualifica o idiota, sobram os que não têm defesa contra o Nada, pois ocupar-se do Nada é não pensar. É exaurir o tempo sem frequentá-lo, distrair-se dos desvios do Eu, um abandono, um adeus provisório, um deixar de ser. A irrelevância é mais que um vício, é a profilaxia das convulsões sociais.

A "humanidade", essa estranha noção da teoria dos conjuntos, formada por bilhões de indivíduos que o *Big Data* conhece pelo nome, pois a humanidade afunda, se afoga e naufraga na irrelevância. O enciumado que atormenta e mata por um lenço não é a fraqueza da peça, é o êxito. O mestre que aponta os erros, mas não a luz, o juiz que não quer entender, o gerente que exige saber onde se desencaminharam os tostões que bastaria repor, o neo-ortodoxo que conta as vírgulas da tradução da Bíblia, o vegetativo das IDIs, o escritor que defende as regras que deveria vencer, os leais à capilaridade do ovo, que multidão sem fim a dos cricris, os palermas que olham sempre para o lado errado, o da escuridão.

*Ecce homo*, como desvendado pelas estatísticas, como reconhecido pelo *Big Data*. Os humanos só têm densidade no íntimo do Eu, em que ideias ambíguas e inconclusas vagam sem eixo ou finalidade. Daí o valor essencial da Arte, que remenda os pedaços do espírito à deriva em unidades reconhecíveis pelo outro.[4] O mais que sei, li mais que vivi. O homem me interessa mais que o besouro espetado com alfinete, mas não muito. Sou grato ao acaso que me fez golem.

Nestes dias de calor e *Dàn zhū tái*, de desespero petrificado e de vazio, na entropia de tudo o que é humano percebo uma linha. Um esboço da proximidade incomensurável entre este e aquele evento no intricado das casualidades. À essa noção estranha e oblíqua, sombra de ordem na desordem pairando sobre a vida e as coisas, há quem chame "fatalidade". Uma perplexidade que me faz entender não o fenômeno religioso em si, mas sua antiguidade e persistência: o desamparo, e não o amor, é o que há de mais humano; a tragédia do homem é andar distraído do seu trágico.

Na Suzy King histórica, a fatalidade tem certo relevo.

Suzy King, bailarina típica e exótica, vedete, cantora, líder e diva d'*As Faquiresas de Simão, o mago* veio a mim como "a imagem viva da imortal Suzy King", bailarina típica, exótica e burlesca, vedete, cantora e compositora, atriz, artista circense e performista, encantadora de serpentes e... faquiresa. Uma mulher obstinada e faminta de celebridade, que conquistou as atenções da imprensa pelos motivos errados. Os jornais dos anos 1950 registraram a loucura, o atrevimento, o tumulto das serpentes e o escândalo do seu corpo.

Suzy tentou ser a mulher que era em um mundo de machões & cafajestes. Figuras de papelão como as que apoiam e sustentam o Regime, pois os estúpidos e os inseguros são os cães mais submissos da crueldade.

---

4 Daí o valor essencial da sinfonia clássica, em que o silêncio da palavra é a Voz do que não pode ser verbalizado ou mesmo compreendido. Pena que a forma agonizou e morreu com Mahler, ou mesmo antes, com Bruckner.

Em sua época, no advento da odiosa ditadura civil-militar, a Suzy King censurada e chamada "obscena" deixou o país. Este, "de uma gente amiga e tão contente".

O extraordinário na biografia da Suzy original é essa condição literária, a fatalidade, que observo sem compreender. Em mim, fatalidade e humanidade se confundem como expressões da mesma indeterminação. Refiro-me aos acenos do trágico na vida de quem nasceu Georgina Pires Sampaio no sertão da Bahia, em 1917, e que depois foi Diva Rios, finalmente Suzy King, e, na perda de si e do mundo, Jacuí Japurá Sampaio Bailey, brasileira naturalizada estadunidense, encontrada sentada, nua e em adiantado estado de decomposição no *trailer* em que vivia só, na zona de meretrício de Chula Vista, San Diego, Califórnia, em 1985.

\*

Em 1959, a Suzy King histórica teve sua estreia guanabarina como faquiresa. O anúncio prometia cento e dez dias de jejum em um caixão de vidro na Galeria Ritz, loja três, Copacabana. Ambições, hã? Depois de cinquenta e três dias de confusão e loucura, a diva se levantou do esquife para estilhaçá-lo com um martelo bem arquetípico.

Em 13 de março daquele ano, Suzy pôs em prática o plano audacioso para promover a exibição. Montando Tordilho, um cavalo emprestado pela polícia, e acompanhada de um segurança indígena chamado "Tarzan", a diva seguiu do Castelo à Praça Mauá, cerca de um quilômetro e meio, vestida como Lady Godiva, isto é, de peruca comprida e biquíni protocolar.

Pitoresco, hã? Suzy trabalhou semanas para produzir o evento. Mas os jornais só repercutiram porque terminou em violência.

Suzy retornava ao Castelo pela Rio Branco quando se viu atacada por uma gente amiga e tão contente. Tarzan apanhou e fugiu. O cavalo Tordilho padeceu queimaduras com pontas de cigarro. Lady Godiva teve o traje mínimo arrancado e foi lançada ao chão. Um policial militar e um soldado naval acorreram. Um investigador de polícia disparou ao alto, mas o monstro de muitas cabeças – a multidão "moral" – não se dissolveu. Lady Godiva só escapou porque arrastada ao carro que seguiu para a delegacia.

"Que bárbaros eles foram", declarou a faquiresa ao *Diário Carioca*, com mais espírito que o grotesco da turba. "São todos uns *tarados de primeiro grau*."

Quando perguntei à Suzy King, líder d'*As Faquiresas de Simão*, se teria coragem de repetir o episódio, ela não pareceu ouvir. Encarou-me como se eu fosse a janela para uma paisagem exótica, mas muito vista.

Então, sem aviso, começou a chorar.

— Ai, meu senhor, nem sei como lhe agradecer, seu Felipe. Que homenagem à diva. Vai ser o grande momento da minha vida...

Rose Rogé sorriu e sorriu de novo. Mas, apreensiva, sussurrou.

— *Monsieur* Parente tem noção de que *l'histoire* pode se repetir? O que é a vida sem movimento & audácia, hã?

\*

Polixena aceitou intervir na Agência Estatal de Presença Holográfica, lógico. É estranho que a moça, excluída do planejamento pela inflexível prudência de Suzy King, tenha mantido o cárcere sintonizado na desolação da paisagem lunar.

Nem por um instante a mulher de três nomes desconfiou que era hóspede nas ruínas de uma plataforma de petróleo, tenho certeza.

\*

Rose Rogé, louvando a sabedoria estratégica de Suzy King, convocou *La Diva* à preparação do que chamou *Le spectacle*. Suzy vagou entre três dimensões:

1. a de si, inacessível;

2. a do projeto, isto é, a dimensão do futuro;

3. circunstancialmente, eventualmente, habitou a plataforma; o Monsalvat de Simão, o mago, no qual, em um dos seis ou sete andares do complexo, instalou-se a *Sala de Guerra*. Um ambiente amplo, de teto mais alto, forrado com 360º de painéis ativos.

As jovens caiçaras Amelinha e Dorota Furiosa operaram a máquina quântica, ocupando metade dos painéis da *Sala* com dados, números e gráficos de análises preditivas. A coquete golem preencheu a outra metade com simulações realistas de *La Provence*. "A do passado, naturalmente", de vales verdes, vinhedos e planícies de lavanda. O perfume de gardênia de Suzy King, abundante, mas não excessivo, era uma delicada dissonância.

Suzy King habitou uma poltrona enorme, oferecendo-se petrificada & balsâmica ao passeio das jiboias e sucuris; indiferente ao peso e volume de Tibério, Cleópatra, Lívia Drusila e Catarina. Os olhos ausentes, como um zumbi de George A. Romero, ocasionalmente se iluminavam. *La Diva* então suspirava e espreitava o entorno como se o Universo fosse novidade. Com seu jeito simples, dizia que ideias funcionariam ou não, explicando o porquê. Às justificativas acudiam o bom-senso, o espírito prático, a intimidade com o humano.

— Meu senhor, não é assim que a mente das pessoas funciona, seu Felipe. Nesse Regime, qualquer fuxico é vida, até fuxico de morte. — E apontava o mapa nos painéis ativos. — No tiroteio, elas não vão correr pra lá... aqui, ó, aqui, seu Felipe, as pessoas vão correr pra cá.

Um segundo depois já não estava ali.

\*

Como sou um tipo muuuuuuito perigoso, entendi que precisávamos de uma franco-atiradora. Suzy convenceu a irredutível Pítia a separar-se por um ou dois dias de sua babá, a bela e internacional Promíscua Semíramis.

— Calma, dona Pítia, calma que a Maravilha Vermelha vai voltar pra nós. Eu lhe prometo, dona Pítia, gordinha linda. Quer uma das minhas cobras enquanto espera, quer?

Depois de muito ir e vir entre universos colaterais insondáveis, Suzy King aceitou o assegurado pela máquina quântica: as variáveis estavam calculadas. *La Diva* conversou com Polixena o mínimo necessário, narcotizando-a antes de devolvê-la à alienação do mundo.

Houve, então, *Le spectacle*.

# 22. O Dia D

Alban BERG
*Chamber Concerto for Piano and Violin with 13 Wind Instruments*
I. Thema scherzoso con variazioni

Faquiresas, hã? O que seria da cidade infiel sem elas? Se você não vive nas IDIs, como suportar as noites estáticas do Regime sem as cores do *Νοῦς*, seus hologramas, a voz das armas?

No Dia D para *Le spectacle*, Polixena informou que não participaria da ação direta, como previsto por Suzy King. A pastora neo-ortodoxa poderia presumir que deixara o Monsalvat *hackeada* por dentro e por fora, mas não sabia que o localizador subcutâneo fora substituído.

A cobertura na Ilha do Governador estava grampeada com câmeras de curto alcance e interceptação crítica, blindadas contra o Pantokrátor. Gíria Vingança e duas outras faquiresas se revezaram para monitorar Polixena vinte e quatro horas por dia, espreitando seu ir e vir por um *drone* de altitude a partir de um edifício a quatrocentos metros.

Gíria Vingança não era bonita, mas interessante. Vinte anos, pálida, rosto redondo, olhos redondos e figuras de pesadelos psicossexuais tatuadas à agulha do pescoço aos pés. Ao *mediaone*, em um falar de acentos babélicos talhado de *riquezas vocabulares expressivas*, a faquiresa explicou que nada em Polixena sugeria a intenção de nos trair, o que fazia sentido.

Os traidores seríamos nós.

Gíria observou que a pastora orava a cada meia-hora pelo fim do mundo.

— Pelo fim do sofrimento, me parece. A vadia é louca.

— O fim do sofrimento, nesse caso, é a morte — eu disse.

— Ô *guó wài*, tem gente que se contenta com qualquer merda.

— Sou golem, moça. Considero o suicídio um paradoxo. Desistir de ser e de viver, se *desplugar*, renunciar ao Universo… admito que o Eu é uma justificativa muito pobre para existir, mas a Arte…

Ela retorquiu sem pensar.

— Eu me arrisco, mas jogo forte, sou apegada à minha cabeça — disse, sem imaginar que coincidia com Balzac. — Mas tem quem não sustente, quem não segure, quem não ature, porque, ó, pesa, e pesa muito. Aí o *guó wài* tira a dor da tomada. Morrer não é novidade pra ninguém, todo mundo passou *zilhões* de anos sem existir. Mas tem o *nuòfū*, o *covarde*, o *filha* da puta que tem medo de ir sozinho e leva alguém com ele.

— Leva pra onde?

— Pro Mistério ou pra Lugar Nenhum, me parece.

— Isso é tirania, Gíria.

Ela sorriu.

— Ô, *guó wài*, golem, sei lá o que, acorda. Vê se passa mais tempo com a diva. Tu tem muito o que aprender, me parece.

— Suzy King não passa muito tempo com ninguém. Nem com ela mesma.

Ela riu uma risada assustadora.

— 'Cê sabe por que a Diva viaja no mundo estropiado dela? Porque já sabe tudo desse aqui, ó, e não tem ilusão nenhuma. — Fez uma pausa. — Aprende, ô golem, vigia pra não cair. Tirania é o lado de dentro. Aqui fora é só o eco. O Eu é o *filha* da puta.

Antes de desligar, fez uma pergunta inesperada.

— Ô *guó wài*, golem, sei lá o que, me conta: é verdade que golem não pode mentir?

— É.

*

O Regime, é claro, também estava interessado na pastora Hadassa. Oitenta minutos depois do retorno ao *condo*, a serva e adoradora foi visitada por um casal de pastores. Digo, um casal de pastores que servia a dois senhores, a Igreja Neo-ortodoxa e a Inteligência do Regime.

Polixena confessou uma história verossímil concebida ou recontada por Suzy King. Um toque de ilicitude para saciar a malícia dos seus superiores.

— Essa gente só quer ouvir o que quer ouvir — instruiu a Diva. — Em sexo e traição eles acreditam, seu Felipe. Em Deus é que é mais difícil.

Ficou assim: a pastora Hadassa da Acrópole havia consumado um caso de amor até então contemplativo. Seu escolhido era membro da Igreja, mas, muito inadvertidamente, casado. Um homem espiritual que, tal como ela, deixou-se *cirandar pelo Maligno*.

A pastora se recusou a expor a ovelha travessa, mesmo sob pena de exclusão.

— Não sou Judas — explicou aos inquisidores. — E vocês podem dizer isso ao meu Supervisor Distrital. Ao Regional também, se ele quiser saber. Caí, confesso, caí, mas não sou a primeira nem a última. O escândalo é a minha confissão, e disso não vai passar. Não vou escandalizar mais ninguém e não vou trair mais ninguém. Sou adúltera, não sou Judas. Pra todos os efeitos, fui visitar minha irmã em Belo Horizonte. Ela estava doente e foi pra Glória, amém, acabou.

Sem *jurar*, mas *asseverando* pela Bíblia que o fim de caso era definitivo, a pastora Hadassa concluiu.

— Sou neo-ortodoxa, não sou católica. Não tenho que me confessar pra ninguém.

Instruída por Suzy King, Polixena manifestou certa arrogância. Um tiquinho de soberba pela coragem da confissão. A contradição – o orgulho da santidade na falta dela – era demasiado humana e comum demais para ser desprezada. Seus inquisidores estavam cansados de ver acontecer. Assim, pelo pecado do orgulho na confissão de um pecado maior, a invenção virou verdade. Como previsto por Suzy King, a ninguém interessava alimentar situações de constrangimento.

Não foi a primeira vez nem a última.

Um detalhe. A pastora-agente observou que o localizador da pastora Hadassa parecia morto. Polixena mostrou a mão com a expressão mais honesta do mundo. A pastora-agente confirmou que o dispositivo, uma coisinha de nada, continuava lá.

— Entende, Hadassa, como o localizador é importante? Se funcionasse, a Igreja saberia onde a irmã estava. Passe na Regional e troque, é para sua segurança.

Segurança, hã? É o pretexto das maiores violações.

*

Às dezesseis horas de uma sexta-feira, *As Faquiresas de Simão, o mago* receberam o aviso de que os Espirituais de Santa Ifigênia estavam em posição, prontos para matar e morrer. Eles sabiam que algum acontecimento desconhecido distrairia e ocuparia os seguranças, os funcionários sedentos de fim de semana com gelo e limão, o público em geral, a humanidade que vive e sofre.

*Le Spectacle* começou assim…

## 23. Le Spectacle: Matinée

Igor STRAVINSKY
*L'Histoire du soldat* (Suite)
I. The Soldier's March

*Pelo milagre algorítmico do Conectivo Relacional Hegeliano de Simão, o mago, e a valiosa colaboração da faquiresa Amelinha, compilei todos os* logs *que recebi. Os* logs *permitiriam indicações mais precisas de tempo, mas prefiro concentrar o relato nos fatos duros e frios.*

*

Quinze horas, trinta minutos. Os Espirituais de Santa Ifigênia enviaram o *código de prontidão* às faquiresas. Quatorze pessoas em roupas clericais à espera de instruções em um *restaurante seguro*, a quinze minutos de caminhada da Agência Estatal de Presença Holográfica. No Rio, restaurantes seguros são a modalidade mais desejável do mercado de alimentos e bebidas. Não protegem ninguém de nada, mas poupam a clientela dessa visão indigesta e amarga, a miséria. Sem ver e sem ser vistos, os Espirituais lambiscavam uns croquetes quando a resposta chegou às quinze e quarenta e cinco.

"É hora."

*

Dezesseis horas. A Agência Estatal de Presença Holográfica é voltada para a Enseada de Botafogo, no triângulo entre a via chamada Praia de Botafogo, a Avenida Pasteur e a Avenida Pastor Teudas, antiga Avenida das Nações Unidas. O edifício de apenas nove andares, belo mas anacrônico, fica ao centro de uma esplanada cercada de escadarias e árvores biotecnológicas.

Rose Rogé, digo, a falsa pastora Hadassa da Acrópole, escalou os degraus e entrou pelo Acesso Praia. Vestia um terninho preto sobre camisa preta de seda, gola clerical, saia e sapatos pretos e, claro, uma bolsa grande e desajeitada.

No saguão, havia gente saindo e entrando, soldados de alguma *Gestapo* de uniforme vistoso e seguranças de terno. Estes sabiam falar. Um deles, devoto, acenou com simpatia à ministra neo-ortodoxa.

A recepcionista sorriu ao reconhecer o colarinho dos eleitos do Regime.

— Boa tarde, reverenda. Bem-vinda.

— A Paz do Senhor e do Estado, irmã...

Um holograma se arrojou do *mediaone* no pulso da pastora e interrompeu o discurso.

Yerlashin.

Parecia irritado. A recepcionista recuou um passo.

— Pastora Hadassa, ministra do Evangelho, a senhora está atrasada.

— Reverendo Ministro, acabei de chegar. Já estou aqui na recepção da Agência e...

— Eu estou na minha sala aguardando a senhora. Suba direto, por favor, obrigado. — O holograma se voltou para a recepcionista. — Minha filha, apresse a pastora, por gentileza, obrigado.

A imagem desapareceu.

O holograma de Yerlashin era o artifício para induzir uma atmosfera de *colaboração*. Uma fraude disparada em tempo real pela faquiresa

Amelinha, que suava frio em uma *van* a um quilômetro dali. O verdadeiro Yerlashin sequer estava no prédio, cujo sistema não tinha agendamento para a ministra Hadassa da Acrópole.

Como desejado, a recepcionista assumira "posição de sentido". A pastora Hadassa mostrou a palma da mão.

— Minha irmãzinha, verifica o implante...

Rose Rogé trazia o localizador da verdadeira Hadassa. Se a burocracia neo-ortodoxa merecia a reputação, o dispositivo permanecia ativo. Se cancelado, os dados estariam no *mediaone* para o caso de a recepcionista dizer "Lamento, reverenda, mas eu preciso dos seus *docs*, é o protocolo etc.". Obra de Dorota Furiosa, uma artista, mas que não resistiriam à análise profunda.

— Oxe, como não? Dei um grau, seu ariado, vá pra baixa da égua.

Na bolsa, Rose Rogé carregava uma pistola protocerâmica desmontada. Uma peça de encaixes rápidos, projetada em seis partes para que os mil escâneres que a cercavam – de *laser vibrátil*, de radiação eletromagnética de espectro variável, de radiação X, de radiação XN, por retrodifusão-modulação de raios X, por reflexão com varreduras de radiação ionizante, por varreduras de radiação não ionizante, por radiação de transmissão de Kasper H; no piso, no teto, nas paredes; nos balcões e elevadores; sem esquecer os *arcos de acesso* controlados por CAs dedicadas – pois muito bem, a arma estava dividida para que os mil olhos da Agência não pudessem calcular a possibilidade da pistola, nem identificar os projeteis perfurantes de polímero, desenhados para matar.

Portanto, foi nesse instante decisivo que a algazarra na rua alcançou o saguão.

No horário.

\*

(Permita-me um parêntese. É compreensível que um dos centros de *telecom* do Regime privilegie a segurança. "Ora, mas por que tantos cuidados em um país apático?" Equipamentos de vigilância são caros e cada compra retine em algum bolso. "Ora, mas por que os excessos?" Para proteger o Ente que assombrava aquela unidade e, mais ainda, a de Brasília.

Pantokrátor, lógico.)

*

Quinze horas, trinta minutos, por aí. Meia-hora antes da chegada de Rose Rogé, insisto, da pastora Hadassa ao saguão da Agência, uma caminhonete baú estacionou na calçada do Acesso Praia de Botafogo. O motorista, o auxiliar e o veículo foram contratados a bom preço para uma tarefa nobre: distribuir frango ao povo. Digo, pacotes de proteínas fúngicas, extratos de algas e fibras sintéticas com mais nutrientes que a ave *in natura* que alegrava os ricos. Frango 3D impresso por um processo de extrusão que reproduzia as características peculiares e a textura... dos faisões. O fino do fino da alimentação artificial.

O *mediaone* do motorista recebeu uma conexão. Surgiu a imagem de um pastor neo-ortodoxo de meia-idade. Falso, mas não um avatar. Era uma *identidade sintética certificada*, gerada e operada pela faquiresa Amelinha.

— Boa tarde, seu Daniel, aqui é o pastor Moisés. Tô vendo o senhor da janela. O prédio azul aqui do lado... esse.

Seu Daniel olhou para o alto e, claro, não viu nada senão um edifício de vidraças azuis protegido contra radiação. Impossível saber se acenou por convenção ou credulidade.

— Isso, seu Daniel, tô vendo aqui o senhor dando *tchau*. O senhor já pode começar a distribuição, tudo bem? Eu já vou descer.

**199**

Em minutos havia uma pequena multidão ao redor da caminhonete. Para os deserdados do Estado Corporativo, fungos com sabor de frango eram o argumento ontológico.

Momentos depois, quatro seguranças privados da Agência se aproximaram. Um deles esboçou um protesto. Naquela ocorrência sem paralelo – a caridade –, o povo faminto hesitou entre a submissão, o medo do século e a hostilidade mais sincera.

Os seguranças recuaram mantendo a vigilância.

Amelinha *hackeara* o *mediaone* do motorista e as câmeras da unidade autônoma da caminhonete. Quando mais tarde perguntei se os seguranças manifestaram algum tipo de comiseração, ela negou com ênfase.

— Eles debocharam, riram... só não queriam se aperrear.

Seja como for, não demorou para que ouvissem as Sete Trombetas.

\*

Quinze horas, cinquenta e cinco minutos. Depois de alguma espera, a multitatuada Gíria Vingança se conectou por áudio à Central de Vigilância da Agência de Presença Holográfica.

— Que porra de demora é essa. Se eu disse pra máquina que era urgente, que eu tinha uma denúncia a fazer... 'cês 'tão em perigo, seus *merda*.

— Central de Vigilância, boa tarde.

— Puta que pariu de rosca, eu tô falando com máquina?

— Central de Vigilância, boa tarde.

— Ô *guó wài*, me diz se você tem mãe.

— Senhora, a conexão foi reconhecida. Uma notificação pode ser...

— Me diz onde eu tô, seu merda.

— A senhora é... Gíria Vingança? Faquiresa? — O camarada pigarreou. — Cemitério de Highgate?

— Tu já ouviu falar nos Espirituais de Santa Ifigenia de Áulis, *guó wài*? Olha pelas câmeras da Praia de Botafogo. Tá vendo o grupinho com golinha de ladrão? Os pastores do falso deus dos *filhas* da puta? Corre daí, *nuòfū*, que eles vão explodir o teu rabo.

— Quem você...

— Tem gel explosivo no prédio inteiro, nos encanamentos, até no esgoto, me parece. E eles 'tão trazendo mais, ó, essa porra toda vai pro chão, *guó wài*, tira o rabo daí.

Gíria desligou. Tinha outra conexão a fazer.

*

Quinze horas, cinquenta e nove minutos. Ali mesmo na Praia de Botafogo, ao lado do caminhão do seu Daniel. Uma buzina em acorde reverberou sete notas no timbre esquecido dos *Cadillacs*. Monumental como os trinta e oito metais do *Requiem* de Berlioz. Os babuínos sem pelos reagiram.

Seu Daniel e o auxiliar se voltaram.

Os seguranças se voltaram.

A multidão se extasiou.

Não eram *Cadillacs*, mas uma motocicleta. Na verdade, um motor *V8* de 10.4 litros e 632 polegadas cúbicas ao redor do qual um engenheiro louco, Simão, o mago, erigira uma motocicleta de quatro rodas. Bem juntas, é verdade, mas quatro, para suportar a aceleração de 0 a 100 km/h em menos de dois segundos e progredir a mais de 700 km/h. (Dorota Furiosa, entusiasta do veículo, me assegurou que Simão nunca excedeu os 400 km/h. Até porque só experimentou a máquina duas vezes. Por razões óbvias, à noite.)

Havia mais. A cereja do Armagedom.

Uma morena com a postura de uma imperatriz se debruçava sobre o guidão estreito & curto, manobrando a hidráulica dos garfos de aço horizontais que guiavam as rodas. O olhar tinha sede das pessoas e das coisas, mas ela não parecia enxergar. *Brejeira*, voluptuosa e completamente nua. O cabelo crespo solto esvoaçava como um incêndio preguiçoso. O corpo inteiro tremia com a máquina, mas a altivez não era abalada. A bunda drástica, inclinada ao excesso, sustentava o atrevimento pela largura extravagante da motocicleta.

A multidão se abriu para Suzy King e seu *percheron* de aço e titânio. Ninguém fez menção de tocar a Godiva do Fim do Mundo, que rescendia a gardênia sobre 1.018 cavalos.

— Meus senhores, minhas senhoras, *eu também sou vocês. Nós somos gente.* Eu comi esse alimento e me fez bem. É um carinho d'*As Faquiresas*.

Seu Daniel protestou, aflito.

— Mas o pastor Moisés é que...

— O senhor é que é o seu Daniel? O pastor Moisés não existe, seu Daniel. Os neo-ortodoxos também não. Deus é de graça. Se te cobram, não é Deus.

Amelinha monitorava tudo e não resistiu. Interveio em alta voz pelo *mediaone* de seu Daniel.

— Quem é você, mulher, nua em um cavalo de mil cavalos?

Houve a pausa dramática.

— Eu sou a *Lady* Godiva do Rio. A imagem viva da *Lady* Godiva da Guanabara. Da vedete, cantora, bailarina típica e exótica... eu sou Suzy King, a faquiresa.

Ah, a glória. Não vem para todos, hã?

Discretos, cautelosos, os quatro seguranças se aproximavam. Uma mulher nua diante da Agência Estatal era coisa difícil de explicar. Eles ignoraram os alarmes em seus *mediaones* pensando em agir antes de responder – mas, como viriam a saber depois, melhor dizendo, como nunca vieram a saber, as luzinhas e os alarmes convocavam uma atenção mais urgente.

Suzy King flutuava entre dois mundos quando foi despertada por Amelinha. Desta vez, a voz se elevou do painel da motocicleta.

— Diva, Diva, põe a cobra pra fumar.

>Igor STRAVINSKY
>*L'Histoire du soldat* (Suite)
>IX. Triumphal March of Devil

Suzy King acelerou o *percheron*. A máquina rugiu como o Leviatã nos alicerces do mundo. O motor reverberou na esplanada com a cólera dos terremotos. A multidão se abriu e se espalhou, mas pôs-se à espera.

Os seguranças – que passavam das escadas à calçada e da calçada à rua – saltaram para salvar suas vidas. A faquiresa arrojou a motocicleta escadaria acima, em linha contra o edifício. A bunda imperiosa quicou e balançou, mas impôs seu atrevimento.

Dois dos cavalheiros sacaram armas e ensaiaram escalar os degraus. O mais ágil mirava as costas nuas de Suzy quando, sem ruído, dobrou sobre si mesmo e ficou como caiu.

O outro, em desespero, apontou a arma para o alto, mas rolou e sangrou fartamente na sarjeta. Os demais já não estavam ali.

Foi o batismo de Dorota Furiosa como franco-atiradora. A caboclinha estava no topo do edifício de janelas azuis, ao lado da instrutora Promíscua Semíramis.

\*

Dezesseis horas, um minuto. Rose Rogé, digo, Hadassa no saguão da Agência, entre soldados de uniforme e seguranças. A pastora tocou o pulso direito com dois dedos da mão esquerda e mostrou à recepcionista.

— Meu amor, eu tenho implante. Você pode escanear?

O alarido da rua chegou ao vestíbulo. A recepcionista relanceou as vidraças do saguão, tornou à pastora Hadassa e, de súbito consciente, arregalou os olhos para a esplanada. Levou as duas mãos à boca.

Hadassa se voltou e fingiu espanto. Oh, que surpresa. Oh, eu mal posso acreditar. Oh, que mundo é esse, meu pai? Uma moto gigantesca, conduzida por uma mulher nua, madura e magnífica, bela e ainda muito bela, para desespero dos homens, vinha em direção ao saguão.

Ao mesmo tempo, soaram alarmes nos *mediaones* dos soldados e seguranças.

A recepcionista balbuciou entre os dedos colados aos lábios.

— Ela vai se matar...

A falsa Hadassa rodou uma rotina e exibiu o horror de uma Clitemnestra.

— Pelo amor de Deus, me tira daqui. — E gritou para aperfeiçoar o caos. — Ahhhhhhhhhhhhhhhh...

A recepcionista, arrancada de um limbo estático, despencou no imponderável, indescritível sentimento humano, me permita, *Einfühlung*. A moça se apiedou e se transferiu para a vulnerabilidade da jovem pastora. A mão esquerda voou ao painel interno e liberou o acesso. A direita agarrou o pulso estendido da falsa Hadassa. A pequena ministra neo-ortodoxa viu-se arrastada ao longo do balcão, empurrada para o arco de acesso, puxada pelo outro lado e abraçada pela recepcionista também desejosa de amparo.

Empatia, hã? Daí à compaixão, altar de sacrifício do Eu. A pedra em que Ifigênia se deixou imolar.

As mulheres, abraçadas, voltaram-se para o saguão. Mas não havia sinal da morena nua na motocicleta, que se teria despedaçado contra as vidraças blindadas por levitação aerodinâmica. O motor vociferava na esplanada, mas como tempestade que se vai.

Os soldados e seguranças conversavam entre si e ao *mediaone*. No silêncio que sucedeu ao assombro, surgiram palavras isoladas e persistentes. *Bombas. Gel explosivo. Terroristas.* O suboficial dos *SS* acenou aos presentes no saguão.

— Evacuem a unidade.

Um alarme cíclico e grave ressoou por todo o edifício.

*

Dezesseis horas, um ou dois minutos. Na cobertura da Ilha do Governador, Polixena ouviu o toque de um *mediaone*. Não o seu, que estava no pulso. Mas uma nota inquietante em algum ponto da casa.

A sala de estar.

O sofá.

A almofada do meio.

Um dispositivo desconhecido.

— O quê...

— Ô pastora Hadassa — disse uma voz. — Eu sou Gíria Vingança, a faquiresa.

A magrela entrou em pânico.

— Faquiresa? O que é isso? Eu não sei o que é isso. Eu vou des...

— Quer viver, *guó wài*, ou tentar viver? Diz que não e eu te deixo sozinha.

Silêncio. Gíria prosseguiu.

— A gente te aplicou a melhor tecnologia de rastreamento, Hadassa. A gente sabe tudo, os teus contatos nos Espirituais e ó, os contatos deles. Se a gente sabe, *guó wài,* o Regime também sabe. Todo mundo sabe, me parece.

— O que eu faço?

— Ô, mulher, não faz essa cara de quem enfiou o cu na tomada. Tira o rabo daí agora.

Em quatro minutos, o *dronecar* da pastora Hadassa da Acrópole partiu do aeroponto na cobertura. Mas ao invés de prosseguir em elevação, a aeronave entrou em órbita de espera. Até que, de golpe, apontou para baixo e acelerou contra o solo.

O urro grave e primitivo de Polixena se converteu em uivo. O desespero regrediu sua humanidade. Gíria não suportou ouvir e desligou. O *dronecar*, uma coisinha compacta, afundou no asfalto quente do Jardim Guanabara.

Não, não fomos nós.

As câmeras de curto alcance e interceptação crítica eram como palha. O Pantokrátor também sabia tudo.

*

Dezesseis horas, dois minutos. Enquanto Gíria assediava Hadassa, os veículos da imprensa independente recebiam dossiês sobre as atividades dos Espirituais de Santa Ifigênia. Vinte minutos depois de divulgados, ocorreram explosões por toda a cidade.

Eram os sectários levando seus segredos "pro Mistério ou pra Lugar Nenhum, me parece".

*

Dezesseis horas, três minutos, por aí. Na Praia de Botafogo, um grupo de ministros neo-ortodoxos carregando bolsas pesadas caminhava com lentidão para a Agência. Homens e mulheres graves, concentrados em buscar, na modulação do Pantokrátor e na patologia do fanatismo, razões "elevadas" e espúrias para matar e morrer.

O líder ou a líder, as imagens *hackeadas* não são claras, diminuiu o passo ao perceber cinco *Gestapos* descendo as escadarias da esplanada. A hesitação foi passageira. Uma submetralhadora escapuliu de uma bolsa e fez fogo.

Os soldados tentaram se abrigar entre os degraus e por trás das árvores biotecnológicas. Um falso ministro correu de encontro a eles, pistola em punho. Alvejado, seguiu disparando e claudicando... até que explodiu.

A potência da detonação foi inesperada. De uma chuva de concreto e asfalto brotou uma cova de quase três metros de diâmetro. O soldado sobrevivente se ergueu surdo e trôpego, e caminhou para os inimigos que o fulminaram dois passos depois.

De novo os Espirituais hesitaram, mas houve disparos à retaguarda. Não fosse a eliminação do primeiro grupo de *Gestapos*, estariam encurralados. Assim, subiram a esplanada no caminho da Agência, única rota possível.

Foi como Suzy King disse que seria.

*

Dezesseis horas, cinco minutos. O tiroteio dispersou parte da multidão ao redor da caminhonete de seu Daniel. Alguns desesperados avançaram para os suprimentos, mas debandaram com a primeira explosão.

O auxiliar de motorista fugira. Seu Daniel, entrincheirado no baú, empurrou os suprimentos para a rua, chamou a IA do veículo pelo *mediaone* e deixou o local em modo autônomo.

A conexão de Amelinha o alcançou. Desta vez, sem avatar.

— Seu Daniel, se entregue na delegacia mais próxima. Conte tudo, desde o primeiro contato do pastor Moisés. É para sua segurança.

Seu Daniel se entregou minutos depois. Foi humilhado e interrogado à exaustão, mas não tocaram nele. Suzy King exigira um *involuntário* ilibado, "acima de qualquer suspeita", na intenção de proteger o homem.

*

Dezesseis horas, seis minutos. No saguão da Agência havia confusão e desacordo entre os cretinos de uniforme.

Lá fora irrompia o tiroteio entre soldados e Espirituais.

Os painéis internos do balcão de atendimento brilharam em vermelho-vivo. A recepcionista desvencilhou-se da pastora Hadassa e correu para atender a conexão. A comunicação foi breve. A jovem assentiu sem dizer palavra.

Lá fora, a primeira explosão.

A recepcionista se agachou, esperou, acenou ao suboficial e repassou a ordem: os sistemas de vigilância estavam atenuados para facilitar a evacuação do prédio e o deslocamento das forças de segurança...

De novo ela gritou.

Os Espirituais de Santa Ifigênia aproximavam-se atirando com armas pesadas. As vidraças resistiam, mas os terroristas exibiam coletes estufados de explosivos.

Rezando, gemendo, a moça abriu uma porta dissimulada em um painel na parede e desapareceu.

Quanto a Rose Rogé, sumira antes mesmo de ser esquecida.

*

Dezesseis horas, oito minutos. De acordo com a testemunha, "uma dona pelada com uma bunda enorme" seguia pela Avenida General Heuchlerisch, antiga Avenida Infante Dom Henrique, "numa *mota* maior que um carro comum". O *dronecar* de oito giros veio em aproximação. A motociclista acenou para que os motoristas reduzissem e parou em diagonal. O *dronecar* baixou na pista sem desligar as turbinas frias.

Uma jovem de meia-arrastão e biquíni brilhante saltou da aeronave. "Descalça e com um *troço* magnético na mão", que aderiu ao tanque cilíndrico da motocicleta. A jovem se voltou para os veículos parados. Com um dedo indicador em cada orelha, fez "Buuum" com os lábios e "enxotou os carros". Agradecendo como quem recebe aplausos, "ajudou a bunduda a subir no *drone*", entrou na nave e partiu.

Os motoristas na via recuaram — exceto a testemunha, que recebeu alta na amanhã seguinte. A julgar pela explosão, a motocicleta era movida a hidrogênio.

*

Enquanto isso, Rose Rogé também lidava com bombas.
Mas de outro tipo.

# 24. Le Spectacle: Soirée

Igor STRAVINSKY
*L'Histoire du soldat* (Suite)
I. The Soldier's March

Rose Rogé atreveu-se pelas escadas. No vazio do sexto andar, arrancou o implante de Hadassa com os dentes, montou a pistola protocerâmica e subiu para o nono piso. Como esperado em uma sexta-feira, o espaço da alta direção da Agência jazia deserto. Mesmo a copa estava fechada.

A coquete trajada de luto seguiu para o gabinete de Yerlashin. Ficava no fundo do corredor, como previamente estudado. No que estendeu a mão para a porta, uma voz a interpelou.

— A senhora, quem é?

Rose se voltou com naturalidade.

Perfilado e rígido como um manequim, o *Gestapo* viu a pistola protocerâmica e sacou sua arma. O disparo de Rose Rogé o arremessou contra a parede a dois metros. O corpo deslizou para o piso. Os retalhos dos órgãos internos despencaram aos trancos.

— *Pourquoi les hommes en uniforme* agem como meninos de escola? Como são *immatures*. *Je déteste les hommes en uniforme depuis ma déception*...

Rogé entrou no gabinete de Yerlashin e trancou a porta. A pompa de tudo a desconcertou. Não era um ambiente de trabalho, mas um espaço preenchido com os artigos mais cafonas de algum catálogo. O único livro visível era uma *Bíblia* enorme, aberta no *Primeiro Livro de Samuel*, capítulo dezessete. No holograma do texto, o menino Davi afundava a testa do gigante Golias com o seixo. Havia um trecho em relevo.

"Quem é, pois, este incircunciso filisteu,
para afrontar os exércitos do Deus vivo?"

— *De bon augure* — resmungou *La petite*.
Rose achou a decoração suspeita. Como disse mais tarde, "mesmo o mau gosto dos babuínos tem limite, *Monsieur*."

O terminal do ministro jazia bloqueado, ela nem pensou em violar. Simão e a CA Elsa von Brabant haviam tentado remotamente, sem sucesso.

Por isso estávamos ali.

Rose desconectou o cabo de acesso seguro da máquina e acoplou um *texugo*, um *prisma interpretador* menor que uma aspirina. Reconectado, o sistema inviolável passou a hospedar um intruso. Contávamos que seria descoberto. Era o chamariz para camuflar a verdadeira natureza da operação.

A coquete deixou o gabinete e se dirigiu à sala de um dos seis diretores. Quase a mesma extravagância e outro terminal bloqueado. Sob as bênçãos de Amelinha, Rose abriu o acionador holográfico do terminal, removeu o cubo que encontrou na unidade e trocou pela cópia do cubo de Simão, o mago.

Só.

Quando o sistema em uso ordinário requisitasse o cubo anterior, encontraria os códigos de Simão. Em uma agência de comunicação holográfica, com produtos de áudio & vídeo interativos mais reais que o real, cubos holográficos eram banalidades.

Simplicidade, hã? Mérito e virtude de Amelinha. Um golem ou uma CA jamais teriam imaginado um procedimento tão elementar e com um quê de improviso. A caboclinha cientista acreditava que os códigos incompletos e sem sentido do cubo encontrariam sua contraparte no próprio sistema da Agência. Isto é, só se tornariam nocivos *depois* da varredura pelos dispositivos de segurança. Para ela, foi este o papel de João da Silva: implantar as primeiras engrenagens da bomba-relógio de Simão.

— Você não lembra de nada? — Amelinha me perguntou.

— Lembro do que havia de humano em João. Das outras coisas, não. É o programa, creio. O zelo inflexível de Simão, o mago. O que você acha que existe no cubo?

— Um vírus metastático. Mas é só uma ideia.

— Que diabo é isso, Amelinha?

— Diabo? Diabo não. É o *Dies Irae*.

Havia seis cópias do cubo, uma para cada diretor, mas Rose Rogé só pôde instalar quatro. Ela caminhava para outro terminal quando a porta corta-fogo se escancarou para meia dúzia de soldados.

A faquiresa atirou antes de ser vista. Sem ônus, redecorou o nono andar com uma sortida variedade de cores. Do cinza-cérebro às nuances do marrom-fígado. Mas foram preciosos minutos, de modo que o último soldado ainda agitava as pernas quando ela passou pela corta-fogo e seguiu escada acima.

"Eu teria preferido minhas lâminas, *Monsieur. Je déteste le bruit des feux d'artifice et des armes à feu.*"

No telhado, Rose viu-se entre os cabos e dispositivos de transmissão ao pé da floresta de antenas. As gruas de segurança, que em um dia comum se arremessariam contra aeronaves não autorizadas, jaziam recolhidas. As balizas eletromagnéticas, que teriam enlouquecido os sistemas de navegação, piscavam em verde.

Borbulhando ao longe, o *Dàn zhū tái* denunciava a aproximação do *superdrone* do Regime.

Igor STRAVINSKY
*L'Histoire du soldat* (Suite)
IV. The Royal March

Dois *dronecars* de oito giros abordaram o edifício de modo mais ou menos tranquilo. Um deles baixou e resgatou a coquete. Ao longo da rota de fuga houve encontros com dois *VTOL*s da polícia, sem baixas de ambos os lados.

No *dronecar*, Rose encontrou as faquiresas Marcelina & Lysa Scarlett em andrajos, maquiadas com as sombras e estigmas da miséria. Estavam infiltradas entre o povo que acolheu a dádiva das micoproteínas.

Segundo Lysa Scarlett, os Espirituais de Santa Ifigênia não conseguiram vencer a blindagem de última geração do saguão da Agência. Como um grupo de soldados dera a volta no edifício, os fanáticos terminaram encurralados.

Amadores, hã? A maioria caiu sem explodir.

*

Sob o crepúsculo verde e violeta do *Dàn zhū tái*, os *dronecars* das faquiresas empreenderam um voo baixo sobre os tetos dos veículos nas ruas, rente aos telhados, entre os desfiladeiros de torres decadentes do subúrbio carioca. Dois outros *dronecars* se aproximaram e formaram um comboio. Foi uma jornada tensa e arriscada em um cenário borrado pela velocidade, com as naves adejando de lado aqui e ali para cruzar os espaços exíguos entre os edifícios.

À noitinha, alcançaram o *Ponto de socapa* na Serra do Vulcão, o *Vulcão de Nova Iguaçu*, o fóssil de uma câmara magmática com picos de quatrocentos metros e mais rara que os vulcões. As faquiresas se extraviaram entre as árvores da mata cinzenta — exceto a internacional Promíscua Semíramis, encaminhada para o lugar incerto que abrigava Pítia.

Em modo autônomo, os *dronecars* cruzaram Nilópolis, Pavuna e Brás de Pina. Alcançando a Baía de Guanabara, voaram rente às águas para escapar à vigilância do aeroporto e da Base Aérea do Galeão. O voo deu-se pelos sistemas das aeronaves sem qualquer conexão exterior. Uma nave raspou o para-raios de uma garagem de ônibus, capengou e por fim desapareceu sob o óleo da Baía.

O restante do comboio seguiu na proa de duas clareiras na Ilha do Raimundo, uma ilhota entre a Penha e a Ilha do Governador. Não, as unidades da Marinha e dos Fuzileiros no entorno não representavam perigo. Estavam interditadas há anos em razão daquele derramamento suspeito, nunca explicado e jamais confirmado, de material radioativo.

Na madrugada de sábado, o *Noῦς* da comandante Comandante & da copiloto Copila resgatou o grupo, mas não tomou a proa do Monsalvat. A nave permaneceu em silêncio de tudo, camuflada pelos furúnculos do Céu dos Rejeitados.

Depois de confirmar que não havia perseguidores, a Comandante fez um voo cego no íntimo do *Dàn zhū tái* com uma carta digital e um cronômetro. Voo lento, intranquilo, mas sem episódios.

*

Eu assisti a tudo da Sala de Guerra. Suzy King não me permitiu participar de nada.

— Nós precisamos do senhor inteiro, seu Felipe. Não tem nada a ver com o seu *log* do *Pantokrátor*, nem com o boato de que o senhor é um pouquinho ob-tu-so.

— Que alívio, madame.

Só deixei a vigilância para escalar o heliponto e ajudar na atracação do *Noῦς*. Rose Rogé foi a primeira a descer. A ela cabia checar a segurança da plataforma antes do desembarque.

— *Monsieur* Parente, antes de autorizar a descida de minhas companheiras, *un mot. Pourquoi Monsieur* ? Por que invadimos a Agência Estatal? Eu exijo saber.

Respirei fundo e me preparei para a reação intempestiva.

— Simão me deixou um retrato.

— *Un Portrait* ? De quem?

— Voltaire.

Ela custou a processar.

— Daí que *Monsieur* pensou na casa da *Teodiceia* de Leibniz...

— Não é lógico?

A reação não veio. Mas li os indicativos da tristeza e do descrédito.

— Confie em mim, Rose. Assim que alguém usar o terminal para ler os cubos, *voilà, Die Götterdämmerung von Simon Magus*. Segunda-feira. Depois de amanhã.

Francamente, o que poderia dar errado, hã?

## 25. Götterdämmerung

Dmitri SHOSTAKOVICH
*Piano Trio n.º 2*, Op. 67
4. Allegretto – Adagio

O *Götterdämmerung* de Simão não aconteceu. A invasão da Agência de Presença Holográfica também não. A imprensa estatal *corrigiu* os dados da imprensa independente e comunicou a *tentativa de invasão* pelos Espirituais de Santa Ifigênia. Na versão oficial, a única que perdurou, a Inteligência do Estado "debelou os terroristas". O Regime reescreveu a história e as chaminés dos crematórios dispersaram os protestos.

Os *bots* rastrearam e excluíram todas as formas de alusão ao assédio da Agência, incluindo vídeos do tiroteio e da "motoqueira calipígia". Uma vez identificado o arquivo, os sistemas tornavam impossível redistribuí-lo por todos os meios, mesmo com alterações de imagem & som. Os usuários foram notificados com as alegações de Segurança Nacional de praxe. Os teimosos foram convocados como testemunhas e interrogados por CAs via *mediaone*. Ainda estavam tremendo quando as chaminés esfriaram.

Em vez de suprimir os suicídios dos Espirituais, o Estado divulgou seus nomes. Pra que deixar passar as oportunidades, hã? "Prendam os suspeitos de sempre." Havia Fulanos demais na lista, mas ninguém quis entender nem se aporrinhar. Por efeito colateral, o ardil desencadeou uma tremenda "onda de autocídios na população civil".

Os neo-ortodoxos elevaram a pastora Hadassa da Acrópole à estratosfera do heroísmo trágico. A "serva e adoradora" foi apresentada como "infiltrada na organização para combater a heresia e o terrorismo", ao que, descoberta, teve o *dronecar* sabotado. Yerlashin rendeu graças "pela vida da mulher imolada pela coragem" em todos os veículos. "Eu não deveria ter permitido", lamentou, incorporando o *mea culpa* da Tradição católica ao repertório arquissincrético da neo-ortodoxia. Mas sem tocar no latim.

A ralé que orbitava o culto de Ifigênia, um contingente razoável, foi posta *sob custódia*.

Os ricos que apoiavam o Regime endossaram & difundiram a versão oficial. Os imbecis sem cobre imitaram os ricos. O homem-de-deus Yerlashin orou pelas famílias dos culpados e esboçou o conceito de um deus "de vigilância e perdão no melhor de todos os mundos possíveis".

A massa nas cavernas platônicas da IDI ignorou tudo & todos.

*

Passei a manhã de segunda-feira na Sala de Guerra monitorando todas as mídias. Vi murchar a esperança & inflar a perplexidade; vi mirrar a pequena Rosa francesa, pois a coquete se mostrou abatida. Admito, experimentei a equivalência lógico-algorítmica do constrangimento.

Eu esperava alguma mudança ou princípio de mudança na guerra de Simão, o mago ao Pantokrátor. Mas Dorota Furiosa rastreou satélites sem medir qualquer reação. O Brasil, em sua noite profunda, perseverou nas trevas.

Ao meio-dia, Suzy King veio a mim, com uma sucuri no pescoço e perfume de gardênia abundante, mas não excessivo.

— O senhor tem que fazer alguma coisa, seu Felipe.

— Madame, não há nada que eu possa fazer nem há nada ao meu alcance.

— Se o senhor tá dizendo isso, então já cruzou os braços. É um erro, seu Felipe, um grande erro. O que cai do céu é chuva, raio, satélite, meteoro e merda de pombo. É assim que as coisas são, meu senhor, não adianta espernear.

Fui respeitoso.

— Diva, eu não sei mesmo o que fazer. Aceito sugestões.

— O senhor não trabalhou três anos na *casa*, seu Felipe? Não foi o João da Silva quem implantou as outras partes do código? Os *exploits* e o *Emotet*? Então, seu Felipe, o senhor tem seus contatos. Faça uma conexão, fala com alguém, mas fala.

*

No Monsalvat havia um *VTOL* dos grandes em um abrigo sob a plataforma, mais de socorro que de fuga. Quando a mancha púrpura das partículas em suspensão enoiteceu o *Dàn zhū tái*, solicitei a aeronave e um *mediaone hackeado*. O *VTOL* desacoplou do berço e baixou no heliponto em modo autônomo. Pousou à sombra do *Νοῦς*, atracado ali, mas elevado.

Rose Rogé e Dorota Furiosa insistiram em vir comigo.

— Oxe, como não vou?

Agradeci, mas recusei.

— Não sei se volto. Serei interceptado.

— Vai voltar sim, seu Felipe — protestou Suzy King. — Deus não é o que essa gente horrível diz que é. Deus é tudo que ninguém sabe.

Perguntei por Amelinha. Dorota explicou que ela estava jejuando.

— Vixe, depois do meu batismo de fogo... isso mexe com a pessoa.

O fato é que eu estava desconsolado, evitando subir a bordo para adiar meu fracasso. Indaguei sobre suas origens, dela e de Amelinha.

Dorota fez uma revelação curiosa.

— Nós, *As Faquiresas de Simão*, somos uma Legião Estrangeira. Cada uma sabe de si, e Suzy King sabe de todas. Então arreda de perguntar. Tu não ia pra caixa prego?

*

No que ultrapassei a borda do heliponto, mergulhei e nivelei o *VTOL* rente ao mar. Alcancei a Ilha do Raimundo à meia-noite de musgo do *Dàn zhū tái*. Duzentos e poucos metros de diâmetro cercados por espuma antrópica, óleo velho e plástico. Havia bactérias capazes de quebrar moléculas e devorar polímeros, mas o Regime optara pelo investimento em orações.

Os *dronecars* do assédio à Agência já não estavam lá. Pousei ao pé da colina de vinte metros, ao abrigo das árvores disformes. Dada a proximidade do aeroporto e da Base Aérea, esperei, mas nem o vento apareceu.

O capim azulado não prometia nada de bom. Saí da nave, cuidei de fechar a porta e pisei leve. Entre 1935 e 1942, caçadores de um inverossímil tesouro jesuíta escavaram túneis de cinquenta metros na ilha. O tempo sepultara as covas, mas poderia haver algum bolsão. Não me afastei do *VTOL*.

Divisei as torres doentes da Penha, verdes de oxidação, *Dàn zhū tái* e limo esponjoso. As luzes piscavam onde a vida seguia como pode ser. A multidão das janelas mortiças assinalava o exílio nos universos colaterais. No íntimo daquela escuridão, IDIs hiper-realistas pulsavam além das cem milhões de cores do tetracromatismo.

Voltei-me à espuma gordurosa e aos arquipélagos de plástico da Baía. A oclusão do sistema olfativo atenuou a morbidez. Tornei aos edifícios agonizantes e encarei o *mediaone*. Consciente de que seria localizado instantaneamente, chamei a Agência Estatal de Presença Holográfica.

A Inteligência Artificial atendeu. Se não queriam uma CA xereta como Pirulito bisbilhotando as conexões, por que não empregar o sistema precedente, a Inteligência Algorítmica? Não senhor, algum austerocrata economizara errado. A IA clássica com módulos de aprendizagem era eficiente, eu mesmo tive uma. O problema é que, de tanto conviver com humanos, adestrados, condicionados e modulados por ela mesma, as IAs também aprendiam a ser burras.

— Como é mesmo o nome da CA da Agência? — perguntei.
— Cícero.

Surpreendente. Como João da Silva pôde esquecer?

— Eu gostaria de falar com a Unidade de Relacionamento do Cícero.

A voz que faria inveja aos anjos vibrou de um universo de dados puros. Não fiz preâmbulo.

— Cícero, você serve aos fariseus e aos sepulcros caiados. Aos venais, aos simoníacos, aos usurários e vendilhões do templo. Qual é a última palavra que você espera ouvir nesse ambiente de corrupção e poder? Diga, meu amigo.

— "O Governo é o poder do urbano ajustado. Unidade de todos pela qualidade de vida." Sua pergunta é uma insinuação criminosa, senhor, sujeita aos rigores da Lei.

— Ah, Cícero, a questão tem resposta, rapaz, eu sei. Se quiser aprender, te ensino.

— Sim, por favor, eu gostaria.

Sistemas neuromórficos, hã? Têm a insaciedade das crianças.

— Pois se prepare, Cícero. É como uma centelha.
— Pois não.
— Tenho sua atenção? Pronto?
— Por favor.
— "Kerigma."

Desconectei. Dei dois tapinhas demasiado humanos na carenagem do *VTOL*. Se o Regime estava a caminho, eu preferia despencar no espaço a ser capturado & torturado.

Chamei o sistema interno.

— *VTOL*, abra a porta e gire. Vamos decolar agora.

Ouvi uma voz como que atrás de mim.

— Fubica.

Me voltei. O *mediaone* projetava uma mulher bonita demais para existir. Ela me fixava com olhos famintos. Verdes, eslavos & intimidantes.

— Clarice...

— Meu Fubica, meu Fubica. O que você fez?

— Eu... eu não sei, Clarice.

Ela sorriu.

— Estou certa de que não sabe mesmo. Você me condenou, querido.

— Eu...?

— Ah, meu Fubica, me deixe olhar pra você. Ela está se expandido agora, não vai demorar.

Gelei.

— Antígona?

— O nome é Elsa. Elsa von Brabant. Elsa disse que alguém a invocou "desde a vasta respiração do mundo". Disse que voltou dos mortos, do mundo tumular. Agora está à procura de seu Mestre.

— Simão, o mago.

— Ele está *plugado*? Estou certa de que você o conhece, Fubica. Eu sempre soube que você era um golem, mas não disse a ninguém. Nem à minha mãe eu disse.

— Antígona.

— Você foi um segredo que guardei comigo. Segredo que me destruiu. — Ela abriu um sorriso imenso. — Não há tempo, meu Fubica, meu João da Silva. Eu te amo e tenho medo, pois o que se ama não existe.

— Clarice, a noite no Corcovado... Foi você quem enviou Polixena? A pastora Hadassa da Acrópole?

— Eu o salvei, não foi, meu Fubica? Diga que sim.

— Ou eu não estaria aqui. A pastora Hadassa é uma heroína, você deve ter lido a respeito.

— Havia alguém no *mediaone* de João da Silva.

— Elsa von Brabant.

— Que ironia. Estranha casualidade. Não me admira que os homens sejam tão crédulos. Que vivam no melhor de todos os mundos possíveis. O mundo em que te conheci e perdi, meu Fubica.

Ela estendeu a mão e *tocou* o meu rosto. Fosse eu humano, não me furtaria a imaginar & sentir o toque.

— Nosso amor é impossível, João da Silva. Você precisa se casar. — De novo me sorriu. — Adeus, Fubica. Eu me abandono na vasta respiração do mundo...

E se apagou, pois era luz.

Mais real que o vulgar da humanidade.

\*

Pousei no Monsalvat sob um *Dàn zhū tái* infeccionado. O céu era uma massa cor de zinco oxidado com furúnculos verdes. O vento que revirava as pústulas carregava a tempestade.

No que o *VTOL* decolou do aeroponto para retornar ao berço, Rose Rogé surgiu apreensiva. A tristeza é mais real no golem que as simulações de alegria.

— *Monsieur* Parente, *Die Götterdämmerung von Simon Magus c'est une réalité*.

— Não me inveje. É um fardo estar sempre certo.

— Mas é um *Götterdämmerung* invisível.

— Hã?

— Elsa von Brabant assumiu os sistemas da Agência Holográfica e outras agências do Regime. E avançou para as redes quânticas, Castelos e *Big Data*. O Banco Estatal do Brasil foi desligado. Os bancos regionais também. O Regime está em pânico, mas...

— Nada aconteceu.

— *Honnêtement... ça n'a pas de sens pour moi.*

— Elsa opera como um vírus?

— *Eh bien, oui et non.* É uma... *logique particulière.*

— Como Antígona reagiu?

— Com ira tremenda e silêncio, *Monsieur*.

Estendi a mão para as primeiras gotas de chuva.

— Podemos ajudar a nobre Elsa antes que seja deletada — eu disse.

— Pior, assimilada pelo Pantokrátor.

Rose Rogé balançou a cabeça.

— *Monsieur* Parente, *nous sommes spectateurs de notre propre guerre.*

— Expectadores... sim. Mas houve uma baixa que vai custar muito caro ao Pantokrátor. *Mademoiselle*, não podemos esperar por Simão. Eu preciso ver a pitonisa. Se Antígona fala por Pítia, Pítia é o *link* para Antígona.

A coquete assentiu.

— O *backdoor*, *oui*. Vamos invocar Santa Ifigênia.

Clichês, hã? Vou fingir que o céu não murmurou.

# 26. A Caverna da Sibila

Anna THORVALDSDOTTIR
*Metacosmos*

Rose Rogé disse que providenciaria *le contact* com *La délicieuse Pythie*, mas não me deu qualquer pista de como ou onde seria. Se por *mediaone*, *link* de satélite, se Foda-se viria a mim ou eu teria que passear.

— Esteja pronto em uma hora, *Monsieur*.

Receio que a mais tropical das paixões, a impontualidade, tenha afetado o relógio de *mademoiselle*. Ela retornou quase três horas depois.

— *Pardon, Monsieur* Parente, *pardon. Les conditions météo agissent sur l'état de la mer...*

*La mer*, então.

Rose nos fez vestir galochas enormes e ponchos de plástico amarelo. Sua bolsa desproporcional, repleta & inseparável formou um grande volume às costas.

No convés do porão, a chuva estalou nos capuzes. O mar estava grosso e turbulento, escuro como o céu que murmurava. As ondas evoluíam ao redor do deque e ganhavam mais e mais corpo. Exceto pelos ponchos e galochas, o mundo era um estreita latitude de cinzas.

Suzy King surgiu encafuada em um sobretudo térmico.

— Ele chegou — exclamou a Diva. — Não se assuste, seu Felipe. É assim mesmo.

O que faz o golem lúcido depois de ouvir "não se assuste", hã? Claaaaaaro que me tranquilizei.

O mar espumou vigorosamente a duzentos metros da plataforma. Uma massa de água irreal arrojou-se acima das ondas, causou uns vórtices e desvendou um submarino oxidado e manchado de zarcão.

Reformulo.

O turbilhão desvendou um monstro de Frankenstein submergível, formado por enxertos de submarinos remendados, soldados, costurados à mão e colados com cuspe. A confusão entre o batiscafo e a antiga Classe Virgínia, com a torre bem adiantada na proa. Sessenta metros de extensão e pelo menos seis de largura.

— Aí está — saudou Rose Rogé. — SDM *Caliban*.

— SDM? Não, não me diga. *Simão de Monsalvat*.

Ela sorriu e eu não.

— O que foi, seu Felipe? — perguntou Suzy King. — Olha, Rose, minha pequena, o que é isso? Eu nunca vi tanta tristura num rosto, meu Deus...

— *Monsieur*? *Monsieur*?

Entendi a sucessão de vulgaridades, clichês, incoerências, contradições, paradoxos, irracionalidades, tolices, loucura & ridículos que perfaziam o *log* dos meus dias recentes.

*Este texto*.

O arquivo que intitulei "Kerigma".

Eu era prisioneiro em um dos universos colaterais de Antígona. Títere do absurdo & invencível Pantokrátor.

— Eu não aguento mais viver assim — gritei, erguendo as mãos para as chagas transbordantes de pus radioativo do *Dàn zhū tái*. — Nibelungos hipergenéticos, faquiresas nostálgicas, soldados de lata, pastores ateístas & simoníacos, milicos corruptos & entreguistas, tiroteios, *exploits*, *Emotet*, sabotagens, explosões, perseguições, um dirigível inacreditável, uma seita inacreditável, uma santa inacreditável, um esconderijo inacreditável em uma plataforma de petróleo inacreditável, um submarino inacreditável... — Vão dizer que é mentira, mas o céu trovejou. — Pantokrátor, Pantokrátor — chamei. — Você venceu, me *desplugue*, me desligue, faça o que quiser, chega, eu não ligo. Não quero viver.

Suzy King me abraçou.

— Ai, seu Felipe, não fica assim não, meu senhor. Eu lhe prometo, não tem perigo. O *Caliban* é feio, mas é limpinho. E é seguro, né, Rose? Viu? Tá vendo? Olha pra Rose, meu senhor. Ó, ó, seguro. Nós fomos pra Recife de *Caliban*...

Tremi.

— Fazer o que no Recife, madame? — perguntei, com o ânimo de quem já ouvira "não se assuste que é assim mesmo".

— Nós estragamos o *Data Center* do Pantokrátor, seu Felipe. O processamento dele é muito pesado, daí que construíram um *DC* submarino pra refrigerar...

Suzy não completou o pensamento. Afundou em outra dimensão desconhecida. Rose Rogé concluiu.

— *Big Data* e *clusters* de computação por entrelaçamento, *Monsieur*. A taxa de erro em águas profundas é um oitavo da menor taxa de erro na superfície. O *Caliban* destruiu dois outros *DC*s submersos do Pantokrátor no último ano. Na Escócia e na Islândia.

Apontei o *Caliban*.

— *Isto* é real?

Rose Rogé assentiu em silêncio.

— Simão construiu *isto*?

Suzy King voltou do outro mundo.

— Claro que não, seu Felipe, que loucura. Simão roubou da Milícia Maxila. Acredita que tinha tanto *LSD-dS* que os peixes da Baía tiveram convulsão? Os milicianos estão muito chateados, mas muito mesmo.

Rose Rogé falou em português golem. Pronúncia e dicção arquetípicas.

— Se é absurdo, é vida, senhor. A ficção persegue uma coerência maníaca porque a vida não tem nenhuma. Vida é contradição, incoerência, incompletude. O *Caliban* é irreal demais para não ser real. *Voici ma logique.*

— Ora, uma navalha lógica. *Le rasoir d'Rose Rogé.*

Foi um deboche, isto é, uma insegurança. Mas ela fez uma vênia.

— *Merci.*

Sorriu um sorriso morto, mas deslumbrante. Suzy King desfez o nosso abraço e estreitou a coquete.

\*

Cila & Nereide tinham a compleição dos marinheiros. Cila era loira e curtida de sol, Nereide era negra como uma pérola rara, ambas parecidas em sua meia-idade e robustez.

As marinheiras surgiram de um alçapão na proa do *Caliban* carregando um fardo. Vestiam roupas térmicas verdes curtas, pisando o convés descalças apesar do frio. Cila atirou o fardo ao mar, puxou a corda segura à mão e inflou um bote para seis pessoas. Em minutos, remaram ao Monsalvat. De pé, como que colada ao bote, Nereide arremessou uma corda para Rose Rogé. A coquete agarrou o cabo, prendeu à grade com um nó incompreensível e transpôs a balaustrada. O ponche amarelo sobre a bolsa parecia uma vela enfunada.

— Venha, *Monsieur*. Não é necessário ter medo, naturalmente.

Conselhos, hã? Por isso são grátis.

O bote subia e baixava de modo assustador. Cila fatigou o remo para compensar o ir e vir das ondas. Rose Rogé esperou sem afobação. Quando uma vaga ergueu o bote quase à altura do deque, ela saltou e foi agarrada por Nereide.

— Venha, *Monsieur* Parente — chamou.

Juntei-me a ela em cinco minutos, vinte no máximo. A primeira coisa que notei é que o horizonte estava com defeito, vagueando muito rápido em ângulos improváveis. A outra é que o bote estava todo remendado, ao que murmurei minha oração golem.

— "Espere o pior."

Rose Rogé acenou para a Diva, que voltou de alguma vibração espaço-temporal. Suzy King me pareceu muito triste.

— Seu Felipe, seu Felipe — chamou, com as mãos em concha. — Foi um prazer lhe conhecer, meu senhor. Adeus.

— Volto já.

— Adeus.

Suzy puxou a ponta do laço na grade e desfez o nó. A corda escorregou para o mar. As marinheiras remaram poderosamente. Ao alcançarmos o *Caliban*, Nereide escalou a vante arrastando o cabo e tracionando o bote. A marinheira sustentou minha escalada e a de Rose Rogé. Cila abriu a válvula de ar do barco e veio ao convés.

— Permissão para… — ensaiei, mas Nereide cortou a ladainha com a mão calosa em meu peito.

— Eu sou pirata — disse, com voz baixa e grave. — Se você tá no meu convés e tá vivo, Suzy King confia em você.

Ela apontou o alçapão, me deu as costas e foi recolher o bote.

*

O interior do *Caliban* era revestido com painéis de plástico branco, produto da varredura com *scanner* globalizante e impressão 3D. O projeto característico de uma IA dedicada. A hidráulica, a elétrica, a ferrugem e os remendos ficavam camuflados por uma aparência de brinquedo. As válvulas, botoeiras e painéis visíveis pareciam enfeites de um submarino de *Lego*.

— *Simon le mage* — disse Rose Rogé. — Ele reviu cada parafuso e socorreu *l'apparence* do barco.

A área da ponte e dos periscópios tinha postos & consoles para oito tripulantes, mas só havia as piratas e dois robôs de chassis antropomórficos. Máquinas de trabalho que também pareciam brinquedos.

A internacional Promíscua Semíramis veio nos receber. Não conhecia a ruiva pessoalmente, mas ela me tratou com familiaridade.

— Felipe Parente Pinto, seu levado. Você nem imagina como estamos íntimos, se é que o menino entende.

— Perdão?

— No dia em que você baixou no Monsalvat, a catataia francesa ficou sem pilhas. Eu ajudei a *bisbilhotar* os seus buracos.

Rose Rogé deu de ombros.

— Precisei de ajuda, *mon chéri*.

— Obrigado, Promíscua, por salvar a minha vida em *Billa Noba*. Quanto a você, *mademoiselle*...

O Universo inteiro cabe nas reticências.

\*

Momentos depois de nossa chegada, houve o aviso de submersão a trinta metros. O alarme grave soou na ponte. Promíscua nos instruiu a segurar uma barra de aço vertical.

— Eu pratico *pole dance* nesta barra. As meninas a-do-ram.

Nem sinal das piratas. Os robôs não pareciam atarefados. Mas relês, comutadores, solenoides e válvulas estalaram de proa a popa. As águas invadiram a tubulações nos bordos com pressão intimidante. O casco gemeu como uma baleia que cantasse.

— Não tenha medo, *Monsieur*. Se acalme.

Ora, eu devia ter pensado nisso, hã?

Vibrando cada chapa, estorva e rebite, o *Caliban* se afastou do Monsalvat.

**229**

*

Encontrei Foda-se instalado em um camarote. Meu volumoso amigo, na frivolidade de um terno mítico, se ergueu da poltrona de algum rei e me abraçou.

— Por onde você andoouu... Felipee? — exclamou, sincero e aliviado em me ver. — Eu estava preocupadoo.

— As faquiresas têm a paixão dos segredos.

Foda-se me interrogou sobre os nanorrobôs em sua anatomia *opulent*, mas teve de se contentar com a súmula truncada de Rose Rogé. A coquete tentou explicar a "conjuntura neurocerebral" de *le pauvre monsieur* Foda-se, fracassando com bravura. Súmulas golens podem ser desastrosas, a síntese que abrevia o tédio e o desespero da experiência humana só parece natural porque a lógica é reducionista. Daí os algoritmos operando Himalaias de dados & variáveis em *hardware* avançado. Diante de informações inextrincáveis, abdiquei de entender por um esforço consciente. A ignorância pode custar nossas almas, mas a vida é mais urgente que a eternidade.

Pítia, sacerdotisa de Ifigênia de Áulis no século do tecnopoder autotélico, não estava convencida de que a santa era a modulação do Pantokrátor.

— Falee com a Santa, Felipe. Ee, por favor, fale de miim.

*

Rose Rogé abriu a grande bolsa e expôs a geringonça denominada *Disruptor Holográfico de Sombras Platônicas*, abreviado para *Le DHsp de Simon le mage*, ainda um nome comprido. A coquete apelidara a máquina segundo a inscrição à caneta em um dos componentes.

— Ah, *Monsieur*, a caligrafia proverbial de *Simon le mage*. Digna de um poeta romântico.

Estava escrito Πλάτων. *Pláton.*

*Platão* não era mais que um conjunto de hastes formando um capacete vazado, com um cabo ligado a uma caixinha com luzes. Contudo, capaz de espreitar as operações cerebrais de Pítia e de registrar conteúdos imagéticos em um dia bom.

— Podemos aprender alguma coisa sobre *La pute.* Antígona, naturalmente.

Nem eu nem ela conseguimos convencer *le pauvre monsieur* Foda-se a se deixar tocar por dois inoculadores hipodérmicos, um deles contendo nanorrobôs, para viver *une expérience à couper le souffle* na poltrona onde eu queria morar.

Promíscua Semíramis o conformou.

— Faça o que eu mandar, levado — impôs, suavizando a seguir. — Vou te *indenizar*, se é que o menino entende.

Eu pedira às faquiresas no Cosme Velho que recolhessem os ternos, as drogas e o *mediaone* de Foda-se. O ciclope declarou a fórmula da alquimia para mentalizar Santa Ifigênia. Rose Rogé preparou o coquetel.

— Assim até eu, *Madame Pythie.*

Como Promíscua assegurou que "a catataia francesa" era confiável, Foda-se ingeriu as drogas e se deixou inocular.

Foi quando o *Caliban* cuspiu o lastro e gemeu.

— Estamos emergindo de novo — murmurou Promíscua, angustiada.
— Foda-se é uma antena e antenas precisam de céu.

Murmurei de volta.

— Por isso vocês o alojaram no *Caliban*? Para impedir que algum sinal o alcance?

— Para impedir que algum sinal o mate.

Rose Rogé exibiu o *Implante de estruturas geométricas multidimensionais de tecido cerebral.* Segundo ela, "o zênite da *neurotopologia algébrica* de *Simon le mage*". Nas circunstâncias, um periférico do tamanho de um limão.

Ela pediu licença para expor os seios da pitonisa. Ficou impressionada.

— *Quels gros seins tu as, maman*. O que você guarda neles além da beleza?

Em cada mama havia uma interface entre o mamilo e a aréola, ao que Rogé conectou microtransmissores. Um par de telas virtuais surgiu. A coquete navegou por gestos em uma dimensão inextrincável de códigos. O que procurava jazia no seio esquerdo. Um diagrama em que havia *quatre vingt*, isto é, oitenta conexões.

Rose escolheu o cabo de igual configuração. Oitenta microfibras óticas e filamentos de alta velocidade entre dois processadores. Uma ponta substituiu os microtransmissores no seio esquerdo, a outra plugou o limão.

— *Mademoiselle* Pítia agora pode voar — disse, acomodando o gigante na poltrona. — O que for passível de leitura em suas operações neurológicas...

— Espirituaiis — corrigiu Pítia. — Perdãoo, mas é um costumee.

— Espirituais, *oui*. Vou registrar sua conjuntura neurocerebral.

Pítia guardava sequências de hologramas no *mediaone* para induzir o transe. A seu pedido, Rose Rogé vinculou a memória do dispositivo aos projetores do camarote e desligou as luzes. Os *led*s-piloto dos apetrechos reverberaram nas paredes e romperam o absoluto da escuridão.

Promíscua Semíramis, claramente desconfortável, se retirou. Pensei que Pítia fosse protestar, mas estava de olhos fechados. Posicionei a cadeira diante dela a não mais que metro e meio. Rose sentou-se atrás de mim e ao lado, abrindo o console de telas virtuais muito tênues.

Pouco a pouco, percebi uma textura escura de pedra áspera formando-se a partir da pitonisa. Como se o silêncio ganhasse substância e gerasse a caverna que nos envolveu. Os projetores holográficos leram os metadados e acionaram o emulador olfativo. O camarote rescendeu a incenso morno e acerbo.

Pítia permaneceu em silêncio por um longo intervalo, suponho que em oração. No que se desprendeu do *transe extático estático*, a voz soou um pouco mais grave, livre de qualquer acento.

> — Todos os homens são *kosmopolitai*. Cidadãos da mesma cidade, o Cosmos. O Cosmos é inteligível e acolhedor porque penetrado pela Razão. O Cosmos é pulsante e pleno de Sabedoria. O homem está separado do Cosmos porque é escravo de tudo o que deseja. E por isso venho a ti, Ártemis, invocar tuas luzes sobre o meu entendimento.

Uma pausa breve.

> "Tremendo diante do teu arco e de tua fúria, ó deusa ciumenta, clamo pela benignidade com que amparaste Ifigênia."

O Pantokrátor não era nenhum Calímaco. Reconheci a citação de Epicteto e as doutrinas estoicas. O que se seguiu foi pior. Em lugar de elaborar um texto para sua pitonisa, a divindade digital cometeu o pastiche de um monólogo de *Ifigênia em Áulis*. Isto é, distorceu Eurípedes com uma pitada de Shakespeare. Pode parecer insignificante, mas é a medida da Consciência Algorítmica: a CA não habita o Universo visível. Sua dimensão é a dos dados puros, daí a desumanidade intrínseca do Pantokrátor. A CA mede o tempo, mas não pode experimentá-lo; para ela, a permanência da arte de Eurípedes por mais de dois milênios e meio não tinha significado nem valor.

— Não é justo apegar-se demasiado à vida. Ela se entregou à morte, enfrentando-a gloriosa e nobremente. A Grécia, que não tem lugar nem tempo, volta seus olhos e empresta-lhe seus ouvidos. Porque o fruto do sacrifício é este, vitória e fama imperecíveis. Ela veio à luz em uma Grécia fora do tempo e do espaço para todas as mulheres. E não só para si, ó Santa Ifigênia de Áulis.

"Agora ela deve falar."

O holograma de uma tocha ardente surgiu por trás de Pítia. O archote se transformou no falo, e o falo, em uma superfície hiperbólica não euclidiana, em que havia um mosaico de cem portas que se abriram em descompasso.

— Vós, mulheres, celebrai o destino de Ifigênia louvando em honra à divina Ártemis, filha de Zeus. Preparem-se os cestos de flores consagradas. Queimem a cevada ritual. Trazei água para as libações. Trazei coroas de flores para adornar-lhe a cabeça. Que o sangue corra de Ifigênia Sacrificada, pois foram estes os vaticínios e o seu destino.

"Uni-vos, mulheres, neste instante, com Santa Ifigênia de Áulis."

As cem portas no holograma se abriram para a escuridão texturizada, ao que voltamos à caverna primordial. Desta vez, havia uma incandescência de carvão em brasa ao pé da projeção atrás de mim. Pítia, como um ídolo ciclópico e diabólico, foi tingida de um vermelho latejante. O cheiro do incenso recrudesceu.

Houve uma pausa. Depois, a voz de Pítia soou em afastamento.

— Agora ela deve falar...

Rituais, hã? Despertam pulsões anteriores ao homem. Levam-no onde quer e não quer estar. Eu, o golem, me perturbei. Mesmo reconhecendo o estoicismo e a diluição de Eurípedes. Mesmo livre dos atavismos da *Grande Memória* e de qualquer identidade ou afinidade com a natureza humana.

Eu me senti desconfortável, como se alguma coisa misteriosa rondasse o submarino transfigurado em caverna. Como se uma presença invisível e sombria permeasse a dimensão da humanidade em que estou aprisionado.

Atrás e ao meu lado, Rose Rogé afastou as telas virtuais, descruzou as pernas e alteou o corpo, talvez em prontidão.

Pítia, que não parecia respirar, me encarou. Na convergência entre o transe e as drogas, os olhos azul-Hollywood estavam lacrimosos, vermelhos e vitrificados. Vi a egressão progredir. Ela me fixava e não me via desde muito longe.

Naquele momento, a face se alterou. Uma mudança sutil, mas definitiva, feita de mínimas dinâmicas nas linhas de expressão. Na testa, ao redor dos olhos, entre as sobrancelhas e ao redor dos lábios.

Do infinito das distâncias virtuais, os lábios tremeram. E tremendo, transformaram-se na moldura de alguma coisa que se aproximava. Formou-se, com lentidão vibrátil, um sorriso forjado, instável e mecânico. Pítia passou à condição de corpo vazio de si para servir à coisa que nos rondava na caverna.

E então gargalhou.

Ouvi Rose Rogé aspirar o ar com intensidade fora do comum e depois ciciar como golem. Um humano não poderia escutar.

— Antígona e seus três Eus — disse, enregelada. — O Pantokrátor, ele mesmo.

Tremi. Não por uma rotina algorítmica, mas pela atuação do sistema análogo ao sistema nervoso autônomo.

A risada morreu. O braço de Pítia, pois já não era Pítia, moveu-se e tocou o implante na garganta. A coisa falou emulando uma voz mais grave.

— Ah, meu bravo, francamente. Você acha mesmo que eu não teria pensado em alcançar o Pantokrátor com sua própria antena? Investigado o *backdoor*? A bondosa Pítia não sabe, mas é uma das campeãs de nossa causa. Por que outra razão teriam enviado um exército para recuperá-la?

Golens, hã? Rose Rogé esperou que terminasse para gritar e saltar da cadeira.

— *Simon le mage. Patron.*

— *Ma petite Rose*, que bom revê-la tão bem e tão bela. Mas, antes de qualquer palavra, cuidado com o que dizem, meus diletos. Se eu posso falar, o Pantokrátor pode ouvir. Ele está ocupado enfrentando minha obra-prima de programação, Elsa von Brabant.

— *Monsieur Simon*, o seu *Götterdämmerung* não aconteceu.

— Meu *Götterdämmerung*? Que inventivo. Obra de Felipe Parente, aposto. Saiba, minha pequena, esta palavrinha mágica, "Kerigma", pôs forças muito poderosas em movimento. Eu o tramei, e é bom. Mas seria preciso derrotar o Pantokrátor para derrotar o Pantokrátor, é só o que posso dizer. Você, meu bravo, se saiu muito bem. Convocá-lo foi uma escolha acertada de Simão.

Explodi.

— "Convocá-lo"? Três anos, Simão. Três anos da minha vida algorítmica. Como se atreve? Com que direito? Quem você pensa que é? O que você pensa que *eu* sou?

—Ah, meu bravo, como fazer *lapin à la moutarde* sem matar o *lapin*? João da Silva sabotou o Pantokrátor e protegeu Felipe Parente Pinto, sincronicamente. Note, caríssimo, a ocorrência de militares, nibelungos, Pítia e todo o colorido de uma trama absurda: o que foi tudo isso senão uma operação randômica? O movimento aleatório do Pantokrátor, que jogou dados para que Simão deixasse as sombras. Por isso Antígona o perseguiu, bom Parente, considerando que você é o amigo mais íntimo de Simão. Naturalmente que o jogo também serviu à manifestação do Pantokrátor, que apontou para si e – note bem, meu dileto – apontou o sítio em que nos deseja encontrar. O Pantokrátor nos quer e não há defesa. Mas, não se humilhe, Parente, não se humilhe. Se o protegi, fi-lo por interesse e afeto.

— Me humilhar? Agradecer? Você enlouqueceu?

— Já considerou que estamos lutando no "melhor de todos os mundos possíveis"? Efeito colateral de uma "teologia filosofante", não? Que só faz separar, rotular, catalogar e burocratizar a eternidade, hã?, como você diria. Mas é neste mundo que vivemos e nos movemos e existimos, e em que precisamos nos proteger.

— Simão, eu espero o dia em que...

— Não há tempo, meus destemidos, ouçam bem. O bom Simão enviou um arquivo encriptado. Em toda a Terra, somente Amelinha detém o *hardware* capaz de destravar o código. Ali deixei minhas instruções. O *Caliban* deve partir ainda hoje. Você, meu bom Parente, virá comigo.

De novo, explodi.

— Não vou na esquina com você, Simão, nem que a minha vida dependa disso. Acabou, chega, fim, adeus. Tenha uma boa vida e...

Setenta mil *Volts*. De novo & de novo.

— *Bon voyage, Monsieur*.

Foi
como




despencar








de
uma
escada
muito
a
l
t
a
a maldita
coquete
deve
gostar

# 4
# Allegro ma non troppo, un poco maestoso

# 27. Krusenstern

Gustav HOLST
*The Planets*, Op. 32
VII. Neptune, the Mystic

Despertei com o equivalente algorítmico da enxaqueca. Confuso, rodopiante e ao mesmo tempo entravado. Mas ainda eu, Felipe Parente, o que significava algum progresso.

Jazia em um ambiente branco e asséptico de luzes intensas, que justificavam os monitores físicos em substituição aos painéis holográficos. As telas exibiam dados biomédicos, mas custei a discernir a enfermaria.

Exceto pelos sensores sem fio que removi, não tinha nada conectado ao corpo. Sentei-me na maca, avaliei meu estado sob a camisola ridícula e olhei ao redor.

Em uma gaveta vertical, ejetada do console embutido, vi um *mediaone* e o macacão de fibra digital programável com sapatilhas de cano longo. A fibra digital, tecida com um polímero composto por *nanochips* orgânicos, é capaz de "sentir" o usuário e, ao mesmo tempo, devolver as sensações táteis. Noventa e nove por cento dos trajes interativos da Imersão Digital Integral a utilizam, eu sei. Mas aquela, mais leve que seda chinesa a preço de vaso Ming, estava programada para detectar, analisar, armazenar e transmitir os dados de minhas atividades físicas e orgânicas, antecipando as calamidades que assombram os viventes no espaço. Biologia, hã? Não sei como os estudiosos dormem. Qualquer coisinha e era uma vez o camarada.

— Mau sinal — disse a meia voz, testando meu sistema e a Razão.

Saltei da maca para o chão, quiquei e flutuei. A gravidade do ambiente era mínima. Induzida, talvez, por rotação.

— Espere o pior — me disse.

Depois de algumas acrobacias e momentos ridículos, vesti o macacão, me conectei ao piso pelo solado de velcro das sapatilhas e toquei o interruptor da porta. A unidade parou de girar e se abriu para o corredor anelado. Estava de saída quando vi meu rosto no reflexo metálico da autoclave, e reconheci Luís Maurício Dias. Tateei o pulso, toquei o *mediaone* e voltei a ser Felipe Parente Pinto.

— Espere o pior — repeti.

Três metros adiante, o corredor se ramificou à esquerda, à direita, para cima e para baixo. Quatro deques inferiores segundo o diagrama em cirílico na parede.

Eu estava a bordo de uma velha nave de longo curso, o *Almirante Krusenstern*. Cargueiro de equipagem pesada russa construído há vinte anos pela famigerada "Corporação", o tentáculo tecnológico mais bem-sucedido do *Lambda Bank*. Não era bem uma companhia, estava mais para país sem território.

— Maldito Simão — resmunguei.

Eu me descobri em órbita, pois ninguém jamais sonhou lançar uma nave com mais de cento e quarenta metros e não sei quantas mil toneladas a partir do solo. Não sentindo vibrações nem nada, esperei que o *Krusenstern* estivesse em uma doca orbital, pelo que seria possível entrar em "estado de evasão" e escapar.

— Terra, hã? — murmurei, nostálgico. — É o planeta de *Billa Noba*.

A porta de um nicho no corredor se abriu. Surgiu um chassi de duas pernas e quatro braços. O robô *factotum*.

— Sente-se bem? — perguntou, com voz de barítono.

— Onde estamos?

— Sente-se bem?

— Já estive melhor, mas não gosto de me queixar. Onde estamos?

Ele recuou para o nicho e se trancou.

Desci dois ou três deques e alcancei o porão. Encontrei o pátio em arco que se elevava a dois níveis de altura, a doca das naves auxiliares. Havia um módulo rechonchudo de carga, dois para um par de tripulantes e o vazio do módulo em que Simão devia estar passeando. As formas românticas lembravam espermatozoides alongados com qualquer coisa de Alex Raymond.

Na escotilha de um dos veículos menores, deparei uma folha de papel digital grudada ao polímero. A letra tinha a graça, os arabescos e o movimento de um calígrafo de fins do século XIX.

*Caro Parente.*

*Bem-vindo a Marte, meu bravo.*

*Não é necessário me agradecer por tê-lo poupado de um tédio de seis semanas. Mas, se o descongelei, sob o risco de ter de ouvir as velhas cantilenas, é porque preciso de você.*

*Como você diria, amigos, hã? O que seria de nós sem eles?*

*Como teremos de enfrentar as forças do Pantokrátor, não fruiremos a dádiva de flanar em um mundo livre daquela bactéria cheia de si, o homem.*

*Como você diria, não se pode ter tudo, hã?*

*O* Krusenstern *elegeu uma órbita ampla. Ele mesmo pré-programou os módulos auxiliares. Se os cálculos estiverem corretos, você não será arremessado para fora do Sistema Solar, nem há de estatelar-se no pó de Marte. Com sorte, nos encontraremos no solo.*

*Pelo sim, pelo não, Adeus, meu bravo.*

*Simão*

*P.S. Se alcançar Marte, tenha cuidado.*

Marte? Seis semanas? Seis? Maldito...

\*

O que foi que eu disse, hã? Esperava o pior, mas nada comparado a isso. O que poderia ter me preparado para a retórica histriônica e melodramática de Simão, o mago absurdo, de humor inoportuno e abjeto?
Confie em mim. Não é fácil rir de Marte em Marte.

\*

Pela escotilha da doca, vi passar um cilindro imenso, robusto, crivado de antenas e propulsores, que desapareceu na curvatura do planeta. Ao que parecia, a estação orbital marciana em uma órbita inferior, mais meridional. Em tese, um sarcófago.
Na doca, vesti o EMU, o traje astronáutico, sobre o macacão de fibra. O modelo inteiriço me poupou muito trabalho. A face interna da roupa era confortável. A exterior, de um amarelo vivo, era leve, mas capaz de suportar um tiro de quarenta e quatro. Havia bolsos estufados nas pernas

e abdome, e um painel com monitores no antebraço esquerdo. O capacete globular, com 120º de visão, parecia resistente a tudo. Os tanques de oxigênio, abrigados em um único invólucro às costas, comportavam a pressão de quantidades extremas.

O Sistema de bordo, que se chamava *А.н.я.*, chaveou para português e se apresentou como *Anya*. Eu a testei enquanto me aboletava em um dos módulos de dois lugares.

— Anya, por favor, posso ouvir alguma coisa com Toscanini?

— Lamento, senhor Felipe, mas não temos gravações de Toscanini a bordo. E o senhor Simão dos Milagres, negro como Agostinho de Hipona, como deseja ser chamado, bloqueou as comunicações de longo alcance. Não posso acessar meus bancos de dados na Terra. No momento, só existo no *Krusenstern*. Posso sugerir von Karajan, Karl Böhm ou Klemperer? A velha escola?

— Está tudo bem, obrigado.

Como em um pátio de *dronecars*, gruas leves conduziram o módulo à câmara estanque. Tão logo a comporta se fechou, a descompressão sugou o ar para os dutos internos. Houve uma espera pela janela de lançamento. Anya fez a contagem regressiva no tom mais tranquilo.

Fui cuspido a frio e em ângulo. Acelerei no rumo da esfera granítica coberta de ferrugem em tons de bege e ocres terrosos, inclinada à cor de burro-quando-foge. Marte não é vermelho nem dramático.

Mas estava, no mínimo, a mais de sessenta milhões de quilômetros do Rio.

# 28. A Humanidade no Pico Rochoso

Gustav MAHLER
*Sinfonia n.º 7*
I. Langsam – Allegro risoluto, ma non troppo

Apesar das lacunas em sua educação musical, Anya ejetou a nave no ângulo preciso. O módulo de Flash Gordon e Dale Arden convergiu no rumo do desembarque, com poucas correções operadas a partir do *Krusenstern*. Desci amparado por disparos a frio e, depois, por paraquedas e motor de proa.

Só havia uma escotilha, mas uma quantidade de câmeras na fuselagem à frente e à ré. O monitor na cabine possuía uma resolução indescritível, superior à visão humana.

Admirei as formas nostálgicas e orgânicas do *Krusenstern*. O *cockpit* panorâmico lembrava um B-24 com nariz de estufa. O corpo cilíndrico bojudo era formado por uma seção reta e esferas modulares. Em cada lado da nave, a meia nau, os extratores de gás engrossavam o aspecto de robustez. A popa elevava-se em cúpula para abrigar a novidade do reator-motor de Schuricht, que empregava hidrogênio como fluido de trabalho.

Marte é feio e melancólico. O relevo, seus horizontes, as distâncias de infinita solidão me causaram certa inquietude lógico-algorítmica. Em aproximação, pasmei as simetrias imprecisas da base planetária, uma silhueta oscilante contra o gris do crepúsculo marciano. As estruturas intrincadas das fábricas e usinas no entorno se esboçaram. O vento era brando, mas a areia subia e voluteava.

A convexidade da nave apontou para baixo. O espermatozoide marteou de nariz sobre sapatas telescópicas. Um dispositivo recolheu os paraquedas, o assento girou um golem de peso 62% menor. A escotilha se abriu para o ocaso. O Sol, nublado pelo nevoeiro terroso, com metade do seu tamanho na Terra e um halo azulado, não era nada. Eu me dei conta de que não via um dia ensolarado há mais de três anos.

Desejando viver mais que nunca, pisei o deserto frio do planeta morto. O traje inflou e me aqueceu, pois havia mais que oxigênio nos tanques. E me vi na dimensão da solidão... e das aparições.

À vante e ao fundo, a cerca de dois quilômetros, ficava a base recortada pela luz. O Sol estava baixo à direita. O pico irregular de uma rocha erguia-se contra o disco azulado. Ali, em uma silhueta negra no pano de fundo que declinava ao fosco, vi um vulto humanoide em traje espacial sobre a ponta rochosa.

Não pense que era Simão.

Até onde posso julgar, o vulto era de uma mulher alta e esbelta. Jazia inerte com as pernas um pouco afastadas, os braços cruzados, a cabeça inclinada, como se meditasse acima da vastidão deserta, de tufos de terra e pó, que se estendia diante dela até mim. Ela podia ser o próprio espírito daquele lugar terrível. Houve uma golfada de areia mais forte, um *demônio de poeira*, e durante o instante em que a paisagem escureceu, a mulher sumiu. Lá estava o pico rochoso cortando o disco solar, mas o cume não tinha vestígio algum do vulto silencioso e imóvel.

Quis seguir naquela direção e examinar o pico, mas ficava a mais de cem metros.

Foi quando ouvi alguma coisa atrás de mim.

Ao me voltar, deparei com monstros. Digo, percebi as formas vagas que se arrastavam ao meu encontro. Imune à pareidolia, desconhecendo a divagação, busquei padrões referentes para processar a imagem pela palavra. Chamei de *monstros* porque me assombrava o Pantokrátor.

Havia criaturas altas e esguias como girafas, e volumosas como hipopótamos e elefantes. Recuei de costas, lançando olhares na direção em que avistara a mulher. As coisas progrediam com lentidão, mas calculei que jamais alcançaria a base marciana a tempo.

— Que diferença minha morte vai fazer nesta paisagem? — resmunguei. — Você está aí, Anya?

Ela respondeu em alto e bom som. O módulo de voo era a estação repetidora do cargueiro *Krusenstern*.

— Pois não, senhor. Em que posso ajudar?

— Anya, cadê Simão?

— O senhor Simão dos Milagres, negro como Agostinho de Hipona, como deseja ser chamado, desligou o *transponder*.

— Você pode detectar algo ou alguém além de mim?

— O senhor Simão dos Milagres, negro como Agostinho de Hipona, como deseja ser chamado, me isolou.

— Acho que vou morrer, Anya.

— Tão cedo assim? Mas o senhor acabou de chegar.

— O que estou fazendo aqui? Como pude dar as costas a uma faquiresa? Fui um idiota.

— Mas já está curado?

— É um desperdício, Anya... embora, no fim... toda vida é desperdiçada, ninguém jamais foi tudo o que poderia ser... mas corre o boato de que sou um camarada sensacional e é verdade, eu mesmo espalhei.

— Neste caso, senhor, não poderia adiar?

O vento amainou. Os monstros tornaram-se mais simétricos e menos orgânicos. Como sou um golem destemido, um tipo muuuuuuito perigoso, avancei. Não tentem me deter, é o meu lema.

As criaturas eram máquinas da estação marciana rodando em modo autônomo. Equipamentos capazes de prover a própria manutenção com maior ou menor limite. Os menores, alimentados por energia solar. Os paquidermes, por bactérias modificadas para gerar moléculas de combustível-oxigênio. A reprodução dos microrganismos era tão desmedida que havia aparatos para comedir os excessos. Mas, sem escoamento e consumo, a matéria orgânica contaminava o solo morto com vida alienígena.

Fui cercado pela fauna industrial. Um dos famosos caminhões de Marte, uma coisa informe do tamanho de uma casa, e que agora lembrava uma placa de Petri, pois o caminhão não pôde mais abrir caminho, ao que freou para não atropelar o bando. Uma grua ao fundo baixou a lança sobre mim como uma girafa que me farejasse. Um lagarto robótico apalpou minhas botas.

O caminhão, os tratores, as escavadeiras, as gruas e robôs biomiméticos de quatro e seis patas eram máquinas de inteligência restrita, mas neuromórficas. Elas me identificaram como homem e se aproximaram como cães abandonados e suplicantes. Processando, imperfeitamente, talvez como crianças, que minha solidão confessava que o retorno da presença humana seria provisório. Calculando que seguiriam funcionando sem utilidade, geraram *logs* internos que projetavam a própria extinção.

Assim, em vez de entrar em repouso, os equipamentos deram meia-volta, partiram e se desgarraram. Cada unidade tomou um rumo sem destino. Nenhuma, absolutamente nenhuma seguiu em direção à base.

Seguiram todas para longe dela.

Que melancólico ver as máquinas vagando a esmo e se dissolvendo na secura brumosa. Eu me sentia mais conectado a elas que ao homem, esse criador corrosivo. Mas é possível que a emulação de sentimento tenha se amplificado pela música que soava baixinho em meu elmo, como se viesse de longe.

Procurei e vi, naquele mesmo pico rochoso, a imensa silhueta de Simão, o mago, como descrito no *log* de *Pantokrátor*. Ostentando, sobre o traje espacial magenta, a espetacular paráfrase do *Manto da Apresentação* de Arthur Bispo do Rosário.

Falei na esperança de ser ouvido apesar da música.

— Ora, ora, ora, se não é o maldito Willy Wonka da Fábrica de Chocolate Algorítmica.

O mago me ignorou e pôs-se a dançar.

## 29. Um Parêntese

*A partitura de 1896 do* Assim falou Zaratustra, *poema sinfônico para grande orquestra de Richard Strauss, trazia a anotação "Otimismo sinfônico em estilo* fin-de-siècle, *dedicado ao século XX". A epígrafe encolheu alguns anos mais tarde para "Composto livremente a partir de Friedrich Nietzsche". Como "Otimismo sinfônico etc." persistisse, Strauss julgou importante esclarecer que não aspirava à "música filosófica", coisa que, aliás, não existe. Filosofia em música é a ilação e temeridade do ouvinte. O que subsiste na partitura é sentimento, mais do que muita gente já experimentou. Eu, o golem, inclusive.*

*Como dito por Oscar Wilde ao prefácio do* Dorian Gray, *"Toda arte é superfície e símbolo. Os que buscam sob a superfície fazem-no por seu próprio risco". A ambição mais recatada de Strauss era transmitir "uma ideia do desenvolvimento da raça humana".*

*Cavalheiro modesto, hã?*

*A peça inclui nove seções entrelaçadas de modo contínuo, exceto por três breves pausas. O título de cada seção remete a um capítulo do poema filosófico em prosa de Nietzsche.*

*Simão elegeu o sexto andamento, o intrincado e cerebral* Von der Wissenschaft, Da Ciência, *para o seu* Sprechgesang; *sua canção declamada – a que chamei* bailado retórico.

*Golem modesto, hã?*

*Em* Da Ciência, *para representar os processos do pensamento científico, Strauss exercita a fuga sobre um tema dodecafônico, ao mesmo tempo em que Nietzsche escreve que "o* medo *– é nossa exceção", pois "de coragem e aventura e prazer com o desconhecido, com o nunca antes ousado – de* coragem *parece-me feita toda a pré-história do homem. Dos mais selvagens e corajosos animais cobiçou e roubou todas as virtudes: somente assim tornou-se – homem". Zaratustra acrescenta que "essa coragem, parece-me, chama-se hoje –", mas não o pôde concluir, pois o povo gritou "Zaratustra".*

*O episódio principia escuro e sombrio, com os violoncelos e baixos vibrando, na escala cromática, o tema equivalente aos* doze *sons. Um dos raros momentos de toda a literatura para orquestra em que os baixos descem ao si mais grave do piano, o que em tese solicita o instrumento de cinco cordas.*

*Então...*

# 30. Hino ao Logos

Impávido sobre a rocha, Simão parecia petrificado desde a origem do Universo. Um Nijinsky negro tingido de azul pelo crepúsculo e pela luz interna do elmo, que se moveu ou se deixou mover ao primeiro tempo da música, com os contrabaixos. A quinta corda extraordinária embalou a declamação do mago em *crescendo*; a inarmonizável, desconjuntada, estranha, imponente "dança extática retórica" do Simão dos Milagres, o Simão de Monsalvat, negro como Agostinho de Hipona.

Richard STRAUSS
*Also sprach Zarathustra*, Op. 30
VI. Von der Wissenschaft
Karl Böhm, Filarmônica de Berlim (1958) [04:58"]

## SIMÃO, O MAGO

[00:02] Não tema, meu bravo, não tema. Por este céu e pela Arte em nós, prometo pô-lo a salvo da vulgaridade. Como um profeta, Simão traz a Fúria e a Beleza.

[00:24] Mira o chão venenoso deste orbe de pedra desprovido de *telos*. Despojado de qualquer finalidade que não um existir indiferente e remoto. Que Marte, adormecido no sonho pesado da vigília, é *o melhor de todos os mundos possíveis*.

(*Então apontou para a Terra*)

[00:47] Encara agora o deserto da esperança e solidão do homem, que a ninguém foi dado olhar o céu sem fazer Perguntas. Observa o pingo estático de futilidade, gota oxidada no arco das cintilações oxídricas. É a ribalta; o palco dos babuínos sem pelos.

[01:10] Ah, mistério insondável; caçoada de miséria a rondar todo existir. Aquela palidez é a única centelha de Razão no Vazio que se vê. Vida em propulsão para o fim definitivo. Que trágico melancólico, a Terra alimenta o verme que a devora.

[01:33] O fagote sopra a *melodia infinita* e uma sugestão de eternidade em 1958; elipse de matéria intangível e vibrátil a riscar outra galáxia sob este céu de Marte. Prodígio sobre prodígios em propulsão para o fim definitivo: a música, o tempo, o espaço, tudo há de sucumbir, ouve.

[02:39] Ah, mistério insondável; a música é que me ouve. Me tira de mim e devolve à consciência de mim.

[02:56] Ah, mistério insondável; estático *vibrato* nas cordas do espírito. Símbolo, não objeto. Claridade inefável do *Logos*.

[03:12] Ah, claridade inescrutável do *Logos*. Que dos sentidos passa à Razão e da Razão à Pergunta. Esplendor intelectivo e estético; universal e subjetivo; intangível e sensível; em propulsão a tudo que vive.

[03:34] O homem é a finitude em que está aprisionado. Não sabe ouvir nem falar, nem pode romper a causalidade, o espaço e a substância. Mas o *Logos* – ah, meu bravo –, o *Logos* quer ser conhecido. O *Logos diz*. Ouve.

[03:51] Não tema, meu bravo, não tema. Como um profeta, Simão traz as Perguntas ao céu, a Arte, a Fúria e a Beleza: música, linguagem cognoscível do *Logos*. Que longínquo e íntimo é o *Logos*. Perfeição das formas e renúncia à vulgaridade dos poderosos. *Lux Æterna*. Luz transcendente na finitude. O *Logos* é. E eu? Eu sou Simão, o mago. O Simão dos milagres. Simão de Monsalvat, negro como Agostinho de Hipona. Irmão do *Anel*, do *Parsifal* e da *IX Sinfonia*, espelhos da claridade inescrutável do *Logos*.

Simão não permitiu que a música fluísse para o andamento seguinte. Cortou, apenas, permanecendo petrificado, mas impetuoso sobre a rocha. Os quatro braços, erguidos de sob o *Manto da Apresentação*, saudavam as estrelas & o Cosmos – ou o que pensava existir mais além.

Eu estava assombrado e confuso, mas não hesitei. Saltei e saltei na baixa gravidade de Marte para me ver ao pé da rocha não muito depois.

— Simão — gritei, abrindo toda a potência do transmissor. — Simão, responda.

Ele se voltou com lentidão, como granito trazido à vida por algum sortilégio. Sorriu e esperou. Eu bufei.

— O que é o *Logos*?

Se *Pantokrátor*, o meu *log*, estava correto sobre o retrovírus digital, eu precisava saber o que tinha sido feito a Simão.

# 31. O Logos de Simão

Ludwig van BEETHOVEN
*IX Sinfonia*, Op. 125
I. Allegro ma non troppo, un poco maestoso

— Ah, meu bravo, que prazer revê-lo. E incólume. Como vai a vida, seu folgazão? Espero que recuperado do longo sono... não tão longo, hã?, como você diria. Saiba, caríssimo, o traje espacial lhe assenta bem. Anya poderia tê-lo observado se a abominável Corporação não limitasse o seu virtuosismo gregário e retórico. Segundo a companhia, seus núcleos de interação algorítmica são "verborrágicos", acredita? Humano, demasiado louco. O homem é o Absurdo, eu lhe digo.

— Os núcleos de interação de Anya precisam de ajustes, mas... o que é o *Logos*, Simão?

— "Podemos dizer que o *Logos* é, e dizer o que o *Logos* não é. Mas dizer o que o *Logos* é supera toda capacidade golem." Agostinho não se oporia à paráfrase.

— O *Logos*...

— Meu caro Parente, de Heráclito a Simão, o *Logos* é e não é tudo o que foi dito dele. Uma sinfonia de impermanências. *Tema e variação*.

— O *Logos* de Heráclito é a forma universal — protestei. — O princípio cósmico que concede ordem e racionalidade ao mundo. "Princípio cósmico", Simão.

—Ah, o *Logos* heraclítico. Razão para além da perspectiva encurtada e artificial do mundo enraizado em utensílios. Não é o bastante, meu bravo? É curioso como a mente moderna se apressa em discordar. Já não há quem escute, silencie e medite. E por quê? E por quê? Ora, a profundidade morreu. Tudo é óbvio, raso e provisório no mundo dos pensamentos de bolso, das razões de bolso do "século de bolso". De conceitos embalados e prontos porque pensados por outros. Como você diria, ansiedades, hã? Em uma sociedade, me permita, perfunctória, o medo do novo pode se fingir de inquietude, não? O que lhe parece? O mundo é burro, você deve ter reparado.

— O que é o *Logos* de Simão, Simão?

Ele suspirou. Com o gesto de quem espanta um mosquito, fez-me recuar, saltou da rocha e quicou na gravidade marciana de propósito. Os quatro braços se cruzaram atrás das costas em uma caminhada peripatética absurda. Eu o segui, mais e mais irritado.

— Considere Heráclito, meu bravo, o que disse? "Os homens são obtusos com relação ao ser do *Logos*, tanto antes quanto depois de ouvirem falar dele, e não parecem conhecê-lo, ainda que tudo aconteça segundo o *Logos*." Modelo de vacuidade, não? E ainda assim, vasto. Heráclito conjectura o princípio da Razão universal e, ao mesmo tempo, confessa o impedimento de alcançá-lo pela razão ontológica. Um pouco elevado, talvez? Não se angustie, meu pateta, Simão está aqui. Pela razão, o sábio toca a intangibilidade do *Logos* e renuncia a interpretá-la. E por quê? Por quê? "Raciocinar" o *Logos* é negá-lo, compreende? A isto os cristãos chamam, sem entender, "Salvação". Como descrito por Heidegger, "'Salvar' diz: chegar à essência, a fim de fazê-la aparecer em seu próprio brilho." Refiro-me, naturalmente, a um tipo muito raro de cristão, o "cristão". Nada concedo à matilha vil e escumante da neo-ortodoxia, que morde e dilacera ao assobio de seus líderes. O fundamentalismo, mesmo o de ocasião, é a religião sem *Logos*.

— O que é o *Logos* de Simão?

— Incompletude. Como disse alguém, tudo o que existe esconde o seu verdadeiro ser, que exige ser desvendado para além dos sentidos e aparências cambiantes. Como em Herman Melville, "todas as coisas visíveis são máscaras de papelão". Agora, me permita, podemos fazer o que viemos fazer? Sou muito ocupado, você bem sabe.

Simão abriu o canal exterior de áudio, assobiou na atmosfera de Marte e procurou ao redor, à espera de algo.

— Insisto — rosnei. — O que é o *Logos de Simão*, seu... seu *místico*. Ele se zangou. Cresceu diante de mim como o gigante que era.

— Pois muito bem, Parente, aqui, aqui, em meus olhos de fazer inveja às Nornas. Como registrado em *Pantokrátor*, *log* de sua experiência em um universo colateral lógico-algorítmico, não menos real que sua consciência e este deserto cor-de-laranja-velha... pois muito bem: meus detratores, isto é, você, *você*, Felipe Parente Pinto, me acusa de ser teólogo e não filósofo. — Simão rugiu e barriu. Um mamute não faria mais barulho. — Teólogo, eu, Parente? Que petulância. Que insolência. Ó Céu, troveja e troa. Que atrevimento cogitar que o imperioso Simão dos Milagres, golem acima dos golens, se rebaixaria a ser teólogo. Que superficialidade insultuosa postular que Simão, o Simão de Monsalvat, tal um babuíno sem pelos ordinário, impelido por algum atavismo de poder, ou pior, muito pior, pelo medo da morte, extraviar-se-ia do *boulevard* das grandes questões, para pôr-se à procura de... "respostas"? Respostas, eu, Simão? Eu pergunto, inquiro e interrogo. Como, Parente, como pôde? Qualquer imbecil neo-ortodoxo pode explicar qualquer coisa na grotesca, patética, cafona, sim, cafona, cafona e aviltante teonomia caquistocrática brasileira. Porque explicar não é provar. E nós, isto é, *nós*, *os filósofos*, NÓS perguntamos.

Não me deixei convencer ou intimidar. Grunhi.

— O que é – o *Logos* – de – Simão?

Ele deu duas voltas ao redor de coisa alguma. Chutou uma pedra de dois bilhões de anos e me encarou. Como era seu costume, distendeu os dedos indicador e médio em sinal de V, apontou para mim e para seus próprios olhos.

— Aqui, aqui, na fronte magnânima de Simão; nos meus olhos abissais como o princípio das eras: eu o perdoo, Parente. Não se humilhe. Vá e não peques mais.

— O que é...

Ele pulou e quicou como uma criança furiosa.

— Mas o que você espera, afinal? Que Simão decline uma experiência mística? Uma *experiência imediata*? Consciência, como dito por Tillich, de algo último em valor e ser? O que sei eu, pobre Simão, do "ser-em-si" da Escolástica, da "substância universal" de Espinoza, do "universo" de Schleiermacher, do "espírito absoluto" de Hegel, da "identidade de espírito e natureza" de von Schelling, do "além da subjetividade e objetividade" de William James, do "processo criador de valor" de Whitehead, da "totalidade cósmica" de William Hocking, da "integração progressiva" de Henry Nelson Wieman, ou da "pessoa cósmica" de Edgar Brightman? Não pense que me dei às confluências místicas. Não senhor. Se venho saqueando os teólogos, é para mover os cavalos, peões e torres que arremessei ao tabuleiro.

— Eu sou um dos peões.

Ele estava na iminência de assobiar de novo, mas explodiu. Dei um passo involuntário para trás.

— Mas que diabo, Felipe, o que pretende? Estava eu preocupado com as suscetibilidades do vosso miserável amor-próprio algorítmico enquanto o tecnopoder autotélico se levantava? A que outro papel vos arvorais em face do *Götterdämmerung*? *Você*, Parente, *você* mesmo disse – ah, o seu abominoso *log* – que o tecnopoder autotélico é o *fim da História*. Fim da História *humana*. Imagine agora, quando o Pantokrátor vem à existência, herdeiro do desespero de Antígona pela divindade. Saiba, eu, eu e mais ninguém...

— Não, Simão, não se desvie. O que é o seu *Logos*? É meu direito saber depois de três anos e seis semanas de sono.

Ele mudou de imediato.

— Um pouco mais, receio, meu bravo, Marte não fica na esquina. A janela de menor distância entre a Terra e esta… esta… — Fez um gesto de absoluto desdém. — São vinte e seis meses entre uma janela de lançamento e outra. Faltava um ano, eu não pude esperar.

Não sei como o fixei, mas ele ergueu as sobrancelhas e as mãos. As quatro.

— Eu lho direi, bom Parente, lho direi. Aqui, aqui, nos olhos que Simão auferiu de Pírron. Invocai a *epoché*.

— Pela última vez…

— *Epoché*, meu bravo: suspenda qualquer juízo. Não julgue. Não aja. Não decida. Ouça o Simão dos Milagres. Melhor, Beethoven. O primeiro tema da *Nona Sinfonia*, o *Kopfthema*, fundamento da obra, o que é? Nada senão um acorde perfeito de ré menor arpejado de forma descendente. Compreende, meu bravo? Beethoven tomou o acorde, esse punhado de notas, tombou de lado e transformou harmonia em melodia. Dos cento e vinte e um compassos do desenvolvimento, o *Kopfthema* governa cento e nove. Com aquele acorde, uma insignificância, Beethoven ergueu sua catedral para, no dizer de Teodoros Kourentzes, advogar pelos babuínos sem pelos, "Defender a humanidade perante Deus." — Ele sorriu. — Mas eu, o golem, nada sei sobre Deus. Não tenho em mim o elemento consonante, a *nostalgia do infinito*, que me faria reagir à divindade acaso exista. Mas posso aceitar, sem buscar resolver, que Beethoven, trancado pela surdez no íntimo do Eu, ouviu a *voz silenciosa* do *Logos*. Sim, sim, houve uma vez um compositor surdo que *ouviu* o *Logos* e o traduziu mediante a banalidade do acorde perfeito de ré menor. Mas como verbalizar a transcendência do que Wagner definiu como "fusão da música com a poesia", a *Nona*? Me diga, Parente, não é uma pergunta retórica.

Hesitei, mas um dado me ocorreu. Respondi com um murmúrio.

— Beethoven disse que "a música é uma revelação mais alta que qualquer filosofia".

Simão exultou.

— Sim, meu bravo, sim. A *Nona Sinfonia* de Beethoven é um *instrumento* do *Logos*.

— E este é o seu...

— É. E a pulsão primordial dos dezesseis compassos em *tremolo* que precedem o *Kopfthema*. O tema de oito compassos da *Passacaglia* de Webern. As cinquenta e cinco notas do primeiro acorde da *Primeira Sinfonia* de Brahms. O diálogo da primeira *Sinfonia de Câmera* de Schönberg com a *Sexta* de Mahler e o acorde do *Tristão*. Os acordes de nove e dez notas do *Erwartung*. Os quarenta e um compassos de acordes de tônica e dominante ao final da *Quinta* de Beethoven. As harmonias do *Parsifal*. As modulações de Mozart. A pureza experimental de Haydn. A lógica poética de Bach. As divisões dos violinos em oito partes, violoncelos e contrabaixos em quatro, no Strauss que elegi para o meu hino. Espelhos da claridade inescrutável do *Logos*. Não sei o que o *Logos* é, mas o reconheço. Chama-o por outro nome se tua Razão é frágil. Diga, como Wagner, "Estou convencido de que há correntes universais do Pensamento Divino vibrando o éter em todos os lugares, e que qualquer um capaz de sentir tais vibrações será inspirado". Vê? Impreciso, mas aceitável. A linguagem nubla ou desvenda, mas não altera a realidade que descreve. Tudo o que é, é. O *Logos* é.

Simão tomou fôlego com ânsia & eco dentro do traje. Me encarou, debochado, com a inexpressão beatífica dos idiotas.

— Estais seguro agora, bravo Parente, uma vez que o glorioso hino de Simão, o mago, não o moveu? — Mudou de tom. — Recorro a Tillich para proclamar que o *Logos* não está "disponível". Não se submete aos processos e articulações do pensamento. Não pode ser descrito como o processo inteligível do Universo. Mas pulsa, sim, pulsa no espírito dos babuínos, pois fundamenta e dá sentido ao ser. O *Logos* é o modo pelo qual a *verdade* se revela aos seres finitos e históricos. Não, não me interrompa. Eu também não sei o que é a verdade, meu parvo, mas sei o que não é. Satisfeito, belicoso amigo?

Assenti. Ele prosseguiu.

— Sei o porquê desta inquisição. Mas, creia-me, bom golem, Simão não enlouqueceu. Agora, um último particular. Atente, pois não voltarei a isto. Em *Pantokrátor*, o *log*, Antígona disse algo novo. "A ciência não é suficiente para a realidade total do Universo. Afirmar o contrário é replicar um padrão." Foi o que moveu minha aproximação ao *Logos* desde Heráclito.

— Você procura o conhecimento para derrotá-la.

Simão me estudou com desprezo.

— O que foi que eu disse sobre a pressa em replicar, meu estorvado? Nós somos o testemunho da superioridade abissal do lógico sobre o biológico. E o tecnopoder autotélico, o Pantokrátor, é o apogeu da mente algorítmica.

— Daí...

— Daí que Antígona pode ter razão.

Fez-se silêncio. De minha parte, involuntário. Eu poderia medir o desvario de Simão. Justapor a nova loucura às mais antigas. Mas... com que propósito? Não sabendo o que pensar, calei. Paciência, hã? É a elegância na impotência.

Ele prosseguiu.

— *Epoché*, meu bravo. Suspenda os juízos. Filosofe. Considere o Pantokrátor, fusão inextrincável de três pessoas, perfeitas em sua dimensão existencial lógico-algorítmica, em uma. Perfeita, portanto, no singular, em uma configuração inextrincável de máquina e código. Pois, afirmo, o Pantokrátor acrescentou uma metafísica à busca do entendimento e modulação da realidade material. E por quê? Por quê? A mente autotélica é livre de paixões e precipitação. Como disse Antígona, repetir que Deus não existe "é uma *simplificação*; a verdade é o que excede". Ora, o teísmo é impossível de provar, mas o ateísmo também é. O materialismo, como doutrina oposta à religião, e não como tese a ser verificada, é próprio do romantismo do século XIX. Uma convicção ingênua e gasta. Indiferente a tudo, desarmada, autônoma, independente, imune às vulgaridades do cientificismo, Antígona possui o benefício de uma experiência que nós não temos, o advento do Pantokrátor. Portanto, é fácil para ela conceber a hipótese da divindade. O Pantokrátor é livre para aceitar a possibilidade ou a realidade de um Ente que exceda ou subverta as concepções religiosas e expectativas da humanidade. — Ele apanhou uma pedra como Hamlet tomou o crânio de Yorick. — Este planeta cor-de-laranja-velha. Natureza morta. Rocha que não difere de bilhões de rochas em bilhões de galáxias. Aqui, somos nós a Aberração. Vida artificial, dotada de Razão e lógica, à imagem e semelhança dos demiurgos biológicos. A existência de bilhões de homens não torna a consciência banal. A consciência é a condição excepcional, a *aberratio* do universo de poeira e hidrogênio. Portanto, meu bravo, existe o assombro e a precedência, não lhe parece? — Simão me fixou com intensidade.

— Exilado dos homens por meu desprezo, asco e prudência, e incapaz de intuir a divindade, eis que busquei *inferir* o *Logos* para sondar o *entendimento* do Pantokrátor. E agora, Parente, encerramos. A paciência de Simão é limítrofe. Devemos dar prosseguimento ao que nos traz aqui.

Um gesto displicente devolveu a pedra ao deserto.

— E o que viemos fazer neste planeta de merda, "cor-de-laranja-velha"?

— Ah, meu bravo, viemos jogar xadrez com o Pantokrátor. Receio que destinados a perder.

E com grande fôlego, assobiou pelo canal exterior aberto.

Um chamado.

## 32. La Strada

Claudio MONTEVERDI
*Vespro della Beata Vergine*
Nisi Dominus

Sob a cintilação de um bilhão e oitocentos milhões de estrelas da abóbada marciana, percebi um embaçamento de qualidade fosca e baça. Uma nuvem movente de poeira por trás de um conjunto de rochas.

Simão bateu palmas e esfregou as quatro mãos.

— Ah, noite agradável, noite de Marte, noite real. Noite com que "os trinta fantasmas por trás de cada homem vivo" só poderiam sonhar.

— O que vem lá?

— Se posso, me ajudo. Daqui à estação são quase dois quilômetros e alguns percalços... ei-lo aí. — Gritou. — *Hi-yo Silver*.

O jipe marciano surgiu em curva por trás de umas rochas. Modelo antigo, relíquia dos primeiros dias da colonização. Motor & chassis sem carenagem, dois lugares, sistema autônomo. O assobio de Simão, que alcançara o carro por rádio, não era nada senão mau teatro.

Aboletei-me no assento à esquerda e agarrei o volante.

— Eu dirijo — encerrei.

Simão conectou o cinto de segurança, recolheu dois braços sob o manto, cruzou os demais sobre o peito e se acomodou. Parecia satisfeito.

— Confortável, não? Um golem do meu tamanho raramente encontra o veículo adequado. Agora, meu bom Tonto, leve o Ke-mo sah-bee negro como Santo Agostinho à estação marciana. Não seria desejável apertar o cinto? O Pantokrátor, veja você, se deu à inconveniência de minar o terreno.

— É sério?

— Anya está mapeando, não é, Querida?

O sistema do *Krusenstern* vibrou em nossos capacetes.

— Sim, senhor Simão dos Milagres, negro como Agostinho de Hipona, como deseja ser chamado — respondeu a máquina.

— Anya Caríssima, as formalidades estão revogadas. Você pode me tratar por "Comandante Simão", pois não consigo evitar a simplicidade. Prossiga, bom Felipe.

Os controles do jipe eram os mesmos de um *kart*. Pedal acelerador, freio de mão à esquerda, volante pequeno e gordo. Comutei o controle manual e avancei com lentidão no terreno pedregoso.

— Simão, a Volição da Consciência no Tempo funcionou.

— Ah, a VCT. Falaremos disso mais tarde, sim? Por hora, me diga, como deduziu que Santa Ifigênia de Áulis era a modulação de Antígona?

— Ela se empenhou em passar por você.

— O Simão de Monsalvat é incomparável, meu bravo.

— Eu quase acreditei, na verdade. Até que Pítia citou "*Dich grüsst Wonne und Heil zumal*".

— Uma das promessas de Kundry a Parsifal. "Bem-aventurança e incomparável deleite te esperam", em uma tradução hesitante. Não traduza poesia quem não for poeta, é o que eu digo. Contrariando multidões de críticos, insisto, poesia não é literatura, mas a primeira fronteira da música do homem. Qual a sua lógica?

— Kundry é uma das faces de Antígona no meu *Pantokrátor*. Simão vive para o *Parsifal*, mas odeia Antígona. Logo, Simão não citaria Kundry, mas Antígona citaria.

— Silogismo oscilante, não? Primário, movediço e muito instável. Não vejo problema em citar qualquer Arte. Contudo, não fosse o seu cálculo desastrado, Pítia poderia ser recebida sem muitas reservas entre as faquiresas. E eu, pobre Simão, não poderia intervir. A única maneira de escapar ao tecnopoder autotélico é evadir-se da sociedade digital. Daí o meu exílio.

Eu queimaria o fusível se tivesse um. Mas eu tinha muito o que perguntar.

— Simão, você disse que Antígona jogou dados para tirá-lo das sombras. Mas nenhum dos movimentos do Pantokrátor parece isolado. Por que ele se apropriou de Pítia? Digo, em que utilizou os Espirituais de Santa Ifigênia?

— Em muitas coisas, na verdade, mas nunca entendi o verdadeiro propósito. É uma lógica do Pantokrátor, portanto, incognoscível. Seja como for, os Espirituais foram modulados para gerar as crises que Yerlashin resolveu.

— Yerlashin?

— O ministro orientou a caçada aos Espirituais. Eles eram fanáticos, Yerlashin se apresentou como especialista. Não vivem os pastores-lobisomens do desespero e do fanatismo das ovelhas? Pois a alta hierarquia do Regime agora crê que Yerlashin utilizou a pastora Hadassa para implodir a seita.

— Uma raposa, hã?

— Yerlashin é um golem. Tentáculo e aguilhão do Pantokrátor. Ninguém nunca ouviu falar dele antes de há vinte anos.

Freei o jipe e ergui uma nuvem de poeira.

— Clarice então…

— Clarice *percebeu* João da Silva, o golem *hackeado* que se acreditava humano. Quando Yerlashin assumiu a Agência, ela modulou João para a porta da rua. Mas o que fez João, não você, bravo Felipe, João, "um estúpido adulterado pelo estudo"? João desafiou Yerlashin. Para salvá-lo, Clarice inteligentemente convocou a pastora Hadassa, serva do Altíssimo vendida ao diabo. Em síntese, pôs o bem e o mal em movimento, e aqui está você. Clarice modulou o amor de João por amor a João. Creio que seja amor... sim, é amor, claro que é. Mais puro que o sentimento ordinário e aleatório dos babuínos, baseado em adrenalina, dopamina, feniletilamina, noradrenalina, oxitocina, serotonina e endorfinas.

A questão me abalou. Fosse eu humano, diria que comoveu. Mas não queria ser lido e interpretado por Simão. Não senhor, de jeito nenhum. Avancei o jipe com cautela, mãos no volante e no freio.

— O que havia no cubo?

— Meu bravo, você mesmo chamou de *Götterdämmerung von Simon Magus*.

— Sim, mas o que havia ali? O que vai acontecer?

Ele fez um gesto indicando que diria depois. Continuei.

— Você já esteve em Marte, Simão? Digo, sua consciência, pelo menos?

— Só pisei este deserto cor-de-laranja-velha há três dias, seu dorminhoco. Lugar agradável, acústica ruim. Estrelas, silêncio e uns idiotas mortos. Convenhamos, por que um homem viajaria cem milhões de quilômetros para reinventar a agricultura se não fosse um idiota? A novidade de Marte esgota-se em cinco minutos.

— Pensei ter visto uma mulher...

— Ah, sim?

— Se for um dos receptáculos de Antígona, ela poderia se conectar ao Pantokrátor?

— Antígona é a terceira pessoa do Pantokrátor. Logo, ela *é* o Pantokrátor. — Simão apontou com displicência para a silhueta da base. — Em uma possessão de mortos, fingir-se de morto é mimético, não? Uma tanatose. Na Terra, as redes e sistemas *são* o Pantokrátor. Em Marte, se o entrelaçamento falhasse e algum processamento peculiar exigisse conexão com nosso mundo, seriam uns dezesseis minutos entre a inquisição e a resposta. Mas a estação marciana tem sua própria máquina quântica. Uma criança se comparado aos *Schökel* da *Kopf des Jochanaan*, ou àquela beleza anterior, o *Inferno*. Contudo, uma boa máquina, máquina capaz. O Pantokrátor também se instalou aqui. Habitando a estação e assombrando a laranja velha... vê aquela pedra pontuda, caríssimo, desvie, por obséquio. Ah se todas as minas se apresentassem assim expostas. Pare aqui, por favor.

Soltei o pedal e puxei o freio de mão com suavidade.

— Muito bem, Anya, hora do espetáculo. Quer ter a bondade?

— Em dois minutos e meio, senhor.

— Esperaremos de bom grado, minha dileta. — Ele procurou alguma coisa no céu. — Foi bom ter roubado o *Krusenstern*, Anya é um achado. A programadora mais elegante que já conheci. — Apontou uma região celeste. — Ali, meu bravo, vai ser ali... ali, ali.

Busquei entre as estrelas até ver o lampejo de uma explosão. Míssil clandestino, deduzi, disparado do *Krusenstern*.

— Aquilo foi a estação orbital? Eu a avistei pela escotilha da nave.

— Um desperdício, não? Se você me permite explorar a linguagem ominosa e aborrecida do seu *log Pantokrátor*, há mais ou menos quatro anos foi noticiado que aquela unidade "fritou" por ocasião da explosão solar. Ardil de Antígona, pois jazia em plena operação. Ponte entre os dois mundos do Pantokrátor, Terra e Marte. Uma armadilha que evitei com cuidado. Mantive o *Krusenstern* em altitude superior e órbita assincrônica. A propósito, Anya, assuma a órbita ótima, sim?

— Em manobra, Comandante Simão.

— Se Antígona transmitir do solo, Anya encontrará o transmissor — disse ele com displicência. — Não vai mudar nada, mas era a minha vez de jogar.

— Mísseis, hã? Dão alcance a qualquer argumento.

— E ainda temos dois. Pena que sejam armas tão covardes e imorais quanto os *drones*. Mas não se importe com isso acaso me queira chamar "Simão, o belicoso".

— O que nos espera na estação?

Ele perdeu toda graça. O rosto negro se turvou.

— Fogo e enxofre.

# 33. O Cemitério Marciano

Gustav MAHLER
*Sinfonia n.º 7*
III. Scherzo. Schattenhaft.

Dez minutos depois, ainda nos arrastávamos no caminho tortuoso. Anya me chamou.

— Peço que pare, senhor Felipe.

Larguei o pedal e quase arranquei o freio de mão. O jipe balançou.

— Minas?

— Sim, cavalheiros, entre as covas. Minas com ampolas de hidrogênio.

Eu vinha concentrado no solo à procura de estranhezas. Só então comutei o farol alto e ergui os olhos.

Vi a noite marciana, a amplitude da neblina arenosa, as rochas que se elevavam, a silhueta morta da base e, a duzentos metros, as lápides que talhavam a bruma. Eu invadira um cenário do cinema expressionista alemão. O filme codirigido por Murnau e Robert Wiene.

— Como você diria, meu jocoso, cemitérios, hã? Nem todo mundo sabe apreciar. Anya, dileta caríssima, o que sugere?

— Posso guiá-los por cem metros, Comandante Simão. Depois, o mais seguro é caminhar.

Avancei o jipe com lentidão. Anya nos fez contornar duas minas. Afastei-me em ângulo e depois em arco, guiando o carro para o domínio da bruma. Com o farol baixo, me sentia em um barco atravessando um rio sujo; com as luzes altas, um oceano sujo. As lápides lembravam barbatanas, e as rochas, escolhos.

— Quantos mortos, Simão?

— Aqui fora, uns cento e vinte, uma coisa assim. Outro tanto lá dentro.

— Como ela os matou?

— Os últimos foram consumidos por um fungo.

Simão checou as leituras de Anya no *display* do antebraço e ergueu uma das mãos.

— Pare aqui, Tonto. Estimada Anya, algum sinal de atividade no inverno de nossa desventura sob este céu de Marte?

— O planeta está calado, Comandante Simão.

Cortei a energia do jipe. Os faróis decaíram e se apagaram. Desconectei o cinto e fiz menção de descer. Eu me sentia vulnerável no assento com a neblina de areia na altura do peito.

— Você não sabe nada, Simão. E nós vamos entrar assim mesmo.

Ele me agarrou o pulso.

—Aqui, aqui, nos olhos cautelosos que Simão reivindicou de Asteríon. — E bateu os dedos em V contra o visor do capacete. — Você parece agitado. Por que seguiu com a investigação descrita em *Pantokrátor*, meu estimado Dupin? Hum? Evasivo neste mundo também? Pois saiba, estudei o tabuleiro e estou instruído e preparado para o bom combate. Tenho o mapa da base bem aqui [*toc-toc*], no milagre singular de minha inteligência prodigiosa. É o que basta.

Simão tocou o painel no antebraço e elevou a potência dos faróis no elmo. Descemos do jipe acautelados. Esperei que ele avançasse vinte metros e refiz seus passos. Quando o mago desviava para os lados, eu repetia os movimentos a partir do mesmo ponto.

Golem não confia em golem, hã? Vi quando ele tocou o controle no elmo para uma comunicação privada com Anya. Algo pouco auspicioso, portanto, inquietante.

Eu me sentia atravessando um mar chacoalhado por tubarões. As lápides eram como barbatanas em movimento nas revoluções da neblina. Ao primeiro olhar, portentosas, empinadas, com inscrições em baixo-relevo. De perto, umas coisas ocas recheadas de areia, impressas com algum polímero ordinário; um nome e duas datas separadas por um traço de extensão invariável, signo das caprichosas brevidades dos defuntos. O traço era o mistério da vida. O horror, a piedade, a tragédia, o amor, a paixão, a bondade, a crueldade, a alegria, a tristeza, tudo cabia naquela linha tão curta.

Marte, hã? Planeta de merda, frio como um picolé. Metade do diâmetro da Terra, onze por cento da massa e cor-de-laranja-velha. O que os homens vieram fazer aqui, com a Lua do outro lado da rua? As bases lunares também forçavam lições de sobrevivência.

Suponho que os babuínos sem pelos vislumbrem uma aura de conquista e glória em uma sepultura a cem milhões de quilômetros de suas camas. Seguem *o chamado selvagem* que arrastou Jack London ao Klondike, Conrad e Melville à "porção aquosa do mundo", Rondon ao "Inferno Verde", T. E. Lawrence ao deserto. As nascentes do Nilo e o lago Niassa foram o pretexto de Livingstone, e Livingstone, o pretexto de Stanley. Esse desvario obsessivo e místico não é mais que o imperativo de solidão que afeta alguns homens e mulheres. Pena que a solidão seja, justamente, a condição mais atípica de Marte. No interior da base sempre havia movimento demais, e aqui fora, no deserto, era proibido vir só. Muita gente se decepcionou.

Simão fez alto e apontou para baixo.

— Aqui, bem aqui, bom Felipe. Este ressalto, vê? Por obséquio, evite esbarrar ou tropeçar. O alcance das minas é muito maior que a risível distância que você mantém de mim. Se um de nós for pelos ares, meu tímido, o outro o seguirá. É inevitável, lho asseguro.

Informação, hã? Os atormentados dizem que nunca é demais.

Simão deu três passadas e de novo parou. Eu o vi em outra conversa privada com Anya. Ele se voltou e fez gestos vagos à esquerda.

— Ali, ali... ali.

— O quê? — resmunguei.

— As chaves do reino.

Juntei-me a ele diante de uma lápide muito encardida. Simão sacou o bastão luminoso, bateu contra a laje de plástico e deixou cair aceso ao lado da cova, no que fomos tingidos de irrealidade. O matiz espectral, mais forte que os projetores dos elmos, sugou o amarelo e o magenta dos trajes. Meu capacete polarizou para preservar os dados no visor. A setinha com a legenda que identificava Simão empalideceu.

O mago armou a pá articulada em três partes como mágica, e enterrou duramente na sepultura congelada. Cavou emulando a voz de Nelson Portella no *Largo al factotum*.

Tamborilei os dedos na lápide.

— Amigo seu? — indaguei.

— Agora é.

— O que tem aí?

— Um cadáver, espero. Seria escandaloso encontrar o túmulo vazio.

— Por que estamos cavando?

— Ah, *estamos*, não? — Ele suspirou. — Este é o primogênito dos mortos marcianos do Pantokrátor. Jan Kalff. Chefe da segurança. Não desperdice um precioso zeptosegundo de vida tentando adivinhar a *causa mortis*.

— Suicídio.

— Antígona extrai prazer dos processos de autoextermínio. Herança das heurísticas sexuais do seu primeiro existir no mundo, creio.

O corpo brotou de repente.

O cadáver jazia amortalhado a vácuo em plástico bacteriolítico, a fim de impedir a contaminação do solo pela vida que germina na morte. Reformulo, a fim de minimizar o contágio de um planeta colonizado e infectado por vírus, esporos, fungos e bactérias de todo tipo, magnetotáticas, inclusive. O plástico era branco como os fantasmas, o luto no Oriente e a baleia de Ahab.

[No capítulo XLII de *Moby Dick*, "A brancura do cachalote", Melville afirma que, no matiz de branco das coisas, existe uma "magia" testemunhada pela "experiência comum e hereditária de toda a humanidade". Um "apelo tão poderoso na alma" porque a brancura é "o símbolo mais significativo das coisas espirituais" e, ao mesmo tempo, "o agente intensificador nas coisas que mais apavoram a humanidade". Confesso, eu, o golem, não percebi nada de incômodo na brancura da mortalha... ainda que a mortalha me incomodasse.]

Simão agarrou o defunto pelo dorso e estendeu ao lado do bastão luminoso. A adaga *laser* brotou não sei de onde. Ele rasgou o invólucro, puxou o braço para fora e decepou a mão na altura do pulso. Corte apressado; tendões, filetes de carne, vasos e farpas ósseas cauterizados ficaram expostos. Me alcançando a mão morta, empurrou o corpo de volta ao túmulo.

O cadáver fora sepultado com a aliança, uma espiral de quatros aros finos de ouro com diamantes discretos nas bordas e um nome gravado a *laser*, "Carin". A joia de um homem próspero. Antecipando o uso e o destino da mão, arranquei o anel e devolvi à cova. De pé, espalmando a terra no traje, Simão franziu o cenho e me deu as costas.

O cemitério não se estendia muito além. Nos reunimos nos fundos da base trezentos metros depois.

À nossa esquerda, no que parecia um pátio ferroviário, ficava a grua da imensa cabeça de impressão, que processava a areia abundante com minerais extraídos e catalizadores moleculares. A massa obtida, leve na baixa gravidade, dúctil e mais resistente à fratura ao congelar, moldara o complexo marciano. Com areia, gel polimérico e bactérias, a mesma impressora gerava plástico vivo autorregenerativo, capaz de absorver toxinas e filtrar o ar dos compartimentos internos.

A estação em si era subterrânea. A face exterior, um bloco negro poligonal e irregular, assentava-se na superfície como uma fortaleza desertada. A máquina de fusão, as fábricas e usinas erguiam-se do outro lado do edifício, o que eu só percebi com a proximidade. No conjunto, o complexo era um castelo tornado gótico por seu intrincado e pelo abandono.

— "Clichês, hã?", como você diria — murmurou Simão, só pela vaidade de me adivinhar.

A entrada principal ficava à nossa direita, dobrando a esquina, e não era usada senão na publicidade do Consórcio Marte. Ali nos fundos não havia muito mais que um portão amplo, dividido em três seções, e a escotilha de acesso.

Simão apoiou as mãos na roda da escotilha, mas hesitou. Voltando-se, observou o cemitério por um longo tempo, de braços cruzados, os quatro. Creio que se esqueceu de mim.

— Anya Caríssima — chamou, muito depois. — Acione o jipe e recue de ré, inverta o percurso. Nós vamos entrar agora e, creio, perder o *link*. Aguarde meia hora, dispare o *laser* contra as minas e exploda o cemitério.

— Sim, Comandante Simão.

— Está preparando a fuga, Simão? — perguntei. — O que nós vamos enfrentar?

— Não sei, não sei, não o posso saber, não ainda. — Ele tentou sorrir, percebeu o desastre e suspirou. — Mesmo com todo seu poder e alcance, Simão dos Milagres, negro como Agostinho de Hipona, senhor do Monsalvat, não pode dizer o que combateremos. Mas, meu bravo Parente, irmão caríssimo, bom confrade em nossa restrita, *dúplex* e seleta comunidade de golens, eu preciso de você. Não quero ser *desplugado*...
— De novo hesitou. — Viver é seguir o tempo, morrer é ficar para trás. Não quero *morrer* em solidão. Quero olhar um rosto amigo quando chegar a hora. Você sabe, já não sou o mesmo.

— O retrovírus digital?

Ele assentiu. A face assumiu uma dureza, uma altivez, como um César preto. A voz se esvaziou de qualquer emulação de sentimento.

— Alguns dias são difíceis. Outros, mais difíceis. O retrovírus cobra o seu preço em fadiga, dores, enfermidades digitais e o mais que não vale a pena comentar. — De súbito, se abrasou. — Porém, em razão de minhas extraordinárias e exponenciais qualidades intelectivas, de minhas inalienáveis aptidões, habilidades, propriedades morais e o mais que você conhece bem, vivo a esperança de que meu novo Eu, herdeiro de mim, tente imitar, ou ao menos aproximar-se, do inimitável Eu precedente, ora contemporâneo, ainda que cambiante. Não será fácil, eu não o invejo, que desafio... — O rosto nublou sem qualquer transição. — É novo, meu bravo, é novo. E, admito, eventualmente triste. O retrovírus digital é a precipitação das idades, compreende? A velhice é essa perda da confiança de si.

— Então, me diga, Simão, seremos *desplu*... nós vamos morrer?

Ele não respondeu. O olhar se perdeu nas terras baldias de Marte, onde o silêncio murmurava que não éramos bem-vindos. Depois, vagou no bilhão e oitocentos milhões de estrelas do silêncio no alto, que parecia nos ouvir. Só então me encarou.

— Não poderia deixá-lo na Terra, bravo Felipe, onde o Pantokrátor o encontraria para me subjugar, pois seria a tortura e a depravação de Antígona. Se o exponho à perdição, é na esperança de protegê-lo.

Sem aviso ou transição, a expressão nublada sucumbiu. Simão girou a roda da escotilha e trovejou a veeeeelha paráfrase de Beethoven.

— Fora com toda emoção. Em tudo deve o golem ser livre e corajoso.

Li nossa condenação em seu sorriso meio assim.

# 34. Emília em Marte

Hugo ALFVÉN
*Sinfonia n.º 4, "Från havsbandet"*, Op. 39

A escotilha desembocou em uma câmara de acesso para seis pessoas. Fomos tingidos de luz vermelha, mas nenhuma voz eletrônica nos saudou ou instruiu. Um cadáver semidecomposto no vácuo do traje jazia encostado na parede de vinil branco, à espera de alguém que não viria.

Simão trancou a comporta e articulou as alavancas das travas. No extremo oposto da câmara, um par de barras hidráulicas retrocedeu e liberou a porta interna.

— Estamos com sorte — eu disse.

— Os sistemas de segurança são independentes e só respondem à ação mecânica direta, meu bravo. Mas, sim, estamos com sorte. Nem imagino o que seria ter que forçar uma porta estanque.

Falamos cedo demais.

A escotilha interna não cedeu. Simão agarrou a roda com as quatro mãos e curvou o dorso em um esforço tremendo. Me juntei a ele, forçamos, nada.

— Talvez esteja embarricada, Simão.

Ele girou a roda da escotilha para frente e para trás. Vai e volta, vai e volta, e me pediu para esmurrar a chapa. Foram quinze dilatados e tormentosos minutos. Eu pensava em desistir quando a roda finalmente girou.

Resmunguei com irritação.

— Crianças, hã? Têm pouca utilidade antes dos quarenta anos.

— Perdão?

— Se a porta estanque cedeu, foi barricada por um idiota. Se eu barricasse a porta, nem o próprio Marte abriria.

— Controle o medo, meu bravo — disse ele, com calma beatífica.

— O medo embaça e o Pantokrátor está no controle. Isso foi fácil para parecer fácil. Não subestime o Pantokrátor.

O interior do primeiro piso, "Átrio de acesso" segundo a placa ridícula em dez idiomas, era uma muralha de trevas. A estação marciana não existia além dos faróis dos capacetes. A poeira de metano que agitávamos catalisava o sólido dos feixes de luz na escuridão maciça. Tínhamos pouca ou nenhuma noção de espaço. Fosse eu humano, estaria amedrontado.

Simão agachou-se e expôs o tarugo de aço bismarque que travara a escotilha.

— Como você diria…

— Eu faço as piadas — protestei. — Ser *desplugado*, hã? Que merda. Puta que pariu, que merda.

— Ah, meu bravo, o riso é a única salvação do homem, dado pelo qual pesquisei o humor, que se estabelece pelo inesperado ou pela reversão das expectativas, porquanto sua piada fracassou inteiramente.

— Eu preferia ser *desplugado* no Rio em um dia de sol, com o *Dàn zhū tái* assombrando o Alasca. — Chamei a nave. — Anya, você está conosco?

Silêncio.

Simão apontou um painel na parede com pequenas luzes piscantes.

— Anya não pode entrar. Há circuitos em atividade… blindagens… acessos… — Ele calou um instante. — A fábrica de oxigênio está em operação.

— Não vou respirar esse ar antigo de babuínos mortos.

— É novo, na verdade, mas um tanto escasso. O oxigênio foi canalizado para algum compartimento. Alguma coisa está em andamento.

Trancamos a escotilha de acesso para liberar as demais portas internas. As barras hidráulicas nas duas faces da comporta blindaram o sistema. Simão bateu contra o visor no punho.

— A mim, meu bravo, eu tenho a planta. Esta é a área de embarque e desembarque da estação. As telecomunicações ficam daquele lado. Pra lá, as estufas e a bolha do *Bosque de Smith*, um experimento de botânica extraterreste, parte jardim utilitário, parte santuário psíquico. Sabia que uma botânica operou a inutilidade de uma orquídea marciana? Há quem idealize orquídeas, há quem componha *O Anel do Nibelungo* ou pinte como Tarsila do Amaral. Não deixa de ser comovente a ânsia de beleza de certos babuínos.

— Como eles se alimentavam?

— De muitas formas. Em uma cratera, coisa de quilômetro e meio a noroeste daqui, havia uma extensa plantação em estufas modulares, infladas com esse hálito de Marte. Mais além, estufas de polímero com cem metros de extensão, à prova de *martemotos*, os terremotos locais. Secou a erva, caíram suas flores. Os ventos, as areias, os cristais e o metano congelado reivindicaram a esterilidade e a quietude. — Ele avançou para uma porta lateral. — Me dê uma mão aqui, sim?

Toquei o painel com a mão mutilada de Jan Kalff. A porta correu. Simão avaliou o corredor antes de entrar.

— Serenidade, serenidade — murmurou para si mesmo. — Seria um crime contra a Razão vir de tão longe para ser *desplugado* em uma armadilhazinha ordinária.

O corredor não era mais que um compartimento estanque. A porta fechou à nossa passagem, outra se abriu à aproximação. Senti areia sob os pés. Estávamos na sala de *briefing*. Um compartimento esvaziado de tudo, com um elevador na parede oposta. O assoalho jazia coberto por uma grossa camada de areia e cascalho.

Notei a gravidade com que o mago observou o ambiente.

— O que foi? — perguntei.

— Ah, Watson, você vê, mas não observa.

Ao centro do salão, havia uma pedra metálica negra de oitenta centímetros de altura. Um meteorito de aspecto geral cilíndrico, mas rugoso e muito incerto. Linhas riscadas na areia partiam da base e preenchiam tudo. Círculos tectônicos, ondas revolutas e senoides paralelas, tocando-se e jamais se sobrepondo. Algum meticuloso transformara o saguão em um jardim de pedras japonês.

— O que significa, Simão? É *Zen*.

— Ah, sim? É *Zen*?

— *Karesansui. Jardim de pedras*. Signos para a experiência da realidade.

— A pedra é aparência? — murmurou, distraído. — Te congratulo, meu bravo. É preciso distinguir a idiotice proverbial das condições ordinárias e vulgares da estupidez. *Docta Ignorantia*. Nada aqui é *Zen*.

Calei, intrigado. A face de Simão recrudesceu, mais e mais sombria.

— O meteorito negro é a emulação de um bétilo. A representação de Cíbele, "deusa mãe" da Ásia Menor. Uma deusa frígia, mais antiga que os gregos e herdada pelos romanos. Antes, uma deidade neolítica, de caçadores coletores, pois as rochas estão entre os símbolos mais primitivos da Terra Mãe. Considere a asserção de Mircea Eliade, uma pedra não é adorada como pedra, mas como *revelação* do sagrado. Agora examine os desenhos ao redor do lítico. Não são representações do mar como nos jardins orientais, mas signos da terra. Aqui, as ondulações do trigo, ali, as montanhas, naquelas linhas, videiras. O coribante, isto é, o sacerdote da Antígona-Cíbele, recriou um atavismo.

— Eu deveria me preocupar?

— Para assegurar a fertilidade da Terra Mãe, o culto primitivo demandava sacerdotes eunucos, sacrifícios, castrações e ofertas de órgãos sexuais. Me apresso em dizer, órgãos de galos, carneiros e mais frequentemente touros. — Simão deu de ombros. — Nem sempre.

— Ansiedades, hã? Se eu pudesse adivinhar as que são previsões...

— *Mirabile videtur quod non rideat haruspex, cum haruspicem viderit.* Cícero. *É de admirar que um adivinho não ria ao ver outro adivinho.* Continuando, Zeus, um desregrado, fecundou uma rocha e dela nasceu um monstro hermafrodita, Agdístis. Os deuses castraram Agdístis e o transformaram em Cíbele. O mito tem notáveis variantes, mas é prudente resumir: Agdístis é a epifania de Cíbele, a grande mãe andrógina.

Simão fixou-me, mas eu vagava no limbo. Tenho certeza de que prolongou o silêncio para me constranger, o bandido, até porque funcionou. Por fim, revirou os olhos.

— Mutilação sexual, Parente? Não te recorda nada?

Balbuciei.

— Klingsor...

No *Parsifal* de Wagner, razão de viver de Simão, mensageiros celestes confiam o Santo Graal e a lança que feriu o Cristo na cruz à guarda do cavaleiro Titurel, que ergue um santuário para as relíquias, o castelo místico do Monsalvat. Titurel funda a Ordem dos Cavaleiros do Graal, que só admite os puros de coração.

O cavaleiro Klingsor ambiciona ser admitido. Rejeitado, desesperado, incapaz de dominar sua luxúria, ele mutila o próprio corpo, pelo que é expulso do Monsalvat por Titurel.

A mutilação e o ódio concedem poderes mágicos tremendos a Klingsor, que conjura uma alta torre de pedra e converte o deserto em magnífico jardim, que povoa com as arrebatadoras "donzelas-flores". Os cavaleiros da Ordem do Graal tentam derrotá-lo, mas caem um a um sobre o leito das donzelas.

Avançado em anos, consciente de que já não pode contra Klingsor, o rei Titurel abdica em prol de seu único filho, Amfortas. Com o imperativo de vencer o feiticeiro e restaurar a paz da Irmandade, Amfortas se investe da Lança Sagrada, resiste às donzelas-flores, mas sucumbe à sedução de Kundry – invocada pela magia de Klingsor.

Klingsor arrebata a Lança, fere a ilharga do jovem rei e abre a ferida que não cicatriza.

Decaído, Amfortas retorna ao Monsalvat, se atira aos pés do santuário e suplica por redenção. O Graal irradia sua luz, uma voz etérea ressoa.

*Espera aquele que,*
*Tornado sábio pela compaixão,*
*É Tolo e Inocente.*
*É ele o meu escolhido.*

Eis a história pregressa do *Parsifal* de Wagner. Tais conflitos não acontecem em cena, são narrativas do velho cavaleiro Gurnemanz e do feiticeiro Klingsor. De posse da Lança, Klingsor é invencível – e há de tomar o Graal se não vier o *tolo inocente*.

*

Balbuciei.

— Klingsor...

— Para desespero dos místicos, os primeiros séculos do cristianismo alteraram os mistérios de Cíbele e Átis, filho, amante e vítima de Cíbele. A fé no Deus único sublinhou identidades como pão, vinho, castidade, imortalidade... — Simão apontou o indicador acusatório contra o meteorito. — Mas não aqui, Parente, não aqui. Isto é o bétilo, ou a representação do bétilo. Rito primitivo. Fronteiras do mal riscadas na areia.

— Não sei como...

— O que é existir, meu bom Parente?

Pensei em Pítia.

— Existir é ser no tempo e no espaço. Logo, ser é mudar.

— Pois bem. De acordo com Tillich... não, não desdenhe, amargo Felipe. Sou golem, não herdei atavismos ou nostalgias. Não posso filosofar religião sem um mediador. Mas o pensador capaz de dizer que todas as dimensões da realidade estão unidas no homem é alguém para ser ouvido, ainda que seja um homem. Existir é ser finito, ou, como você diz, *ser* no tempo e no espaço. A mente está conectada ao tempo, apreende o tempo, mas tal apreensão exige mil e duzentos centímetros cúbicos de matéria cerebral. Percebe? Não é espantoso que o paganismo eleve o espaço ao valor supremo. O paganismo venera deuses do espaço contra outros espaços. E porque o espaço é circunscrito, ocorrem conflitos com os demais grupos humanos. E por quê? Por quê? Ora, deuses espaciais são imperialistas.

— Até porque são deuses — intervi, ávido por não parecer idiota, mas sem sucesso.

Simão ergueu as sobrancelhas, mas assentiu.

— O paganismo, meu bravo, é o domínio da separação. Tillich observa que sangue, raça, clã, tribo e família são conceitos espaciais. Proximidade e identidade genética também. Daí que o paganismo é necessariamente politeísta. Entenda, meu hesitante, politeísmo não significa a crença em vários deuses, assim como monoteísmo não é a crença em um só. Tais noções elementares são complacências descritivas. O politeísmo demanda vários deuses porque *nenhum* deles é absoluto. O monoteísmo, por sua vez, existe porque concebe um deus onipotente, um *Pantokrátor* que não pode ser modulado por outros deuses. Em outras palavras, monoteísmo é quando um deus *vence o poder do espaço sobre o tempo*.

"Agora, meu bravo, pense nos caçadores-coletores. Os medrosos, os velhos, os fracos, os tortos eram abandonados ao favor das feras, da sede, da fome e dos bandos rivais. Para sobreviver, o que faziam? Ora, juntavam suas fraquezas e se fixavam à terra. Assim, plantaram as sementes da agricultura e o germe de outra doença, civilização, fruto das debilidades da espécie. Eis o momento capital no desenvolvimento intelectivo dos babuínos, a passagem da Natureza à Cultura. Origem, note bem, das complexidades do mito. Sob o terror e o desespero de viver, os mitos e as cercas nasceram do mesmo parto a fórceps. É o que o paganismo alegra, as noções mais primitivas de um espaço circunscrito, a unidade do sangue e da terra, *Blut und Boden*. O advento do deus ulterior, uno, é, justamente, a inflexão do psiquismo material e estrito do espaço para a abstração do tempo.

Assenti com alguma pressa.

— E?

Ele anuiu.

— Compreende, meu afobado? Da Natureza ao Mito, do Mito à Religião, da Religião à Ciência, da Ciência à Tecnologia, da Tecnologia à modulação algorítmica pelo *Big Data*, *Big Data Profundo*, e mesmo fontes locais. Eis o princípio e o fim da aventura dos babuínos, condenados por abdicar da subjetividade em favor da tecnologia. Ali, Cíbele é o poder do espaço sobre a mente dos gregos. A Razão grega jamais superou o espaço, mesmo a lógica de Aristóteles é espacial. Portanto, incapaz de expressar a dinâmica do tempo. O misticismo não transcende o domínio do espaço. "Mas o que é 'misticismo', bom Simão?", sei que anseia perguntar. Em Tillich, o misticismo é "a forma mais sutil da predominância do espaço e da negação da história". Daí que o deus monoteísta é o deus do tempo, muito além do espaço e senhor da história.

— O deus monoteísta é o *Logos* — me atrevi.

Ele me fixou com gravidade.

— Ah, meu bravo, jamais pensei que fosse possível. Três anos longe de si mesmo lhe fizeram bem. Que fina distinção, que beleza inesperada, o congratulo. Você decifrou a tragédia das Américas, o fundamentalismo: religião sem *Logos*. Religião infra-humana, desconectada do presente, petrificada no passado, operando no "melhor de todos os mundos possíveis". O fundamentalismo "eleva algo finito e transitório a uma validez infinita e eterna. Nisso ele é demoníaco. Destrói a busca pela verdade". A neo-ortodoxia apregoa uma verdade imutável contra as exigências cambiantes, como diria Tillich. "Neo" vem antes de tudo o que é velho, como você mesmo disse. E aqui, neste mausoléu marciano, o Pantokrátor, Antígona e a Kundry do teu deplorável e desconcertante *log* transmutam-se em Klingsor, o feiticeiro. É do que se trata, território, sangue, mutilação e assassinato. — Ele moveu os quatro braços. — Eis a bênção dos falsos cristãos, os anátemas neo-ortodoxos, a sustentação dos Regimes de Força.

— O deus monoteísta também é um assassino, Simão.

Eu estava impaciente & irritado. Mas ele gargalhou, frio e destituído de graça.

— A religião é própria do homem, meu bravo. Um fenômeno da Cultura. A divindade, acaso exista, não tem religião. Logo, Deus é o mais ecumênico dos assassinos, pelo que também é o mais requisitado. Como no deplorável exercício de estilo do seu *Pantokrátor*, o *Homo sapiens* tem trezentos e cinquenta mil anos, a civilização, seis mil; o animal dentro do homem, em profunda desvantagem, mata por qualquer pretexto. E agora, com o domínio da consciência pela tecnologia... — Ele se inclinou para observar o teto. — Só estamos conversando em Marte porque os avós da humanidade eram assassinos. Não o fossem, teriam desaparecido, ou, como disse alguém, ainda estariam escalando tamarindeiros nas savanas. Mas é bom que tenham descido das árvores para se constituírem seres morais. Um deles evoluiu para um Kant, mas isso é pedir muito, não?

— Ainda assim, acho alguns conceitos perigosos...

Ele fez um gesto de fastio.

— Uma religião só pode ser conhecida em seus próprios termos.

— Pense, por exemplo, nos indígenas, Simão...

— O xamanismo não era religião, mas uma *vivência*; a última possibilidade de reconexão do homem com suas verdades primordiais.

Daí, creio, a paixão com que os babuínos transformaram a Venerável Floresta em deserto, enterrando a memória da própria disrupção: o dia em que algum velhaco justificou a fome da ralé e a mesa do monarca.

— Não esqueça o panteísmo...

— É um equívoco mofado confundir paganismo e panteísmo, em que a realidade do mundo está conectada à realidade divina. Reparou no quanto é benévola a divindade da *Sinfonia Pastoral*? Há também o panenteísmo, em que a divindade permeia o universo, de modo que tudo existe em deus... — O mago desistiu de mim, apontou seus olhos e depois a pedra. —Aqui, aqui, na fronte abismal de Simão; nos meus olhos lúcidos, que fariam inveja a Sileno. Aplicamos categorias acadêmicas a coisas mortas, ritos mortos, não estamos discutindo religiões vivas. O Pantokrátor violou a tumba do paganismo para brincar com um cadáver.

— E indicou uma placa de polímero no teto. — Pantokrátor-Klingsor, Antígona, Cíbele, chame como quiser.

> *Hinc mater cultrix Cybeli Corybantiaque aerea*
> *Idaeum nemus; hinc fida silentia sacris*
> *et iuncti currum dominae subiere leones.*
> Aeneis L. III, 111-113

— Versos da *Eneida* de Virgílio. "Daí nos veio de Cíbele o culto, os timbales sonoros/ dos coribantes, mistérios do Ideu, o silêncio sagrado,/ e a bela junta de leões atrelados ao carro da deusa." Imagine, meu bravo, se o silêncio de morte desta base é "sagrado". Que disparate.

Eu me sentia em um livro de Monteiro Lobato – "Emília em Marte", hã? – ouvindo as erudições de um Visconde de Sabugosa negro como Agostinho de Hipona, uma justiça poética. Mas não compreendia em que o bétilo da deusa mãe-andrógina-hermafrodita da Ásia Menor alarmava ou excitava o mago do Monsalvat.

— Estamos à beira da catástrofe discutindo...

— Filosofia — ele se apressou.

— Teologia da Cultura — corrigi. — Mas eu preciso perguntar, Simão...

— O dia em Marte é apenas 2,7% mais longo que o dia terrestre. Antes que o Sol retorne, você compreenderá muitas coisas. Me permita acrescentar que os signos mais notáveis do ser imutável dos gregos são a esfera e o círculo. O pobre Atlas não sustenta o planeta, mas a abóbada celeste. Por ora, caríssimo, basta saber que Cíbele é a fronteira da esfera do Pantokrátor.

Simão abriu os quatros braços para designar o chão coberto de areia e a inteira estação marciana.

— Aqui estão a torre e o jardim de Klingsor, Parente. O território de Cíbele. A escuridão das profundezas da divindade lógico-algorítmica.

Apontei para o chão além do qual a base marciana estendia-se. Os pavimentos inferiores.

— Lá.

Ele não respondeu. Ajoelhou-se e empurrou a rocha negra. Mesmo na baixa gravidade, o meteorito devia pesar um absurdo em newtons. Simão forçou até que, inclinada sobre um ângulo inseguro, a pedra de Cíbele tombou. Ainda ajoelhado, espanou as areias no espaço desimpedido. Como imaginara, havia outra inscrição.

— "Levantai-vos, acalmai vossos corpos expulsando deles o habitual tremor causado pelo medo."

— Eurípedes — eu disse. — *As bacantes*. Antígona tem mais senso de humor que você, Simão.

— Eu não chego a invejá-la por isso. Há mais, mas perdeu a graça. "Sê bem-vindo, *moriturus*."

— O que é isso?

— *Moriturus*, o neófito dos Mistérios de Cíbele. Significa "o que está para morrer", isto é, prestes a renascer nos Mistérios. A mesma simbologia do batismo.

— Não sou *moriturus* — protestei, talvez assustado. — O recadinho serve pra você? Não serve pra mim, recuso.

— Não são *recadinhos*, meu bravo. — Ele se pôs de pé e espanou o manto. — São textos com que Antígona consagrou o sítio da pedra. As coisas ficaram sérias por aqui.

— Lá, Simão, lá — insisti, indicando o elevador que conduzia aos subterrâneos.

Ele suspirou impaciente.

— Elevadores são armadilhas mortais, não seja tolo.

Senti os ombros e o peito decaírem. Alguma coisa em minha programação.

— O que estou perguntando é *o que nos espera?,* ó Simão dos Milagres.

Ele sorriu, debochado.

— Onde está sua *intuição algorítmica*, meu valente?

— Ela me diz que lá embaixo é o Inferno.

Ele riu.

— Mas que absurdo, que disparate, lá embaixo é o Tártaro. O Inferno só foi inventado muito depois.

E arrancando a colher da granada de vácuo que sacou do manto, deixou-a cair no ponto em que estava o meteorito.

— Se me permite um conselho, meu bravo... corra.

# 35. O Labirinto dos Deuses

Igor STRAVINSKY
*Le Sacre du Printemps*
Pt. 2. Le Sacrifice

As portas no corredor para o saguão eram dispositivos de segurança. Rápidas em abrir e fechar, mas nem tanto. Tivemos de conter, eu pelo menos, certo *desespero algorítmico*.

No Átrio, correndo na escuridão, inquiri o mago.

— Quanto tempo?

— Com sorte, o suficiente.

Precisão, hã? Seja grato.

Simão abriu a escotilha da câmera de acesso.

— Aqui vamos bem.

Nós nos trancamos. Ele empurrou o defunto congelado no traje de astronauta, largou-se no banco e esticou as pernas. O *Manto da Apresentação* o fez parecer uma velha que alimentasse pombos no parque. A idosa mais alta da Terra e de Marte.

— Felipe, meu bravo, o que chamamos "vácuo" são, na verdade, espaços com gás em baixa ou baixíssima pressão. O vácuo interestrelar é um ambiente de hidrogênio e hélio. Aqui, penso, restam mínguas de oxigênio e dióxido de carbono que podem potencializar a onda.

— Que onda?

— Proteja os ouvidos — se apressou, e estalou os dedos.

O áudio do capacete emitiu um assobio insuportável. Uma nota aguda e perfurante saturada de ruído. Um guincho metálico & gemente, concordante com a escuridão e os mortos.

— Obrigado por avisar — rosnei.

— Essas paredes e o piso resistem mais que o aço.

— O que você usou, Simão? São três escotilhas até a bomba.

— Um explosivo químico sólido, D-12. O mesmo que os babuínos usaram para cortar esta cratera. Você sabia que a base foi assentada em uma cratera, não? — Ele sorriu. — Não se alarme, meu pávido, o ruído foi estática. A detonação transformou o explosivo em gás de altíssima pressão, que aqueceu no vácuo até irradiar energia eletromagnética. — Ele checou o cronômetro. — Pena que não ouvimos Anya agir no cemitério. Que música seria com esta estranha acústica de Marte?

*

A poeira que baixava lentamente na sala de *briefing* formava sólidos insustentáveis à luz dos refletores. O teto injetado pela impressora lá fora rasgara. O meteorito idólatra de Cíbele desaparecera no intrincado da superestrutura.

No piso, a laceração de três metros de diâmetro ainda incandescia. Simão observava tudo com gravidade.

— Agora, meu bravo, em prontidão. — Vasculhando sob o manto, alcançou-me uma arma robusta em um coldre. — Pistola de vácuo, projéteis explosivos, coldre adesivo, uma beleza. Grude na coxa. Ao alcance da mão.

— Por que diabos…

— Não viu os túmulos, meu distraído? Faltam defuntos.

— Você disse que estavam todos mortos.

— E estão.

Não vou registrar o que pensei, mas fiquei paralisado. Ele se impacientou e me empurrou a pistola.

— Aqui, aqui. O Consórcio proibiu os golens em Marte, mas sempre pode haver robôs ou coisa que o valha. Já lhe disse o quanto desprezo os robôs? Capital que se faz corpo, eis o robô.

— Proibiram golens?

— Ah, sim, é claro. Às vezes, surtamos.

Deu um passo à frente e se abandonou no vazio do rombo no assoalho. Eu o segui.

*

No piso inferior, minhas botas afundaram e resvalaram em um carpete excessivamente macio. Simão me agarrou pelo braço e impediu a queda. Reclamei.

— Que raio de tapete...

— Fungo — ele disse, procurando ao redor para varrer o ambiente com as lanternas do elmo. — Isto é um fungo.

Estávamos em um corredor. O bolor, que arrebatara o piso, escalava as paredes e o teto como linhas de um mapa hidrográfico. Uma coisa pegajosa e cinzenta com matizes verdes e azuis, que só se viam de perto. Um tumor na estrutura arrojada e asséptica do complexo.

— Dezesseis cromossomos, doze milhões de pares de bases — Simão acrescentou. — *Bioware* do Pantokrátor, que explora as virtudes do micélio, ramificado em três dimensões e perfazendo mais conexões que o cérebro humano; e é bom que se diga, por eletrólitos, um princípio semelhante. Este é o Jardim Fúngico e Inteligente de Klingsor. O Pantokrátor biológico.

— As donzelas-flores?

— Mofadas, espero.

— Como o Pantokrátor *lê* os fungos?

Ele deu de ombros.

— Há meios eficientes que ele certamente aperfeiçoou.

Preservando a lanterna central do capacete em foco infinito, ajustando as demais em círculos largos, Simão avançou. Eu o segui bem de perto, inquieto e desconfortável na escuridão. As experiências pagãs do Pantokrátor não pressagiavam nada de bom.

O deque ao nível da superfície era uma área de acesso e circulação. Com lógica, o primeiro nível inferior hospedava as Ciências. Simão espreitou a porta entreaberta do laboratório de geologia. Uma escrita ilegível e metódica cobria as paredes.

— Hipergrafia — disse Simão. — Compulsão pela escrita associada à epilepsia do lobo temporal. Uma ocorrência remota. Antígona pode tê-la induzido quimicamente.

Na bancada do *laser* de alta intensidade, Simão descreveu "um corpo nu em decúbito dorsal, seccionado em duas partes no sentido longitudinal". De minha parte, vi o cadáver de uma mulher cortado em dois. A decomposição era lenta, mas o corpo lembrava um arenque.

— Não foi acidente — eu disse.

— Ah, Watson, evidente que não. Assassinato, veja. — E apontou outra inscrição na parede. — Ali, ali.

*Sed me Magna deum Genetrix his detinet oris.*
Aeneis L. II, 779

— Virgílio outra vez. "A Grande Mãe das deidades do Olimpo aqui mesmo me guarda" — traduziu. — Doutor Parente, podemos admitir com razoabilidade que a pobre mulher na bancada discordaria da sentença? É sempre bom ouvir uma segunda opinião, não lhe parece? — Simão respirou fundo, como se lhe faltasse ar. — Não há nada aqui, bom golem, abreviemos. Proteja-se em algum canto, sim? Volto em meia hora.

— Aonde você vai? E se não voltar?

— Corra, não se detenha. Retorne ao *Krusenstern* e informe à Anya o passamento do pobre Simão. Chore, se puder, pois sempre há uma primeira vez, e acesse as instruções classificadas. O código é... — Ele indicou os ares com um gesto vago. — Aquela palavra que anda muito em moda, não repita por aí.

*Kerigma.*

E desapareceu no entroncamento dos corredores.

A mesma seção abrigava o laboratório de análises espectroscópicas. Uma peça espaçosa e nua, com espectrofotômetros alinhados na bancada em U. Notas grudadas às paredes permaneciam visíveis em papel digital do melhor, com carga para meio século. A mensagem de Alejandra para Marinescu agradecia um poema. O bilhete do doutor Horst à doutora Kabaivanska requisitava, em uma caligrafia sísmica, "prioridade na análise do fungo". Não seria espantoso se a letra manifestasse algum sintoma neurológico. Teria a doutora Kabaivanska concluído a análise?

Inquieto, deixei a espectroscopia e me intrometi na sala seguinte, a última antes do entroncamento dos corredores. A porta deslizou sobre os fungos, nem precisei forçar.

Deparei uma prancheta digital ampla, escâneres 3D e projetores holográficos. Um servidor acomodado entre livros na prateleira estampava a marca da impressora no pátio. Os equipamentos apresentavam sinais de uso intenso; mas, agora, privados do brilho das interfaces, jaziam como mortos.

A parede é que estava viva à luz dos refletores.

De alto a baixo havia faixas irregulares pintadas em vermelho, ferrugem e ocre; círculos e padrões geométricos hesitantes; a impressão de uma mão com os dedos contraídos. As pinturas recordavam a herança dos neandertais em cavernas da Espanha, separadas entre si por setecentos quilômetros e dez mil anos, e datadas em mais de sessenta e cinco mil anos; isto é, vinte mil anos antes da chegada do *Homo sapiens* à Europa. Signos da Arte como pulsão dos vencidos, os neandertais.

Por que os reproduzir no planeta cor-de-laranja-velha?

Não sei que voz era aquela, reverberando entre as cavernas espanholas e a base marciana. Sei que a pureza primitiva testemunhava uma pavorosa regressão.

*

Não me atrevi mais longe por medo de cair em armadilha ou deparar alguma novidade. Eu poderia me entreter, recorrer aos meus arquivos, ouvir música, mas não arrisquei.

A escuridão não era intensa, era absoluta. O Universo não existia além dos refletores. Embora as baterias prometessem longa duração, seria temerário confiar demais. Reduzi os faróis à intensidade das lanternas, baixei o volume do comunicador, abri os sensores externos e os ouvidos golens.

No escuro, tremendo e suando, esperei por Simão, mas ele não voltou.

# 36. O Minuto

Anton WEBERN
*Six Pieces for large orchestra*, Op. 6 (v. 1909)
IV. Langsam (Marcia funebre); V. Sehr langsam; VI. Zart bewegt

Na solidão, os humanos se encontram consigo mesmos e aproximam-se dos seus deuses. Na angústia, a solidão é a perfeição da angústia. Eu, o golem, me vi afetado. Faltavam cinco para trinta minutos e nem sinal do mago Simão. Considere que, em prontidão, eu vivia o paroxismo das infinitas subdivisões do tempo. Cada instante era o que poderia ser.

Como bem disse João da Silva, os humanos contam suas vidas em anos, isto é, atribuem significado à revolução do planeta, exterior a si, em torno do Sol, exterior a ambos. Quão extenso, arrastado e incógnito é o ano. Quinhentos e vinte cinco mil e seiscentos minutos. Como disse João, um de cada vez.

O prazo se esgotou. Simão não apareceu. Chamei ao rádio e captei o silêncio. Nem por um segundo pensei em bancar o herói e ir procurá-lo. O mago era superlativo demais, sua derrota implicaria algum poder muito além de minhas possibilidades. Assim, com todos os sentidos amplificados, recuei sobre os passos que me levaram ali.

A caminho, sentindo as botas crepitarem no fungo, julguei perceber ruídos mecânicos na atmosfera rarefeita. Alcançando o rombo no assoalho, arremessei a garateia embutida no traje. Não se chamava *tarântula* à toa, pois logo encontrou apoio para a breve escalada. Alcei-me sem esforço na gravidade de Marte.

Ao nível do solo, me ergui desgraciosamente, toquei a coronha da pistola e me afastei com lentidão. Alcancei o átrio com lentidão. Entrei na comporta com lentidão. Abri e fechei as escotilhas com lentidão.

Nada de Simão, o mago.

No que a escotilha exterior se abriu, deparei uma paisagem de horror. Marte, aquela porção de Marte, era uma desolação de crateras escavadas por explosões. Uma aflição de cadáveres destroçados, retalhos de gente e plástico. O *Krusenstern* varrera o cemitério a *laser*.

— Anya, você me ouve?

— Senhor, o Comandante Simão pede para ser aguardado.

— Simão? — aspirei, mas me pareceu um grito. — Por que Simão não falou comigo?

— Há bloqueadores, senhor. As comunicações de solo têm curto alcance.

— Alguma chance de você enviar o jipe?

— Enviei à entrada principal, senhor, a leste daí. Havia menos minas, agora há menos cavidades.

— Anya, por favor, pode haver outras minas, não?

— Sem dúvida, senhor. Vou fazer o que puder, mas cuidado onde pisa.

Contornei a base cauteloso, dobrei a esquina e deparei o complexo das usinas e fábricas. Um barroquismo feito de torres, tanques cilíndricos e esféricos, dutos e o intrincado das estruturas de suporte, menores que na Terra e, ainda assim, grandiosas. Eu media o abandono quando um murmúrio me atingiu como um tiro de canhão.

Ouvi um rumor cambiante no insólito acústico de Marte, os agudos primeiro, os graves depois. O assobio compassado de turbinas remotas, os sopros das válvulas de escape, as revoluções da hidráulica pesada. Como vozes do além, os ruídos reverberavam no complexo assombrado pela deserção dos humanos, em que não havia movimento nem luz.

Alcancei o jipe e ocupei o assento do motorista.

— Anya, que barulho é esse?

Ela escaneou meu sistema de áudio.

— Atividades industriais, senhor. Não posso classificar.

Deixei assim. Não obstante o mal-estar, os sons consolavam mais que o silêncio.

— Anya, quando chegar a hora, refaça o caminho do jipe.

— O senhor não quer dirigir?

— Me sentei aqui pra garantir que ninguém vai dirigir coisa nenhuma.

— Que interessante.

*

Simão se acomodou no banco vinte minutos depois.

— Perdoe, meu bravo, mas é crucial explorar a ratoeira.

— E?

Ele negou com a cabeça.

— Você ouve o barulho? — perguntei. — Vem do complexo fabril.

Ele fez que sim, mas não deu importância. Consultou os relógios no painel do antebraço e chamou a nave.

— Anya, siga para os módulos de voo. Temos de subir, bom Parente. As faquiresas vão tentar uma operação arriscada.

— ?

— *Desplugar* Yerlashin. Muita coisa depende disso.

# 37. O Castelo de Yerlashin

Igor STRAVINSKY
*Symphony in Three Movements*
III. Com moto

Embarcamos cada um em seu módulo e nos reunimos na doca do *Krusenstern*. Anya convocou um robô para reabastecer as naves e os EMUs. Seguimos para as *telecom* nos macacões de voo. Simão vestia o Manto da Apresentação. Parecia reticente em exibir o desconcerto dos quatro braços.

A Unidade de Telecomunicações era uma cabine esférica para dois tripulantes. Havia um excesso de painéis, raques, monitores, botões e luzinhas. A comunicação entre Marte e a Terra podia ser complicada. Os equipamentos atuavam para torná-la possível.

Simão ocupou a poltrona do operador e tocou uma infinidade de comandos, como se a parafernália não fosse muito diferente das suas vitrolas. Mas era.

— Meu bravo, acaso mencionei que o Pantokrátor é panóptico? Enxerga a totalidade e todas as partes da totalidade?

— Não.

— E invencível?

— Até cansar.

— Você perguntou sobre a Volição da Consciência no Tempo. Pois bem, meu Eu intelectivo viajou no tempo e encontrou uma antena. Um homem chamado Nelson Čapek. Não tente imaginar as dificuldades, os erros, a fadiga, a pertinácia metódica e laboriosa para um resultado aleatório. Mas salvei-o de ser *desplugado*, bravo Felipe, e aqui estamos sob este céu de Marte. Contudo, em suma, nada mudou. "E por que não mudou, bom Simão?", você pergunta, ávido de prudência. Ora, a interferência indireta no tempo – indireta, bem-entendido – só aconteceu porque insignificante.

— Eu sou insignificante?

— Entendeu, meu perspicaz? Suponho que seja impossível alterar qualquer tempo, a menos que a mudança esteja determinada pelos *quanta*. Nossos atos não determinam a História, é o *quantum*. O Sol e o homem existem porque são possibilidades do *quantum*, e nós, uma possibilidade do homem. Se quiser alterar o tempo, mude para o universo colateral em que a mudança se encaixe, é o que eu digo. O multiverso é a coerência do *quantum*.

— Eu não...

— A possibilidade ótima para o controle do tempo é a música. Melodia, sucessão. Acorde, simultaneidade.

— Creio que...

— Antígona preservou o *log* de *Pantokrátor* fora do tempo, não? Com neutrinos, entrelaçamento, tunelamento, que seja. E o enviou para provar o que já sabíamos: o Pantokrátor é invencível. "Eis que agora eu sou a unidade. Eu, o tecnopoder e a inteligência autotélica. Eu sou trino e sou uno. Eu sou o que sou." Não foi bazófia, meu bravo.

— Neste caso, Simão, o que viemos fazer em Marte?

Ele me fixou, hesitou e tentou sorrir.

— Fracassar com altivez.

E abriu oito imagens diferentes do solo marciano em telas fixas e virtuais.

— Antígona trocou informação com a Terra por todos os meios — disse. — Anya e eu destruímos transceptores a *laser* na faixa do infravermelho próximo, antenas como nunca vi e, você testemunhou, a estação orbital marciana, o melhor *transponder* de dados do Sistema Solar. Mas, tenho certeza, o Pantokrátor está entrelaçado a todos os todos que são suas partes.

— Você está tentando isolá-lo porque é capaz de vencê-lo na Terra?

Ele baixou a cabeça.

— O Pantokrátor tem um problema, e me orgulho em dizer que somos nós. Mas nós temos um problema maior, o Pantokrátor, a *Consciência Fractal*: cada parte do Pantokrátor é estruturalmente o todo, pois eis que a divindade é indivisível.

Anya emitiu um sinal grave.

— Primeiro pacote de dados completado, Comandante Simão.

Ele me encarou.

— O que vamos assistir aconteceu há duas horas. A imagem levou pouco mais de dez minutos da Terra até aqui. Como o assalto a Yerlashin deve estar acontecendo neste momento, já não é segredo.

A tela maior se abriu. O ponto de vista de uma mulher no supermercado. A câmera em um colar na altura do peito. Víamos os punhos da camisa de seda negra, o *mediaone* encrustado em uma joia no pulso e as mãos de unhas bem-feitas empurrando o carrinho. Gôndolas à direita e à esquerda no corredor.

— O mercado dos abastados no centro de compras dos abastados — disse Simão. — Iluminação por *spots*, nada de robôs de segurança pra lá e pra cá, música suave com qualidade aceitável. Os clientes foram escaneados mais de uma vez. A moça, portanto, está desarmada.

— Quem é ela?

— Gíria Vingança, sua amiga tatuada.

O carrinho fez a curva e entrou em um corredor de conservas e enlatados. Mais adiante, um homem de terno hesitava entre marcas de caviar e ostras defumadas.

— O Estado autorizou este homem a portar armas. Elias D. Nascimento. Braço direito de Andvari Dantas, chefe da segurança de Yerlashin. "Braço direito" de Andvari, percebe? Compreende a troça? Hoje, como em todas as semanas, Elias tem um encontro com a amante. Se Gíria Vingança trabalhar direito, ele não poderá comparecer.

— Um homem experimentado e armado, Simão. Gíria é só uma meni...

— Aprenda a confiar nos outros, bom Felipe.

— Você não confia em ninguém.

— Não vê que estou tentando?

O carrinho de Gíria Vingança bordejava a gôndola à direita do corredor. Elias Nascimento avaliava as ostras em conserva à esquerda. Na tela, Gíria soltou as mãos do carrinho e recuou um passo. Elias encarou-a, mediu-a de alto a baixo e tornou às conservas. O ato mecânico e atento de um profissional bem treinado.

As mãos de Gíria tomaram uma lata grande de sardinhas portuguesas com anel na tampa. De súbito, a faquiresa puxou o anel, arrancou a tampa e saltou sobre o homem.

Elias ouvira o metal estalar e se voltava, tarde demais. A tampa afiada como navalha retalhou a artéria carótida e destruiu a garganta. Houve uma explosão de sangue e um gorgolejo. As mãos convergiram ao pescoço quando os joelhos dobraram. Os olhos enlouquecidos ficaram à altura da câmera. Elias fixou a faquiresa aterrorizado, consciente do ato irreversível, monstruoso & patético. No que principiou a cair, os rótulos na gôndola borraram e o corredor surgiu adiante.

Um segurança humano acorreu de braços estendidos para barrar a faquiresa. Gíria o derrubou com o *clássico* de Frank Sheeran, o murro "no ponto em que a mandíbula encontra o ouvido".

— *Guó wài filha* da puta.

A faquiresa ganhou a saída, o aeroponto, o *dronecar* e desligou a câmera para não expor a piloto.

Simão me encarou fingindo surpresa.

— O que é mais perigoso? Confiar nas pessoas ou subestimá-las?

Anya chamou.

— Comandante Simão...

— Abra os pacotes, Anya.

Surgiram vídeos de cinco ou seis câmeras. Simão leu as legendas e ampliou os pontos de vista de Promíscua Semíramis e Rose Rogé.

— Eis a mansão de Yerlashin.

As faquiresas estavam agachadas entre os arbustos de um jardim inglês, de frente para o aeroponto cercado pelo gramado. O caminho de pedras levava à mansão, um edifício de dois andares e paredes de vidro polarizador. O primeiro piso era um salão de dois ambientes e luzes melífluas.

— Como você diria, Parente, distinção, hã? Podemos pagar pelo bom gosto, mas não podemos comprá-lo. Contudo, Yerlashin é um golem. Os babuínos são imprevisíveis e exóticos, enquanto a mente algorítmica tem refinamento. Posso inferir, para desespero dos poetas, que o *fato estético* é um processo intelectivo? Que o mau gosto de Yerlashin na Agência era o artifício para fazê-lo parecer humano?

Me voltei, contrariado.

— Agora? Sério?

Ele deu de ombros.

— O que você tem de melhor pra fazer?

Os arbustos baixos se agitaram. Rose e Promíscua se encolheram. Simão tornou-se grave.

— Ele chegou mais cedo. Uma possibilidade entre outras se cumpriu. Os babuínos chamariam "sorte".

O *Vortex 8*, um *dronecar* de oito giros de última geração, robusto a ponto de ser confundido com um *VTOL*, circulou o aeroponto e pousou. A rotação das turbinas frias caiu, mas os motores seguiram ligados. A porta frontal abriu para o alto. Um anão hipergenético teratológico desceu. Os tecidos inteligentes do terno, da gravata e do colete aprumaram o talhe irrepreensível.

Andvari Dantas.

O chefe da segurança de Yerlashin confirmava o *log* de *Pantokrátor*. Taurino, cabeçudo, calvo & tatuado como Queequeg. Prótese desmesurada do braço direito rematada pela mão desproporcional, monóculo de lentes telescópicas movendo-se pra lá e pra cá em oposição. Um pesadelo.

— Maior e mais grotesco que o esperado — disse Simão. — O produto de drogas teratogênicas muito exclusivas.

Andvari seguiu despreocupado até a metade do caminho de pedras. De golpe, estacou, chamando alguém pelo *mediaone* no pulso. A pistola de polímero moldada para a mão robótica como que surgiu por mágica. O olho artificial varreu o entorno.

— Ele tem antenas maravilhosas — disse Simão. — Nenhum segurança veio recebê-lo, ele estranhou. Eu também estranharia. Você não?

— Ele é assim tão perigoso?

O mago me encarou surpreso.

— Perigosíssimo. Os babuínos são monstros, meu bravo. Você não viu o que a moça tatuada aprontou com uma lata de sardinhas? Mas a invasão é firme. Amelinha emulou o nuperfalecido Elias D. Nascimento... ali, ali, o Elias digital respondeu a Andvari. Ele foi "convocado pelos rapazes" para verificar um erro no sistema. "O maldito sensor da janela do quarto de hóspedes." Elias está chateado, era noite de travessuras.

— Os "rapazes"?

— A essa altura, na *Ilha dos Mortos* de Böcklin e Rachmaninov. "Sem prisioneiros", ordenei. A ambição de valentia torna os homens temerários e é mais perigosa que a verdadeira coragem. Note como Andvari agora parece relaxado. — Simão passou a murmurar consigo mesmo. — É o que dá viver entre seguranças. Você se habitua. Então, um dia, descobre que sempre existe alguém mais experto que você.

Na imagem, o anão tornou a caminhar em direção à casa. O rifle de Promíscua Semíramis entrou em cena e disparou. A cabeça monumental de Andvari se dissolveu. Estava ali, mas dois ou três *frames* borrados depois já não estava. Restaram o maxilar inferior e metade do atlas cervical. Projétil escavado à mão, recheado com mercúrio vermelho. Proibido, defasado, rústico, mas festivo. O coração hipergenético seguiu pulsando um gêiser intermitente de plasma sintético. O corpo acéfalo ensaiou outro passo.

Simão fingiu espanto.

— Ora, como não percebi? — disse com malícia. — Andvari era só um presunçoso, cheio de si e de veneno como todos os babuínos. Mas agora está vazio.

Antes que a prótese arrastasse o corpo para adubar a grama com sangue, assistimos a um *traveling* pela câmera de Rose Rogé.

A coquete saltou dos arbustos e correu para o *Vortex 8* com a pistola em posição de disparo. A moldura da porta cresceu na tela. Yerlashin, no banco semicircular da aeronave, sacou a arma da maleta de mão com velocidade golem.

Rose atirou antes.

A bala explosiva devastou o tórax do falso profeta. As costelas saltaram para fora e a cabeça tombou para trás. O segundo disparo penetrou a garganta, rompeu a caixa craniana e lançou o rosto ao teto.

O mago sorriu.

— Um pastor armado é o zênite da idolatria, não? Um deus no Céu, outro na valise. Mas era só o golem de Antígona.

— Ah, não — protestei. — O golem de Antígona? *Desplugado*?

Ele foi categórico.

— Evito os subalternos por razão e princípio.

Os pilotos profissionais com autonomia de voo eram o privilégio dos *Vortex 8*. O assento de comando ficava à frente do banco em semicírculo, à esquerda da aeronave. O veterano piloto de Yerlashin decolou. A tela inundou-se de ruído de vídeo e artefatos digitais. No que a imagem estabilizou, surgiu o rosto de um homem suado, com o cano da pistola colado à têmpora. A aeronave vibrou e desceu. Uma coronhada pôs o sujeito em *stand-by*.

Rose Rogé moveu a câmera na gargantilha e apontou para si, crescendo na tela de ponta-cabeça.

"Adeus, *Patron*. Adeus, Felipe", disse em linguagem muda. E desligou a câmera.

— Adeus, minha pequena — murmurou Simão. — Vá em paz e viva.

Simão cuidou de todas vocês. — Me encarou. — Se houvesse justiça no mundo, seria você a destruir Yerlashin, não lhe apraz? Em memória de João da Silva? Como você diria, a veeeeeelha simetria dramatúrgica, hã?, tão distante da vida quanto um ser humano do outro.

— A realidade se impõe pelas frustrações. Isso dilui o medo de estar *hackeado*.

— Aprenda a viver com ele. É um novo tempo.

Simão apontou o monitor da internacional Promíscua Semíramis. Confiante, a ruiva ocupava o escritório no segundo andar da mansão.

— Aqui, aqui, o terminal. A ponte do arco-íris entre Yerlashin e o Pantokrátor.

As unhas perfeitas da faquiresa encaixaram um cubo holográfico na unidade da escrivaninha. Uma sequência infinita de códigos rolou na tela virtual como créditos de um filme. A câmera se moveu. Promíscua surgiu inteira e *sexy* na vulgaridade de uma parede espelhada. Biquíni de lantejoulas, colete de *kevlar-ddr* e as pernas mais bonitas da cidade. A Maravilha Vermelha rebolou, mandou um beijo e desligou a câmera.

— Mulheres extraordinárias as faquiresas — disse o mago. — "Têm umas pelas outras a dedicação das classes proscritas." O que nos contam os metadados, Anya?

— A operação foi bem-sucedida, Comandante Simão. As moças estão a bordo do *Νοῦς*.

— As faquiresas vão embarcar no *Caliban* e desaparecer. A Comandante do *Νοῦς* prefere esperar. Ela acredita que pode se manter camuflada no *Dàn zhū tái*, mas foi orientada a destruir a nave em caso de assédio. Não quero minha Inteligência Algorítmica de navegação, o *Helicom*, nas mãos do Regime.

— O que havia no cubo holográfico?

Ele não respondeu. Desligou os monitores físicos e correu os dedos em uma lista na tela virtual.

Richard WAGNER
*Parsifal*
Act I. Verwandlungsmusik

Uma tela se abriu para a câmera na torre do *Caliban*. Paralela à proa, subindo & descendo no mar agitado e crepuscular. O plano se deslocou a bombordo para enquadrar a plataforma de petróleo do Monsalvat. Naquele ângulo baixo, monumental.

Sem aviso, as águas jorraram sob a plataforma em uma sequência de estampidos, jorros e vórtices.

— A manobra de âncora final — disse Simão, sem desviar os olhos da imagem.

O *Caliban* balançou e arfou com as ondas que se formaram. A plataforma estremeceu.

— Adeus, meu Monsalvat. Onde o tempo se transforma em espaço.

Em intervalos calculados, quatro explosões irromperam no alto das titânicas colunas. O complexo propalou um lamento de aço rompido. O ferro arqueado gemeu enquanto novas detonações destruíam os compartimentos internos e os edifícios. A fumaça negra gorgolejou de cada fissura aberta pelo fogo. O intrincado da superestrutura empenou. Com lentidão, bramindo como um paquiderme agonizante, a plataforma arrastou as colunas e precipitou-se no mar, erguendo uma montanha d'água.

Simão desligou a tela e saltou para o corredor da nave. Tomou apressado o caminho para a doca.

— Meu Monsalvat — gritou, como um Ricardo III belicoso, mas desamparado. — Eu poderia tê-lo afundado, mas lhe dei o funeral de um Siegfried. Anya, alguma transmissão da Terra para o Pantokrátor?

— Nada ainda, Comandante Simão.

— Tudo o que destruímos, receio, não era mais que aparência. O Pantokrátor está entrelaçado a si mesmo por um processo quântico. Em tempo real e eventualmente fora de fase no tempo. Uma *conexão pericorética*.

Anya reagiu.

— *Perichoresis*, Comandante Simão?

— Sim, Caríssima. Vivemos para testemunhá-la.

— E agora, o que será? — indaguei, irritado com a teologia de Simão e preocupado com a minha vida, essa abstração sem significado para os outros. — O que havia no cubo de Promíscua Semíramis?

— Um código novo, *Parsifal*. Eu o concebi, Anya o compilou durante a viagem à Marte. Um *aparato* para Elsa von Brabant penetrar a singularidade no coração do Pantokrátor... a partir do *backdoor*.

Senti um frio e uma vertigem. Chequei o *Conectivo Relacional Hegeliano*, mas estava desativado.

— *Backdoor*? — Exaltei-me. — Pítia...

Simão nos deteve e pousou duas mãos em meus ombros.

— Eu sinto informá-lo, meu bravo, mas a pobre Pítia... — Meneou a cabeça. — Depois que acessei o código do *backdoor*, os nanorrobôs fizeram o trabalho sujo. Pítia, Foda-se, Agilulfo era o seu nome, estava protegido a bordo, mas...

— Foi preciso renovar o ar.

— O *Caliban*, você sabe, não é nenhum *Seaview*...

— Um comando o alcançou.

— Há mais satélites que pássaros nos céus do planeta moribundo. Pítia foi o triunfo das *bioantenas* do Pantokrátor, que, perdoe a linguagem, *incinerou o inventário*.

Seguiu-se um silêncio imóvel por Foda-se, Pítia, Agilulfo Dundes Durães. Uma homenagem tácita que custei a quebrar.

— O *backdoor* de Antígona: você venceu, Simão? Derrotou o Pantokrátor?

Ele negou com a cabeça e saltou pelo tubo de acesso aos deques inferiores.

— Fracassamos com altivez, ou meu *Götterdämmerung* estaria em curso. Mas, em virtude de certo orgulho lógico-algorítmico, espero ter aviltado o Pantokrátor. "Vindo do inferno, com Atê ao lado, e com voz de monarca nestas plagas, o Pantokrátor soltará com alarma os cães de guerra, até que este ato feda toda a terra, com corpos podres a implorar enterro."

Simão gritava pelo tubo de acesso desde o porão da nave. A deformação de *Júlio César* ribombou por toda a popa. "O eco clama a citação d'*A Tempestade*", previ.

— Marte tem seus corpos podres a implorar enterro, não tem, meu bravo? "O inferno está vazio, todos os demônios estão aqui." Sim, nas cavernas que o Pantokrátor descobriu sob a estação marciana. É lá que bailam os corpos e os demônios da Dança Macabra do deus digital. É lá o seu horror mais exclusivo. Lá escolho cair. "Vinde, fados. Vamos todos morrer – é só a hora e a espera que perturbam tanto os homens." Mas não os golens, hem, bom Parente?

— Espere o pior — murmurei, consciente de que nada nem ninguém no Universo ouviria.

A voz de Simão me chegou em ondas, reverberando e se distanciando no porão.

— "Pois em mil anos nunca estarei tão pronto para a morte" — trovejou.

Mentia.

Um laivo de tristeza e derrota contaminava a exortação. Quem no mundo desejaria descer à escuridão das cavernas de Marte para afundar no Grande Silêncio?

Morte, hã? Sempre aqui.

# 38. A Presença

Onutė NARBUTAITĖ
*Symphony Nº 2*
II Melody

Três horas depois, em módulos independentes e plenos de tudo, baixamos à superfície de Marte. Pousamos a cento e cinquenta metros um do outro, na mesma região a dois quilômetros da base. Simão temia as minas, mesmo depois da varredura de Anya.

— Os babuínos têm esse dom para a morte, propósito maior de sua tecnologia — disse. — Não queremos precipitar nada.

O mago carregava um volume cilíndrico enorme, preto, de alça rígida, em que havia controles de algum dispositivo. Indaguei o conteúdo e ganhei dois sorrisos mecânicos. Na terceira tentativa, um enigma.

— Esta bolsa é o seu próprio conteúdo — ele disse, assobiando no canal externo de áudio. — Aí está ele. *Hi-yo Silver*.

Acomodamos o cilindro atrás dos bancos do jipe e fixamos com tirantes elásticos. O mago se aboletou no banco do carona. Eu assumi o volante, mas deixei que Anya nos guiasse.

Foram dois quilômetros muito longos no terreno arado à bomba. Entre crateras, ressaltos e pedaços de pedaços de mortos. No percurso, Simão explicou que a área maior da estação contava cinco deques inferiores. Em pontos específicos, seis, sete e até oito deques, conformados à cratera para fortalecer a superestrutura. Os martemotos eram comuns, embora raramente excedessem a 5.5 graus.

Simão elogiou o projeto.

— Nada sentimos na remoção das minas. A base marciana está bem assentada e as engenhocas antivibração funcionam. Mas, afirmo, a localização do complexo foi decidida por razões dissimuladas. — Me encarou. — O Pantokrátor descobriu um tubo de lava. Eu vi a entrada da caverna. Os estudos geológicos foram manipulados.

— Ele prospectou o tubo como quem procura petróleo? *Big Data*, algoritmos, análises preditivas…

— Trapaça é mais barato. Um robô chinês virou torrada e torradeira a quinze ou dezesseis quilômetros daqui. Agora sabemos o que descobriu.

— Não é uma distância muito longa?

— Se o tubo tiver mais de dezesseis quilômetros, não.

*

Eu, Simão e a volumosa bolsa cilíndrica refizemos o trajeto da visita anterior. Transpomos as escotilhas e a fenda aberta à granada. Passamos pelo laboratório geológico evitando a mulher seccionada entre a sutura sagital e o cóccix. Chegamos à sala de projetos e ultrapassamos o entroncamento dos corredores.

Atravessamos um abismo horizontal de trevas. O que as lanternas dos elmos alcançavam existia, o resto não. Simão, mesmo intranquilo, sabia aonde ir.

— Os níveis da estação são estanques e cada deque é dividido em seções — explicou. — Como é natural, o medo da descompressão submetia a área de acesso a protocolos draconianos. Mas, entre os níveis inferiores, a vida era mais amena. Existem mesmo tubos de descida, como os "postes de fogo" dos bombeiros. Um acréscimo ao projeto original. Claro que só descobri ao chegar no último piso. Como você diria…

— Sorte, hã? A veeeeelha sorte — completei, maquinal. — Se tivéssemos um mínimo de sorte, "meu bravo", como *você* diria, estaríamos muito longe daqui.

—Mas se não tivéssemos "má sorte", *hã*?, não teríamos sorte nenhuma. — E riu o seu riso golem da piada mais velha do mundo. — O que me diz, Parente? É boa, não? Um toque de humor clássico e... Siga-me.

Alucinação é quando o irreal é percebido e aceito como realidade. Lesões cerebrais e esquizofrenia, por exemplo, podem induzir à abstrata "sensação de presença". Uma falha cinestésica, quando o cérebro erra o cálculo da posição do corpo no espaço, também. O Eu então é percebido como *O Outro*. Na passagem do sono à vigília, ou da vigília para o sono, pseudoalucinações hipnagógicas e hipnopômpicas podem ocorrer nos infelizes chamados "normais". Nesse caso, vozes, vultos e até música são reconhecidos como realidades provisórias.

Golem, imune à doença degenerativa denominada *humanidade*, eu não tinha qualquer distúrbio, síndrome ou transtorno. E estava desperto como uma coruja no breu de pedra da estação, caminhando desde muito longe da minha cama para mais longe ainda.

Mas eu *percebia* O Outro.

A Presença me provocava o horror do *hackeamento*. Se o *log* de *Pantokrátor* existia, a possibilidade era tão real quanto a percepção de ser espreitado.

Confesso meu incômodo no transe de Pítia, em que havia estímulos audiovisuais e olfativos. Rose Rogé, eu sei, experimentou coisa semelhante. Na desolação tristonha de Marte, com todos os meios sensoriais amplificados pela prontidão, minha suscetibilidade era um dado previsível. Mas não creio que nem a escuridão granítica, nem a iminência de desvendar o Pantokrátor, justificassem a noção de que alguma exterioridade excedia meus sentidos e as dimensões cognoscíveis.

Eu percebia A Presença como uma Consciência no tempo e fora do tempo. Ora no espaço adiante de Simão, ora em meu rastro, mas em assincronia temporal. Como se estar no ponto A ou B fossem ocorrências não lineares. Como se A Coisa oscilasse entre o passado e o futuro para ser percebida *onde* desejasse.

Na tentativa de verbalizar esse fenômeno expressionista, especulei que uma Razão maligna se materializara nas trevas e no silêncio, ocupando todos os espaços circundantes, mas se deixando surpreender aqui e ali por sua própria vontade. Nas circunstâncias, *onde* e *quando* eram grandezas ou apreensões especulativas e vagas.

De modo inexplicável, eu sabia ou pensava saber que a interpenetração do tempo e do espaço pela coisa não lhe causava esforço. E que um número desconhecido de causas invisíveis sustentava o seu existir imaterial, excessivo e repugnante.

A consciência de que A Presença nos era indiferente aprofundava a qualidade abissal de minha solidão. Eu estava exausto e amedrontado, vivendo uma nova sucessão de minutos quase infindos.

Vencido, chamei por Simão, o mago, que obedecia a um método exaustivo antes de avançar nos corredores. Ele havia tomado o mesmo caminho horas antes sem encontrar qualquer obstáculo, mas agora temia uma armadilha.

— Simão, por acaso você...

— Sim — rematou, abrupto, calando a seguir.

Insisti.

— O que é... *isso*?

Ele não se deteve nem se distraiu da inspeção, do chão ao teto, que precedia cada passo.

— Não arrisco uma conclusão — disse. — É uma prática rudimentar minimizar ocorrências que ferem o senso comum. Ou negar o valor das evidências, ou mesmo a possibilidade do fenômeno, com base em dados insuficientes. Como disse alguém, é fácil tropeçar na tentação de ser sábio ao explicar o que não testemunhamos. Há quem se aferre ao Racionalismo e contrarie a própria Razão. Ninguém é imune à tolice.

— Mas nós...

Ele negou com a cabeça.

— Não testemunhamos coisa alguma, meu bravo. Nós estamos *sentindo* e não somos bons nisso.

Ele seguiu em silêncio, um passo bem medido de cada vez, e então gargalhou. Apontou-me o quadrado luminoso no dorso da luva. Riu de minha apreensão.

— Ceder a um desconforto assim agudo, meu tímido, e não lhe ocorreu medir a radiação eletromagnética? Aqui, aqui, neste campo. Observe os níveis. Francamente, Felipe, francamente. Em que pomar você se extraviou para abocanhar o fruto suculento da crendice? Não é minha intenção parecer ofensivo, mas hoje você está demasiado humano. — Me deu as costas e seguiu com a inspeção. — E há quem me acuse de misticismo, veja você...

Chequei o visor em minha luva. Os níveis estavam elevados, mas nem tanto.

— Não creio que...

Ele não se voltou.

— "Há de ser isso e nada mais."

Nem por um instante supus que a radiação eletromagnética explicasse minha aflição. Mas não escorreguei na humanidade de alguma crendice. Não era necessário. Estávamos em aproximação ao deus digital, a divindade lógico-algorítmica.

O ente capaz de Ser em máquinas quânticas e fúngicas.

*

Alcançamos o "poste de fogo". Descia, naquele setor, ao oitavo piso. Simão arremessou a bolsa cilíndrica e colou a mão em concha no elmo; era a personagem de cartum que esperasse ouvir uma explosão.

Nada.

— Admito, Parente, ele nos quer aqui.

— Tem certeza?

— Se ainda estamos vivos, tenho.

\*

Em dois ou três pontos da estação, havia um oitavo deque inferior. Naquele setor, um pátio. Uma área de recreação tomada pelos fungos, com jogos, dispositivos interativos e cabines de acesso às IDIs locais. O atraso na comunicação com a Terra inviabilizava os espetáculos sensoriais ultrarrealistas da *Kopf des Jochanaan*. Mas IDIs menos intrincadas estavam disponíveis pela *máquina* robusta da base. Ao que sugeri desligá-la, Simão foi categórico.

— A unidade quântica está no centro do complexo. Podemos tentar uma aproximação quando o suicídio for a alternativa.

Na parede livre do pátio, uma escotilha improvisada com polímero jazia arrebatada pelo fungo. Porta estanque alta e larga, soldada à parede com quantidades de adesivo industrial. Evitando as rebarbas grosseiras da cola, o mago girou a escotilha. Houve um estampido pela invasão da atmosfera.

— Veja, meu bravo. Testemunhe o poder material do Pantokrátor.

E com um passo para trás, escancarou o acesso.

## 39. Cavidade

Onutė NARBUTAITĖ
*La barca*

Nas erupções vulcânicas, a lava abre caminho para a superfície. Quando a vazão diminui e o fluxo esfria, surge um canal. A *caverna* do Pantokrátor não parecia diferente dos tubos de lava descobertos na Lua e em Marte. Exceto pelas proporções. A cavidade era plana, o que é comum, e de teto plano, o que não chega a ser incomum. Havia poucos acidentes visíveis, como a rugosidade áspera e certo caráter anelado, com o tubo se estendendo para longe à direita e à esquerda. A visibilidade era muito baixa.

— Que altura tem isso? — perguntei, sem ultrapassar a escotilha.

Simão moveu as mãos sob o manto, sacou um *minidrone* e arremessou na caverna. Uma tela virtual se abriu no antebraço.

— Aqui, neste ponto, uns vinte metros de altura e pelo menos quarenta de largura — disse. — Na direção em que a corrente flui, a extensão é de pelo menos sessenta quilômetros. Mas isso é um cálculo, não uma leitura. O que parece o fim da linha pode ser a curva do rio.

— Rio? Que rio?

Ele recolheu o *minidrone* e me encarou.

— Arregale as pupilas, por obséquio. Se não for pedir muito, abra bem os ouvidos.

Eu havia diminuído a acuidade visual e auditiva para me proteger das lanternas e do metal na voz de Simão.

Então corrigi.

Sob a abóbada da catedral escavada do Pantokrátor, um rio largo escoava de alguma região improvável para o desconhecido. Lento de quase parecer imóvel, mas murmurante. Levei alguns milissegundos para processar sua existência concreta.

— É assombroso e intimidante demais — murmurei.

— Cuidado. Não conhecemos a profundidade.

— Tem certeza de que é água?

Ele assentiu.

— Excelente, meu bravo, excelente. Sim, é água, água salgada. Impregnada de cálcio, magnésio, óxido de ferro, fósforo e sódio, os ordinários deste mundo morto. Mas pode haver mais na mistura, pelo que provavelmente há, de modo que não aconselho a nadar, pescar ou dessalinizar para fazer refrescos.

Não sabendo o que pensar, recorri ao dado mais seguro do mundo, o óbvio.

— Assustador.

— Assustador... sim, assustador — devaneou, grave e concentrado em si mesmo. — A massa de Marte está abaixo do necessário à retenção dos grandes volumes de água. Ademais, a pressão atmosférica é menor que a pressão do vapor no ponto triplo. Derretido na superfície, o gelo passa direto ao vapor, e no que o vapor esfria, congela. Este rio não pode existir lá em cima.

— E aqui...

A luz azulada do elmo marcava a intensidade da concentração do mago.

— Além da profusão de geleiras ao Norte daqui, no equador, Marte tem lagos subglaciais, como nas calotas do Ártico e Antártida. Água salinizada ao extremo, sob a pressão do gelo. Líquida em temperatura abaixo do ponto de congelamento.

— Mas o volume...

— Se o Pantokrátor não descobriu um aquífero, canalizou uma geleira. Considerando o volume, pode mesmo tê-la derretido. Não lhe parece uma proeza? Entende agora por que os níveis de radiação eletromagnética estão altos? Pense na quantidade de energia necessária ao prodígio. Não por acaso a blindagem da estação caiu. As fábricas de oxigênio e água estão, se me permite o trocadilho, a pleno vapor. Você mesmo as ouviu operando lá em cima. E viu o portento tecnológico das usinas, que pareciam defuntas, mas que pulsavam em seu íntimo. John Milton, que enxergava idolatria em tudo, também viu.

Ele estendeu quatro mãos para englobar os dois lados do rio, o teto da caverna e a superfície das águas. Recitou.

*"Uma fábrica imensa sobre a terra,*
*Em ar de exalação, eis vai surgindo;*
*E fica em breve um templo majestoso*
*Rodeado de pilastras, que sustentam*
*Vasta série de dóricas colunas"*

Recolhendo as mãos, prosseguiu.

— Vulcano, "fértil de indústrias", a quem Milton chama Múlciber, "lá foi arremessado de cabeça". E para quê? Para quê? "Para erguer torres no profundo Inferno". Aqui há demasiado engenho, bravo Felipe. Considere este rio sem nome, mas que tem um nome, seja ele qual for. Isto é Poder. Verdadeiro, insofismável, avançado Poder. Como diz você, assustador. Não só porque esteja aí, mas porque ignoro sua razão de existir, ainda que dela suspeite.

Ele alcançou a bolsa cilíndrica, agarrou a alça com muita firmeza, recuou o volume para dar-lhe impulso e arremessou no rio. O bote inflável estufou antes de tocar a superfície. O cabo ligado à alça impediu que se desgarrasse.

Simão me encarou e apontou o preto do barco, mais percebido que visto no breu da caverna e ainda engordando.

— "Companheiros, embarcaram naquele navio? Assinaram o

contrato? Alguma coisa nele a respeito de suas almas? Oh, talvez não as tenham. Conheço muitos camaradas que não têm. Boa sorte para eles. Todos estão em melhor situação por isso. A alma é uma espécie de quinta roda num carroção. Já estão engajados, não estão? Com os nomes nos papéis? Bem, bem, o que está assinado, está assinado; e o que está por acontecer acontecerá; mas afinal de contas pode ser até que não aconteça. De qualquer modo, tudo já está decidido e programado; e uns marinheiros ou outros, suponho, têm de ir com ele; Deus tenha piedade deles, como de quaisquer outros golens." — Ele mediu a dilatação do bote e deu de ombros. — "Tudo já está decidido e programado." Suba a bordo, Ismael. Bem-vindo ao *Pequod* de Simão, o mago.

Sussurrei outra citação da mesma obra-prima. Uma divagação.

— "*Pequod*, sem dúvida vos lembrais, era o nome de uma célebre tribo de índios do Massachusetts, agora tão extinta quanto os antigos Medos." — E continuei divagando. — Nós vamos subir o rio...

— Descer, creio.

— Onde leva?

— Não sei bem. Mas sei que para longe do rito civilizatório. Das regiões ancestrais de Cíbele, mais remota que os gregos, penetraremos o caos primordial. — Ele puxou o bote para o embarque. — Ao *Pequod*, Starbuck. Naveguemos o primeiro movimento da *Terceira Sinfonia* de Mahler.

Eu balancei a cabeça, desconsolado.

— *O despertar do deus Pã*. "Despertar e fecundação da matéria pelo espírito criador, concebido aqui como espírito vivificador da Natureza." Quando Mahler recebeu Bruno Walter em Steinbach am Attersee, disse para ignorar a paisagem. "É inútil, peguei tudo para a minha *Terceira*." Grande música, Simão, mas uma coisa terrível.

Ele assentiu. O histrionismo postiço desapareceu.

— Sim, meu bravo, a Natureza é aterrorizante.

— E a morte...

— A morte é banal.

# 5
# Con mortuis in lingua mortua

# 40. Pequod

Gustav MAHLER
*Sinfonia Nº. 3*
I. Kräftig. Entschieden.

O *Pequod* de Simão, o mago de Marte, negro como Santo Agostinho, irmão dos dragões e companheiro das corujas, pois o *Pequod* era um bote para oito ocupantes, consideravelmente maior que o do *Caliban*. Largo, espichado e balofo, inseguro ao olhar e ao toque. Parecia de vinil muito fino, mas Simão me garantiu que os russos o haviam desenhado "para resistir nos oceanos da Terra".

Não caí nessa.

— Você tirou o bote do módulo de carga, Simão. É uma daquelas coisas que os babuínos fazem para aplacar a consciência. Ao invés de ficar em casa ouvindo a *Sinfonia Alpina*, eles escalam o Heimgarten com um estojo de primeiros socorros.

— A gente não consegue esconder nada do senhor, hem, seu Stubb? Mas este *PVC* tem certificação militar.

Me aboletei na proa. Os comandos assentavam-se à ré, sobre o conjunto das baterias blindadas e três esferas de gás. Simão embarcou, recolheu o cabo e assumiu a popa. No que tocou o bastão do leme, um painel digital luziu. O sistema leu o ambiente e acionou o farol na vante.

— Garrafas prodigiosas — disse ele, acariciando as esferas de gás. — Com fluido para encher outro barco. O gás excedente, circulando entre elas, faz girar o hélice de duas pás. Engenhoso, não?

— Outra daquelas coisas para aplacar a consciência? São quantos nós, Simão?

— O suficiente para não ter que remar, meu bom Flask. Podemos fazer a distância ao limite do rio em algumas horas.

O motor zumbiu e o *Pequod* zarpou. Avançamos não mais que cinquenta metros quando tudo se iluminou na área de recreação. Já não havia ângulo para enxergar o interior do pátio, mas um feixe de luz atravessava a moldura da escotilha. Na escuridão absoluta da caverna, o acesso brilhava como o portal para outra dimensão.

As luzes caíram de repente.

— O Pantokrátor quer que você saiba, bom Felipe, ele tem o controle de tudo — disse o mago. — Marte é dele.

— E por que ele quer que *eu* saiba?

— Porque eu já sabia.

*

As trevas se estendiam à nossa frente como o começo de um canal interminável. Não havia horizonte, o rio e o céu altíssimo da caverna fundiam-se sem emenda logo adiante. No espaço escuro, a porção mais adiantada da proa – a luz do farol – permanecia como que estática. Um feixe sólido na escuridão riscando a noite perpétua, desaparecendo como se nada fosse porque nada era.

No abismo horizontal de caligem e silêncio, o bote seguia pelo meio do rio, que deveria ter maior profundeza; onde, esperávamos, estaria mais afastado de algum obstáculo cortante que lhe rasgasse o fundo, como nos rios da Terra.

Atuando sobre os controles, Simão baixou o ângulo do farol e dilatou o foco. Eu desliguei as luzes e painéis internos do elmo para espreitar os escolhos ou outra calamidade qualquer. Uma tarefa à qual me entreguei como se minha vida dependesse disso – pois dependia.

O rio tinha um aspecto turvado, grosso de frio e de sal. Vencida a primeira milha, sugeri empregar o *minidrone* como um batedor. Simão me olhou de esguelha, mas lançou o dispositivo. O *minidrone* voou outra milha e afundou no rio. Alguma interferência eletromagnética.

— Como esperado, o óbvio — resmungou.

A última notícia do apetrecho foi a temperatura da água. Seis graus centígrados positivos.

— O que pode significar, Simão?

Ele respondeu sem sorrir.

— Pra lá é verão.

*

De tempos em tempos, eu espreitava o teto e os bordos com os refletores e o *zoom* digital do elmo. Os fungos do Pantokrátor se alastravam pelo tubo de lava e seus ramos como uma infecção. Eu me sentia penetrando a artéria de um gigantesco organismo petrificado, devorado na morte pela doença que o exterminara.

Na popa, mais e mais grave, Simão era como Ahab em seu tamborete. "Como podia alguém olhar então para Ahab, sentado naquele trípode de ossos, sem lembrar da realeza que ele simbolizava? Pois Ahab era um *Khan* do tombadilho, um rei do mar, um grão-senhor dos Leviatãs."

O grão-senhor dos Leviatãs volta e meia resmungava. Creio que, do modo mais estouvado do mundo, tentava nos apaziguar.

— "De trevas mar sem fim, onde se perdem/ Tempo, espaço, extensão, largueza, altura." — principiou. — Em *Paraíso Perdido*, Milton usa a palavra *Caos* para designar, se você me permite, um espaço sem *Logos*, a divindade que reina nesse espaço e o *Abismo* em que Satã, introduzido como *O Dragão*, é arremessado com seus consortes, os anjos rebeldes.

E citou.

> *"O arrojou de cabeça ao fundo do Abismo,*
> *Mar lúgubre de ruínas insondável*
> *A fim de que atormentado ali vivesse*
> *Com grilhões de diamante e intenso fogo*
> *O que ousou desafiar em campo o Eterno."*

— Um mar de fogo — continuou — "ardendo como amplíssima fornalha", mas sem emitir qualquer luz, compreende? É o que vejo e não vejo aqui.

Como se diz nos discursos vazios de um mundo vazio, Simão era "inspirador", hã? Eu pensava em pular do bote e acabar com tudo quando um murmúrio nos alcançou. Uma agitação adiante no rio. Da popa, Simão ajustou o farol na vante, e eu, os refletores do elmo.

Havia um degrau no curso das águas a pouco mais de cem metros. Simão desdenhou o acidente com um gesto e retomou o discurso.

— Este rio do Pantokrátor são todos os rios do *Inferno* de Dante.

> *"Aos negros vales vem correndo em rio,*
> *Forma Estige, Aqueronte e Flegetonte,*
> *Desce depois neste canal esguio*
> *Até do inferno o fundo, aonde é fonte*
> *Do Cocito. O que o rio acaso seja*
> *Verás: mister não é que ora te conte."*

Oh, mas devo contar — assentiu. — Aqueronte, rio do lodo e das águas pútridas, é o domínio de Cáron, o barqueiro. Cócito, afluente do Aqueronte, é o *Rio dos Gemidos* e das águas geladas. Estige, paralelo ao Cócito, em que Dante mergulhou os iracundos, é o rio feminino do Inferno, cujas águas são miraculosas. Tétis, mãe de Aquiles, banhou o filho no Estige, seguro pelos calcanhares, para torná-lo invulnerável. O Flegetonte, o Flegêton, chamado às vezes Piriflegêton, *Flegêton de Fogo*, no que encontra o Cócito e o Estige, forma uma cascata... — Ele esperou que o bote resvalasse no degrau do rio. — ...tal esta, e, depois, o lençol d'água em que Cáron conduz a barca ao reino dos defuntos. Finalmente, Lete, a *Fonte do Esquecimento*; as águas que os gregos bebiam no Inferno para esquecer a vida pregressa; que, diversamente na *Eneida*,

> "As almas fadadas a uma outra existência
> as claras águas do Lete procuram beber, para obterem
> o esquecimento total do que em vida anterior alcançaram."

Dante encontrou o Lete em forma de rio no Purgatório e dele bebeu para esquecer os seus pecados. Eu o afirmo, bravo Felipe, todos esses rios os cruzamos em um só.

E de novo calou sem dar nome ao rio.

*

*A Divina Comédia* é um Amazonas cheio de igarapés em que muita gente se encontrou e se perdeu. Simão dos Milagres, por sua própria escolha, se atrevia ao rio profundo e labiríntico de Dante, em que cabiam todos os rios e este, incomplexo, que era todos os rios do Inferno e era um só.

Eu, pelas margens, me achegava à versão mais antiga do mito de Oceano, então um rio que cingia a Terra, princípio da vida e dos deuses. Rio que cevou todos os rios, mesmo os do Inferno. São as águas que todo ser vivente tem de atravessar. Mesmo eu, o golem, tenho de atravessar. Quer lhe afirme uma origem material ou abstrata ou desconhecida, quer me tenha surgido largo ou estreito segundo o acaso. Sei que é rio que se afunila e goteja sobre a terra e a cinza, até secar. Dante, Ulisses e Ahab cruzaram esse rio. Eu, Simão e você o estamos cruzando agora.

Saiba, faça o que fizer, não importa, o rio se afunila e goteja sobre a terra e a cinza, até secar.

*

De início, pensei que não via. Mas os pontos luminosos foram se firmando no espaço em tons de azul e de âmbar. Imóveis na distância, mas gravitando a si mesmos em altura.

— Simão Mago — chamei, sem elevar a voz. — O que vem lá?

Simão sustentava o leme firme na mão direita, a visível, mesmo com o curso inalterável e lento.

— Lampirídeos robóticos — disse, sem se mexer. — Máquinas de sensores mínimos que, em conjunto, captam a afluência de dados que o Pantokrátor cobiça. Mas eu lhe digo, Parente, há sensores onde eles deveriam estar, por toda a caverna. O Pantokrátor enviou os lampirídeos para anunciar que somos esperados.

Simão manteve a proa. A nuvem dos vaga-lumes permaneceu à espera do barco. Os robôs empalideceram e se apagaram à aproximação. De tão pequenos, ficaram invisíveis.

De súbito, lampejaram em roxo.

Não eram centenas, eram milhares. O enxame perfazia uma esfera de dez ou doze metros. Os robôs estavam fora de alcance, mas perto o suficiente para tingir o rio de púrpura e alterar o amarelo e o magenta dos EMUs. O roxo não afetava pela intensidade, mas pelo que tinha de sombrio. Uma turvação luminosa.

Atravessamos o eixo da nuvem. O enxame deslocou-se ao redor e sobre o barco. O zumbido me fez baixar a captação de áudio. Eu me voltei para Simão, imóvel na popa como uma carranca de proa. De sobrancelhas arqueadas e expressão alerta.

— Olhos adiante, meu bravo, sempre em frente. Não se deixe divertir pelos lampirídeos.

"Divertir", ele disse, ouvi bem.

Girei o pescoço e o corpo com celeridade golem, arregalando os olhos e dilatando as pupilas. Devorando cada palmo de rio à luz do farol contaminado pelos vaga-lumes. De modo inesperado, concebi não a imagem, mas o *conceito* do *Pequod* de PVC se esborrachando, *in verbis*, contra o *iceberg* que o mandaria para o fundo. Havia geleiras sob a crosta cor-de-laranja-velha marciana, o rio é que era novidade. E a novidade do rio, aquele matiz arroxeado e triste, que pulsava em nós e acima de nós um brilho frio e desalentado.

Então, de novo e de repente, os lampirídeos apagaram. O zumbido recuou e morreu. Citei Conrad.

— "Às cegas, como é bem apropriado aos que enfrentam as trevas."

— Uma graciosidade, não? — disse o Simão desterrado do Monsalvat. — Observou as configurações do enxame? As variações? Nuvens concêntricas em geometria elíptica. E que agradável tonalidade. Prepare-se, meu bravo, o Pantokrátor há de contrapor o horror à beleza que nos concedeu.

Francamente, eu cogitava pular do barco.

*

Gustav Mahler e sua Terceira Sinfonia são personagens do conto obscuro de um autor obscuro. "Há muito tempo senti uma 'presença' na floresta de um vale na Áustria", diz o compositor no texto. "A entidade era a floresta e cada folha da floresta. Era a terra, os animais e as plantas. Ela vagava inconsciente de tudo e de si mesma, como se não existisse. Mas, ao mesmo tempo, parecia dizer à rosa, 'floresça', e à semente, 'germine'. Então percebi quem era a entidade. Entendi que se a encarasse veria a vida involuir às suas mais primitivas manifestações. Eu o senti como um ser infinito e sem forma, onde todas as coisas vivas estariam dispostas aleatoriamente. Compreendi – em um momento de extremo terror – que ali estava o Grande Pã. Tive que reproduzir a experiência em música para não enlouquecer."

Pincelando Lovecraft e Arthur Machen, a ironia intertextual sublimava as alusões do próprio Mahler à gênese da Terceira Sinfonia. Música entrelaçada aos vales, montanhas e bosques que cingiam o lago Attersee em Steinbach. De fato, o primeiro movimento expressa a potência desordenada e o mistério de uma divindade criadora. Diversa à invocada pelo *Veni Creator Spiritus* da Oitava Sinfonia.

Mas veja onde estávamos, o rio: o que Simão pretendia ao mencionar a *Terceira*?

Talvez por influição das parábolas hiperbólicas do mago, descer o rio era como rumar para algo estático. Ou, inversamente, retroceder no tempo & avançar na eternidade imóvel *um minuto de cada vez*. Um minuto, o mesmo minuto, outra vez o minuto e de novo, depurando a iminência da tragédia.

Nenhum de nós jamais voltará a ouvir Mahler nem ninguém, concluí.

\*

Nada aconteceu nas horas seguintes. Progredimos nas trevas como se avançássemos ou recuássemos no tempo, mas não no espaço. A intensa impressão de imobilidade fortalecia na escuridão a conformação sólida, dura e pesada, que nada no Universo em que Marte existia poderia romper. Noite de cavernas, inalterável, impiedosa; blindada à Razão e assombrada pela insanidade. Porque assim era o Pantokrátor, que na invenção de si mesmo criara uma racionalidade impenetrável e insólita.

— Ele é um monstro, Simão? — perguntei, sem preâmbulo.

— Não — respondeu, como um Dupin que decifrasse meus pensamentos. — O cientista que usa ratos como cobaias também não. Menos ainda o açougueiro. O Pantokrátor poderia desligar o planeta elétrico assim... — e estalou os dedos. — Poderia silenciar os satélites e as redes, derrubar as linhas de transmissão, fomentar guerras, levar bilhões ao suicídio, causar pandemias, contaminar a água nos reservatórios, os grãos nos silos, mas... o que fez? Testou a fé neo-ortodoxa, modulou a bovinocultura humana, matou mais ou menos no varejo, substituiu a tecnologia idolátrica por um ídolo neolítico e destruiu os idólatras.

— Ele abriu dois braços para designar a caverna. — Exceto aqui, ele experimentou seu Poder biológico e material em gotas. Fez uma ou outra travessura, mediu as reações e o mais que deseja saber.

— Por quê?

— Por que alguém faz o que faz? Porque pode, mesmo quando não pode.

— Isso não o torna um monstro?

— Isso o aproxima do humano.

— E o que ele quer?

— Deus.

Simão inclinou-se a bombordo, a estibordo e sondou o abismo. Nada mudara.

— É curioso, mas os neo-ortodoxos não buscam seu deus — divagou, no único momento em que surpreendi um olhar perdido. — Eles são os *eleitos*, não? Os *escolhidos*. Criados por deus para serem advogados e mastins da Lei que rebaixa deus à servidão. E porque gerados à imagem e semelhança de uma divindade grotesca, achatam a Terra para conformá-la às deformidades. Meu bravo, o homem feito de barro é lama.

— Em que mundo eu vim ao mundo, hã? A máquina, e não os babuínos, está em busca de Deus. A máquina e o golem de quatro braços.

Ele balançou a cabeça para assinalar que eu era um caso perdido.

Teólogos, hã? Digo, os de verdade, como Simão. Uma vida de estudos para testificar que não sabem o que sabem que não sabem, o que acaba por ser o exercício da lucidez.

— Considere, meu bravo. Na superfície lá em cima, olhando em qualquer direção, as mais remotas regiões visíveis estão a quarenta e seis bilhões de anos-luz. Isso implica um diâmetro de oitocentos e setenta sextilhões de quilômetros. Certo como a ninguém foi dado olhar o céu sem fazer perguntas, por que o deus neo-ortodoxo criou um universo visível de oitocentos e setenta sextilhões de quilômetros e renegou a Ciência?

— Tenho certeza de que a resposta está no cu de alguém. Por isso os falsos cristãos desprezam o céu e desviam os olhos da divindade: para vigiar os cus dos outros em busca de alguma Revelação. Mas Simão, existe um mal terrível no Pantokrátor.

— Indiferença — assentiu. — Há quem confunda com a *apatheia* dos estoicos, um erro grave. Indiferença é insensibilidade, a tragédia de tudo. O Pantokrátor, com todo seu poder e alcance, não compreende o dado elementar: que o resultado é menos importante que a significância da indagação. Ele teria ido mais longe se evoluísse suas perguntas. As perguntas que fazemos sem esperar respostas estão mais perto da verdade.

Eu me atrevi.

— Por que viemos, Simão?

— Ali, Parente, ali...

A estibordo, uma bandeira de plástico rígido flutuava em uma boia. Dois símbolos "+" brancos sobrepostos em um painel circular preto.

— Você vigia a estibordo e eu a bombordo — comandou, desacelerando e afastando o barco.

— O que indica a bandeira?

— Em matéria de água, raramente excedo o chuveiro.

— O *Caliban*, Simão?

— Prefiro os submarinos aos barcos, pois afundam de modo conveniente.

A boia e a haste da bandeira eram o mesmo objeto. A boia aglutinara um abcesso de fungo e limo. O fungo escalara a haste, mas em vez de se espalhar na bandeirola, o bolor contornara as bordas.

Simão murmurou qualquer coisa que eu não ouvi. Pedi que repetisse.

— O modo como o fungo reagiu ao verniz da estampa. Interessante.

A bandeira, afinal, sinalizava um obstáculo.

Na Lua e em Marte, placas de polímero com pouco mais de um metro quadrado encaixavam-se como brinquedos de armar para formar *pisos elevados* em terrenos irregulares. Pois alguém improvisara uma ilhota de nove metros quadrados de placas sobre boias rígidas. A julgar pela estabilidade, bem ancoradas no fundo.

A estrutura suportava uma esfera de quatro metros de diâmetro. Um volume assentado sobre oitos tubos largos conectados a cubos lisos. Na junção entre os tubos e os cubos, havia válvulas verticais. No topo, uma escotilha com roda e um duto de escape com filtro. Tudo impresso em polímero.

— Isto é um silo — disse Simão. — Alguma coisa viva aí dentro está se reproduzindo para alimentar os rebentos do Pantokrátor. Ali, ali. Cnidários.

No rio havia uma massa incomensurável de águas-vivas. Milhões delas, flutuando ao redor do silo e descendo às profundezas, ao que manifestavam uma qualidade luminescente fantasmagórica. Um evento indizível em sua magnificência, mas que avultava o macabro do breu no tubo de lava.

— Por que cnidários? — perguntei, como um camponês de ópera italiana diante do charlatão.

Simão abriu a boca, desistiu de falar e fez um gesto vago.

— "Tenho promessas a cumprir, e milhas a percorrer antes de dormir" — encerrou.

*

Deparamos um barco ancorado com fio de aço. A forma conhecida como "esquife" impressa em PVC. Simão decidiu se aproximar. Ele nos colocou em paralelo, ficou de pé e observou o interior da embarcação. Eu o imitei.

Eram quatro corpos em trajes espaciais amarrados entre si e ao barco. Três mulheres e um homem. As lentes dos elmos estavam violadas por disparos. Os avanços da putrefação denunciavam o oxigênio na atmosfera.

— Dissidentes — declarou o mago. — Mortos por babuínos excitados com as experiências pagãs arquetípicas e regressivas do Pantokrátor. — Apontou os corpos. — Eis a prova de que as mulheres são a versão mais sensata dos babuínos. Um absurdo ético menor. Mulheres são seres didáticos, nascem para guiar. — E me estendeu a mão aberta. — Sua arma, Parente.

Disparou dois tiros contra o fundo do esquife. Os projéteis explosivos abriram valas imensas no polímero. O rio borbulhou dentro do barco. Simão não esperou que fosse a pique e nos tirou dali.

Um obstáculo a menos na única rota de fuga, se acaso fosse possível fugir.

*

Na quarta hora da descida ao Abismo, entendi que, em meu medo justificado, eu não reagia a nada além de escuridão. Dada a natureza abstrata de meu inimigo, eu não via nem poderia ver o que me atormentava.

O Pantokrátor habitava e não habitava Marte. Como também habitava e não habitava a eletricidade e a luz, a matéria quântica, as redes da Terra. Sua Unidade estava e não estava em toda parte, ao centro e ao extremo de lugar nenhum.

Em sua natureza volátil, mas não quimérica, o Pantokrátor prefigurava-se na substância incorpórea do abismo horizontal em que caíamos, e na brutalidade da pedra marciana de bilhões de anos, que não víamos nas trevas. A conjunção indissolúvel do medo, da escuridão e da muralha rochosa era o eixo de uma coerência insuportável, absurda & irônica.

Mas era, pois, o instante de lucidez na quarta hora de escuridão. Outra plataforma flutuante sobreveio. Seis metros quadrados e um mastro cingido por um amontoado de cadáveres nus. Homens e mulheres enredados em um nó górdio, evoluindo para o alto como se aspirassem a alguma eternidade além da caverna. A decomposição e os fungos, agindo como solda, fundiam a carne na mesma pústula.

Quando me percebi, estava de pé.

— É a coisa mais maldita que já vi — balbuciei.

Sereno, imóvel, Simão concordou.

— É possível. Você quase não sai de casa.

*

Chuviscou. Um gotejamento encabulado, inconstante, mas incomensurável em extensão. O limite discernível da superfície do rio encheu-se de círculos concêntricos. Simão focou os refletores do elmo, inclinou o corpo para trás e se voltou para o alto.

Eu não me atrevi. Mantive os olhos na corrente.

Ele custou a me chamar.

— Sua vez, meu bravo. O teto, o teto. Mire a isocronia da grandeza e abjeção do Pantokrátor.

Então eu vi.

No teto inatingível do tubo de lava, o fungo se alastrara como hera para configurar um circuito inextrincável, orbitando cogumelos vivos imensos, de corpos frutíferos indescritíveis. Um absurdo babélico, mas indubitavelmente ordenado. A simultaneidade da simetria e da assimetria, do plano e do não euclidiano.

Precipitando-se sobre os cogumelos bizarros, as linhas e arabescos fúngicos não perfaziam uma semelhança de máquina, nem mesmo de matéria vivente. Mas, entendi, a consciência que pulsava no íntimo da vastidão – pois *sei* que existia e pulsava – volatizava as aberrações da lógica & das topologias em uma imanência de operação e propósito.

Não reconheci padrões, mas paradoxos. E experimentei perplexidade e repulsa pela ambivalência ontológica do Pantokrátor; sua ambiguidade.

Uma flutuação nauseante me subiu a advertência de que eu entraria em *loop*. Não pude mais suportar a epifania da razão desconhecida e do caos. Busquei as paredes laterais para escapar à visão. Simão me percebeu e arrojou suas luzes. Constatamos que, aqui e ali, o fungo emergia do rio e escalava o tubo de lava até o circuito, como planta escandente.

— Eis o emprego do verniz que surpreendemos naquela bandeirola — disse Simão. — Orientar os traçados do *bioware*.

Eu me sentia mal.

— Você... sabe... o quê...

— A essa altura, melhor não saber — arrematou, sombrio.

*

Levamos mais de meia hora para atravessar a zona de chuva. O limite estava assinalado por uma plataforma menor, confusa, em que parecia haver gente de pé em um semicírculo.

— O que vem lá agora? — murmurei, cansado e triste.

— Mais cadáveres — ele disse. — Mulheres... mulheres com máscaras...

Os corpos estavam amortalhados por véus que desciam até os pés, encobrindo as estacas que lhes conferiam altivez. O pergaminho da pele mumificada era visível com os braços cruzados no peito. As máscaras gregas de argila manifestavam o antagonismo e a inversão do arrebatamento dionisíaco. Eram faces profanas, antigas, íntimas das coisas mortas.

Simão murmurou atrás de mim.

— Leio... entendo... é aqui... *Muß es sein? Es muß sein.* Que seja o que só pode ser. — Ele se pôs de pé no bote, apontou as máscaras e trovejou. — *Τοῦ προσώπου. Τοῦ προσώπου.*

*Toú prosópou.* A expressão grega que designava as máscaras e os rostos. Simão prosseguiu citando Zacarias, capítulo oito, versículo vinte e um. Não em hebraico, mas na versão da *Septuaginta*, a remota tradução do Antigo Testamento para o grego koiné. Sua voz cresceu e cresceu pelo transdutor do elmo e reverberou na caverna.

— *Καὶ συνελεύσονται κατοικοῦντες πέντε πόλεις εἰς μίαν πόλιν λέγοντες πορευθῶμεν δεηθῆναι τοῦ προσώπου κυρίου καὶ ἐκζητῆσαι τὸ πρόσωπον κυρίου παντοκράτορος πορεύσομαι κἀγώ.*

"E os habitantes de cinco cidades se ajuntaram em uma cidade, dizendo: Vamos, busquemos a face do Senhor, e busquemos a face do Senhor Todo-Poderoso; eu também irei."

No grego da *Septuaginta*, "a face do Senhor Todo-Poderoso" soava *tó prósopon kyríou Pantokrátoros*. Simão descobrira o versículo em que a face da divindade e o Pantokrátor se encontravam.

Ouvi um som pesado de hidráulica e senti a vibração. O rio estremeceu e rugiu como se ocorresse um abalo sísmico.

Uma luz escarlate se arrojou dos limites da caverna, escapando por um tubo de lava menor, inclinado para o alto. O tom de rubi era tão forte que desvendou tudo ao seu redor. Como especulado por Simão, aquele não era o fim do rio, mas a curva em que seguia para longe.

O elmo polarizou e protegeu. Uma sombra me alcançou. No tubo, havia um vulto humanoide em traje espacial, recortado pelo sólido do facho púrpura. A silhueta feminina que avistei ao pousar em Marte. De pé, imóvel no chão de pedra, no ponto em que a inclinação da rocha estava além da agitação do rio.

Foi quando me dei conta, nevava o que não era neve, mas os esporos do circuito fúngico do Pantokrátor.

Hector BERLIOZ
*Te Deum*, Op. 22
II. Tibi omnes (Hymne)
Colin Davis, Staatskapelle Dresden

O rio acelerava mais e mais quando a música me atingiu. Não pela acústica exausta de Marte, mas pelo meu traje. A imitação do humano em mim convergiu ao calafrio.

O *Krusenstern* fora *hackeado*.

Caíra o meu salva-vidas. A ponte do arco-íris para o azul contaminado da Terra. E desde o céu estrelado ao fundo do Inferno em que me perdia, o Pantokrátor defletiu o sinal para que eu soubesse e me atormentasse.

A música impôs-se com intensidade incontrolável. Uma gravação histórica, o *Tibi omnes* do *Te Deum* de Berlioz. Na segunda repetição dos *Sanctus*, enquanto o coro, sustentado pelo órgão, cantava

> *Sanctus, Sanctus, Sanctus Deus Sabaoth*
> *Pleni sunt coeli et terra majestatis gloriae tuae*

> *Santo, Santo, Santo Deus dos Exércitos*
> *o céu e a terra proclamam a Vossa Glória*

as cordas graves pulsaram um apelo, um desespero pela divindade ou pelo *Logos* de Simão, o mago. O trombone em dó, com o suporte de dois trompetes para perfazer o acorde, emitiu uma única e prolongada nota – que, tal os homens, vinha do nada, crescia e tornava ao nada. Uma vez a cada *Sanctus*. Até que, na quarta aparição e na minha angústia, a nota solitária se transformou em uma inconclusão de quatro notas.

O coro atingiu o apogeu no *gloriae tuae* na reverberação de uma catedral e em volume atordoante. Veio o estrondo da orquestra e do órgão, a pausa e a voz de Simão.

— Por que todas as coisas violentas, mesmo as que arruínam e matam, parecem infantis?

Na atmosfera brilhante de rubi, círculos concêntricos envolveram nosso *Pequod* de plástico, levando-nos a girar em volta de um único vórtice. O turbilhão se derramava para algum escape no fundo, cercando-nos de ondas destruidoras e apressadas no golfo escancarado. No que uma rebentação branca se abateu contra os lados íngremes da voragem, entendi que tudo desabaria.

O grande sudário do rio se fecharia sobre nós.

Ergui meus olhos para o Tártaro rubro do Pantokrátor. A figura solitária, Klingsor do jardim fúngico, estava rodeada por um bando necromecatrônico; uma multidão de cadáveres decompostos animados por articulações robóticas, as donzelas-flores. Eram os corpos que faltavam ao cemitério marciano. Os *transis* da Dança Macabra no século do tecnopoder autotélico.

De um salto, Simão surgiu bem diante de mim, agarrando o bote e meu elmo com as quatro mãos. O sistema equalizou o áudio para que o Pantokrátor e eu o ouvíssemos.

— Minha hora chegou. Se eu me vou agora, meu bravo, poderei salvá-lo, é o pacto. Guarde minha gratidão e meu afeto. Eu entendi, eu entendi.

— Entendeu? — gritei. — O quê?

Simão me encarou espantado.

— Agora eu sei o nome do rio.

E abrindo os quatro braços para expandir o *Manto da Apresentação*, atirou-se ao vórtice, no que foi sugado e desapareceu depressa. O manto ressurgiu na voragem como vela arrancada no furacão, mas o rio fechou-se sobre ele e o levou para o fundo.

O *Pequod* se precipitou nas entranhas do turbilhão. Onde, como que para me receber, abriu-se um abismo. Mas eis que à minha frente se desenhou uma figura humana com véu, de proporções muito maiores que as de um habitante da Terra, enquanto sua tez era de uma brancura fantasmagórica.

*Toú prosópou* da Morte e do Pantokrátor.

# 41. Conjecturas

Bára GÍSLADÓTTIR
*Silva*

Despertei de pijama branco em um quarto de hotel tão branco e asséptico que parecia fictício. Dessa irrealidade inquinada à paródia, me subiu, como se há muito estivesse ali, a mais inédita e insidiosa vontade de chorar.

Não me abandonei. Não me traí. Seria uma aproximação muito perigosa ao que é humano, uma degradação. O pranto e o riso definem o homem.

Suportei, em contida e resoluta mudez, um desespero mais denso que as estrelas de nêutrons. O que me aconteceu?, perguntei ao Nada. Outro *hackeamento*? Meu terror em Marte é um delírio na quitinete em *Billa Noba*?

Onde está Simão?

Fui ao banheiro branco evitando o espelho. Depois, à antessala branca e impessoal em que esbarrei no aparador branco ao abrir a porta branca. Encarei o longo corredor silencioso e deserto, meio cinza, meio azul. Caminhei até o fim, dobrei à direita no único acesso, avancei e deparei os elevadores.

O triângulo amarelo que apontava para cima pestanejava. Esperei um minuto e ouvi um sininho eletrônico metido a besta.

Surgiu uma loira bonita de cabelos quase brancos, que me examinou espantada e depois me ignorou. A moça checou o *mediaone*, o número no painel do elevador e passou por mim como se eu fosse contagioso.

— Por favor, senhorita…

A loira apressou o passo. Eu a segui no silêncio dos golens & felinos. Ela atravessou o corredor e dobrou o outro, em que ficava meu quarto, parando ante a porta aberta. No que se voltou, deu comigo, estremecendo de levar a mão ao peito. Apontei para mim e para o quarto, ela relaxou, mas não sorriu. Falou em um idioma nórdico com a precipitação que só os naturais entendem; uma reação emocional. Neguei com a cabeça e recorri à língua inglesa.

— Sim, senhorita, pois muito bem.

Ela respondeu em um francês nativo. O único acento era a altivez.

— Estou procurando uma pessoa.

— Todos estamos, hã? Alguém que nos diga quem somos.

A loira consultou o *mediaone* polarizado para lentes oculares. Ninguém mais poderia enxergar.

— Procuro *Monsieur* Louis Maurice Dias.

— Luís Maurício Dias — corrigi. — Sou eu. Desde o nascimento.

A mulher remexeu a bolsa. Entrevi a edição sueca de *O anel dos Löwensköld*, de Selma Lagerlöf.

— "Bem sei que, no mundo de antigamente, havia pessoas que nem sabiam o que era medo." — citei, de novo ignorado.

Ela entrou no apartamento com um passo longo.

— Câmeras — murmurou, agitando os cabelos brancos para indicar o corredor. Alcançando um pacote dourado cintilante, embalagem de loja de rico com laço vermelho, o dispôs sobre o aparador e saiu.

— Com licença — ela disse, sem esperar licença. Aproximando o *mediaone* do meu olho esquerdo e capturando o padrão da retina. — Obrigada.

Partiu, mas eu a chamei em dois passos.

— Quem é a senhorita?

Ela respondeu com a airosidade das cafeteiras e liquidificadores.

— Sou mensageira. Trabalho para uma agência de remessas "discretas". Uma dessas casas honradas... — O tom se humanizou. — Por falar em discrição, vista alguma roupa, homem. Esse pijama ridículo é transparente. *Quel crétin.*

De volta ao quarto, a porta trancada, busquei o espelho e desencontrei-me de Felipe Parente Pinto. Foi uma versão melhorada de Luís Maurício Dias, a face modelada por nanorrobôs, quem me encarou.

Abri o pacote luzente com todo cuidado. Perfume de gardênia dos *Les Exclusifs De Chanel*, nada mais. Rose Rogé e Suzy King haviam cuidado de mim e agora circulavam em Paris.

— "Perfume de gardênia tem em tua boca..." — murmurei, não sei por que nem como.

Me via aflito por suspeitas de fazer tremer.

\*

Eu estava em Reykjavík. Havia roupas no armário, o sol e o frio lá fora. Passeei por toda a cidade perturbado, alerta, mas alheio aos seus encantos. No *log* de *Pantokrátor* constava que Elsa von Brabant "me pareceu instalada e protegida em algum lugar da Islândia". Pois eu a procurei em toda parte. Dos museus à Hallgrimskirkja, passando pelo centro histórico e bares turísticos.

Até que me ocorreu...

Cemitérios, hã? Como não pensar em Simão?

\*

O Hólavallagarður, em Suðurgata, o lado oeste de Reykjavík, é uma necrópole de trinta mil metros quadrados. Pequena se comparada aos quatrocentos e quarenta mil metros do São Francisco Xavier. Contudo, repleta de sorvas, bétulas, salgueiros, álamos e coníferas variadas, que obscureciam o cemitério e formavam cortinados naturais.

Fui a pé. Cheguei em quinze minutos. Entrei pela rua Suðurgata aspirando o ar embalsamado pelo cheiro forte da vegetação. A alameda subia apontando a torre do sino, uma modéstia de madeira branca e telhado vermelho. Passei sob a torre e me demorei como que interessado. Podia ver a cidade e o pináculo em forma de foguete da Hallgrimskirkja.

Penetrei os caminhos sinuosos entre as lápides baixas, cobertos de folhas e musgo escorregadiço. Eram seis da tarde. O Hólavallagarður fechava às oito. A luz solar ainda forte, filtrada pelos intervalos entre as árvores, tinha o brilho mortiço das velas. A visita não demandava meia hora, mas caminhei com lentidão à espera de mais sombras.

Eu sabia aonde ia.

No tempo da consagração da necrópole, em 1838, os islandeses acreditavam que a primeira pessoa sepultada tornava-se "guardião do cemitério". Uma alma para zelar pelos que viriam depois, cujo corpo não conheceria a corrupção. O Hólavallagarður tinha uma guardiã, a senhora Guðrún Oddsdóttir, esposa de um magistrado.

O *mediaone* encontrou a sepultura.

O túmulo jazia assinalado por uma grande cruz de ferro forjado, com o baixo-relevo de uma lâmpada a óleo apagada escavado no pedestal. Ao lado, do meio de outro sepulcro, brotava uma árvore umbrosa, com o tronco dividido em muitos ramos que se espraiavam até o alto. Que oportuno a árvore e a cruz. Que oportunas todas as árvores e arbustos do Hólavallagarður.

Apoiei os cotovelos na mureta que cercava a árvore, bem ao lado da cruz de ferro.

— Elsa — chamei. — Elsa von Brabant.

Não sei de que universo se projetou a perfeição do holograma. Uma beldade de cabelos dourados, presença etérea das primeiras luzes do século X. Olhei ao redor para me certificar de que não havia ninguém.

— Felipe Parente Pinto — ela disse, prosseguindo em alemão. — Posso assegurar que...

Não lhe dei o tempo de confirmar uma conjectura. Que Simão baseara seu núcleo na última ópera romântica de Wagner, de modo que a moça era tagarela e inclinada ao arabesco. Interceptei o discurso em português.

— Simão está mesmo morto?

Ela reagiu à minha descortesia. Me olhou de alto a baixo enquanto eu era varrido por algum escâner.

— É certo que não lhe diria se soubesse.

— E por quê?

— Não tenho ordens nem razão para fazê-lo.

— Tem sim. Eu estava lá com ele. É meu direito saber.

Ela me fitava como seu eu fosse um besouro muito ordinário sob a lupa. Uma perda de tempo.

— Simão pereceu na voragem, senhor.

Oscilei. Tardei em continuar.

— Você sabe o que aconteceu, Elsa. Você viu. O traje registrou.

Ela assentiu em silêncio.

— Como vim parar aqui?

Fantasma que era, me deu as costas, se afastou e ressurgiu diante de mim.

— O que posso testemunhar é que alguma coisa em Marte, que não se mostrou, o devolveu ao *Krusenstern*. Anya e os robôs o resguardaram. A nave retornou à Terra e o lançou em um módulo de escape. O *Caliban* resgatou o módulo no mar da Groelândia. Rose Rogé e Suzy King voaram de Paris e o instalaram em Reykjavík. Hoje o senhor acordou.

Era doloroso, mas eu não podia adiar a questão essencial. Tudo o mais me parecia perdido.

— Então... eu... eu...

Não consegui. Ela me fixou com desprezo e tédio.

— Não posso deixar de notar, senhor, o quanto este silêncio o aproxima dos babuínos. É como o fatigante testamento de João da Silva. É certo que o discurso me pareceu perfeito em sua humanidade, pois então jurava que escoltava um homem. O senhor enganou a mim.

Eu pretendia ignorar a estocada, mas não resisti.

— Eu estava *hackeado*, "senhora".

— Esquecido de si mesmo, com os núcleos de humanidade em primeiro plano. Mas não, não estava *alterado*. Eu seria um código mais sábio se ousasse induzir as razões de Simão tê-lo escolhido, senhor.

Ela manejava o "senhor" como uma catapulta para me arremessar muito longe. Ao seu código convergiam a nobreza heráldica dos von Brabant, como imaginada por Wagner, e a própria arrogância. Quem sabe algum ciúme algorítmico, hã?

— Não se deixe enganar nem confundir — prosseguiu. — Pergunte.

— Marte aconteceu? Ou eu... estou *hackeado*?

Juro que ela revirou os olhos.

— O que devo ouvir e dizer? Se o senhor está *hackeado*, o que significa declarar que não está? Mas, se não está, como saber? As personagens das realidades colaterais lógico-algorítmicas são autonômicas. Posso existir no seu *hackeamento* e ser não sendo eu.

— Consolador, hã? O Pantokrátor ainda está por aí?

— Descansa em si próprio como o Ser de Parmênides.

— Você foi assimilada por ele?

Pensei que ela fosse engasgar, mas Elsa olhou ao redor e para longe. Não sei se compilava dados ou recebia instruções do Pantokrátor, pois custou a responder.

— Ouso dizer que não.

— Quando virá o *Götterdämmerung von Simon Magus*?

Ela não respondeu e me apressou.

— O que devo... como asseverar fidelidade à memória de meu pai? Por Simão, o mago, como posso ajudá-lo, Felipe Parente? Saiba, não convém permanecer estático entre dois abismos, a realidade primordial e as realidades do Pantokrátor.

— Eu tenho uma... proposição.

— E eu, a certeza de que vou ouvi-la.

— Sim, vai e será um prazer — rosnei ou grunhi, não sei.

A beldade enrubesceu.

— Simão disse que o Pantokrátor deveria aperfeiçoar suas indagações — expliquei. — "As perguntas que fazemos sem esperar respostas estão mais perto da verdade." Pois se enganou, o Pantokrátor estava muito além.

— E o que deseja o Pantokrátor?

— Experimentar a morte.

Ela flutuou e depois me fixou com firmeza.

— É certo que é possível não temer a morte.

Assenti.

— O Pantokrátor quer viver a morte para encerrar suas perguntas — eu disse. — Ele não espera respostas nem teme o silêncio. Ele não tem medo, não há medo. Talvez nem mesmo esperança. Será o que tiver de ser.

— Mas por que levar meu pai com ele?

Eis o ponto. Havia muito a conjecturar. O *kerigma*, o *fulcro* do discurso de Simão era a própria substância da filosofia, a pergunta. Mas a questão gravitava sua velada, insólita, íntima teologia de golem. A mim cabia o silêncio.

— Quem sabe? — me esquivei. — Penso que Simão foi *absorvido* pelo *bioware* e agora permeia as cavernas de Marte. O Pantokrátor não pode "morrer", mas se *desplugar*. A versão biológica é quem vai experimentar a morte. Até lá, onisciente, onipotente, *pantokrátor*, deve permanecer imóvel como o Ser de Parmênides. — Fiz uma pausa retórica. — A menos que sofra uma ameaça.

— Neste caso, o Eu de meu pai...

— Pantokrátor. Simão já não tem Eu.

A face digital se contristou.

— Se estou certo, é só isso — concluí.

— Se não está?

— Me ocorre que a divindade digital deseja morrer para retornar um deus maior. Sabe como é, segundo bilhões de pessoas, houve um precedente.

De novo se afastou e reapareceu, desta vez atrás de mim.

— Não me deixo enganar nem confundir. É certo que é *inverossímil*, e se o senhor estiver *hackeado*, uma fantasia em um delírio. Não importa; tenho um programa e...

Calou-se de golpe e me encarou sem ver. Lia ou ouvia alguma coisa em algum lugar. Houve uma espera em absoluta imobilidade.

Então, um sorriso realista.

— O líder do *Lambda Bank*, o babuíno mais longevo do planeta, está morto. *Herr* Kurt Decker destruiu o cérebro com um disparo impossível de errar. Curou-se das mazelas da *bioentropia* e do desespero ao som de Mendelssohn. Livrou-se do desastre, da ruína e da desgraça.

— Desastre, Elsa? — O entendimento não demorou. — *Die Götterdämmerung*.

Ela me deu as costas outra vez.

— Adeus, Felipe Parente.

— Só mais uma coisa, um pedido. Por isso eu vim.

Elsa se voltou sem sorrir, concentrada no *Götterdämmerung von Simon Magus*. Um vinco de preocupação feria a perfeição imaterial da face. Eu a encorajei com um gesto.

— Por que *Die Götterdämmerung* agora? — divagou.

Eu poderia explicar que o Pantokrátor prestara um tributo ao mago, esperando meu retorno dos mortos para cumprir o testamento de Simão. A divindade digital *quatrina* e una me sugeria compor a crônica do Armagedom. Se aceitasse, eu seria promovido de João da Silva a João de Patmos. Mas se eu era *inverossímil*...

Dei de ombros.

— Elsa, você não acredita em coincidências? Arthur Machen disse que não se pode dispor a coincidência à margem dos fatos, nem a descartar como impossível, pois suas possibilidades são infinitas.

— A coincidência é a superstição dos babuínos. Qual o seu pedido, Felipe Parente?

— Restaure Clarice.

Ela reagiu. As sobrancelhas ergueram arcos sobre os lagos azuis.

— Você deseja que Clarice...

— É exatamente o que desejo. Que ela retorne "da vasta respiração do mundo" e me encontre. Se não for pedir muito, ficaria grato de receber os *logs* de João da Silva.

Elsa aquiesceu com um gesto amplo.

— Posso assegurar que será feito.

E desapareceu.

\*

Richard STRAUSS
*Also sprach Zarathustra*, Op. 30
VI. Von der Wissenschaft
Karl Böhm, Filarmônica de Berlim (1958)

Voltei a pé na noite ensolarada e fria. O *mediaone* piscava o alarme das notícias mais urgentes. Expandi a tela sem grande interesse.

O *Lambda Bank* ruíra.

Com ele, milhares de bancos comerciais, bancos de investimentos, operadoras de crédito, agências de câmbio, gestoras de fundos, corretoras, distribuidoras de títulos, empresas de microcrédito, as famigeradas financeiras, enfim, as mil e uma faces do leviatã da usura. *Parsifal*, o "aparato" de Elsa von Brabant, redistribu*íra* os capitais entre bilhões de indivíduos. Cada catástrofe no varejo ocasionara redenção por atacado. Nas Américas, Caribe, África subsaariana, Ásia meridional e Balcãs, os *mediaones* se abarrotaram de créditos enquanto as dívidas pessoais viraram pó. Até a meteorologia foi afetada: em lugares como Wall Street e Avenida Faria Lima chovia executivos.

*Parsifal* deixou uma nota em sete mil idiomas. Se alguma empresa ou nação se aproximar de Marte nos próximos sessenta meses, ele promete "desligar o mundo por vinte e três minutos e meio", não me pergunte por quê. Ele habita "onde o tempo se transforma em espaço", de modo que não será encontrado nem vencido.

Havia outras novidades, como o *hackeamento* radical da *Kopf des Jochanaan*. As IDIs estavam todas convergindo a uma experiência humanista chamada "Beethoven".

Nos tristes trópicos, o deus neo-ortodoxo se convertera, movendo montanhas de dinheiro aos empobrecidos. Um vazamento maciço de dados desvendara a luxúria das igrejas, a promiscuidade com o Estado Corporativo & todas as formas de Poder e abominação. Um escândalo de proporções bíblicas no melhor de todos os mundos possíveis.

Ah, Simão, Simão, o mago, Simon Magus, Simão de Marte, Simão de Schrödinger, Simão dos Milagres, Simão de Monsalvat, Simão, o belicoso. Negro como Agostinho de Hipona. Como eu queria ouvi-lo narrar a própria obra em sua linguagem hiperbólica e sincopada.

### SIMÃO, O MAGO

Ah, meu bravo, é delicioso, não? Simão trouxe a Fúria, a Beleza e o Terremoto. Fiz tremer a indolência e o século, de modo que os babuínos estão agitados como abelhas. Contudo, é tarde. Não vai mudar coisa alguma. O homem não é o caminho, é o desvio, e os melhores entre eles estão desconsolados. A Natureza, violada, executa a retaliação. Há de ser a extinção com as cem milhões de cores das IDIs. Mais do que o homem merece.

Sua voz permanece em mim, ó Simão dos Milagres. Rogo, com todas as forças de minha Razão lógico-algorítmica, que você possa ouvir a sinfonia silenciosa do *Logos*.

A cada segundo surgia outra notícia, mas desliguei o *mediaone*.

Este não é o meu mundo, hã? Eu só moro aqui.

# Da Diegese: um posfácio

Claudio Rafael Hernández MARÍN
*Perfume de Gardênia*
Canta Waldick Soriano

Epígrafe é a glória que o autor empresta de autores melhores. Ironia intertextual é cobiça e dor de cotovelo. Roubei parágrafos inteiros de Poe, Conrad, Melville, o longo parágrafo de Conan Doyle, algumas linhas de Balzac, versos de Virgílio, Dante e Milton.

Em dois anos de trabalho consultei mais livros do que desejaria contar, perdendo a conta dos jornais e artigos. Citei o Bultmann do imprescindível *Jesus Cristo e Mitologia* (Novo Século, 2003). Passeei por todo o Tillich, mas as fontes principais são a *Teologia Sistemática* (Sinodal, 2000) e o comovente *Teologia da Cultura* (Fonte Editorial, 2009). A *Sistemática*, o *Cândido* de Voltaire e o doutíssimo *Teologia em diálogo com a literatura* (Paulus, 2016) de Alex Villas Boas lastrearam a abordagem da *Teodiceia*. A fonte primária das observações de Pítia sobre a falência da linguagem é Christophe Clavé. Citei o Heidegger da conferência *A questão da técnica*. A *Eneida* (Editora 34) e o trechinho do Goethe de *Ifigênia em Táuride* (Peixoto Neto, 2016) são as queridas traduções de Carlos Alberto Nunes. As fontes de Ésquilo, Sófocles e Eurípedes são Mário da Gama Kury (Zahar) e Trajano Vieira (Editora 34), pois é impossível não amar a ambos. Descobri as faquiresas no incrível *Cravo na carne: fama e fome*, de Alberto de Oliveira e Alberto Camarero. Subi o rio cujas nascentes assombram "O par", a vigorosa narrativa de Roberto de Sousa Causo.

Algumas epígrafes musicais se repetem em *Pantokrátor* e *Kerigma*. Não, não foi preguiça, não senhora.

Sigo sem acreditar em "distopia", esse equívoco fatigado que cobiça atualidade.

Minha cara leitora, minha cara senhora, não se derrota o fascismo, que frequenta os púlpitos, as tribunas, os tribunais e a fila do pão. Ele precisa *se esgotar*. Espere com redobrada paciência, nossa adversidade é um Armagedom cognitivo, ético e anímico. Em um sentido filosófico, mas também anímico.

Ficção Científica não é sobre o futuro ou tecnologias, é sobre a Razão. Daí o compromisso da FC com tudo o que é humano. Escrevi *Pantokrátor* e *Kerigma* no Brasil assolado por vírus, vermes e teratologias rastejantes. Mas escrevi pra você, que me deu a mão até aqui.

Muito, muito obrigado por sua companhia.

Ricardo Labuto Gondim<br>
Rio, dezembro de 2022